Lilo Hoffmann
Wenn das Chaos perfekt ist

AF177886

TINTE
&
FEDER

Das Buch

Das Leben von Iris ist das reinste Chaos. Die Erzieherin ist bis über beide Ohren verknallt, doch der Auserwählte hat ganz andere Sachen im Kopf. Außerdem sorgt Iris' neue Mitbewohnerin Dana für Irritationen. Die elegante Radiomoderatorin ist frisch getrennt, braucht morgens viel zu lange im Bad und kennt die schrägsten Leute der Stadt. Sehr einig sind die beiden Frauen sich allerdings, an wen das dritte Zimmer in der Wohnung vermietet werden soll: an einen attraktiven Mann, der kochen kann. Doch den muss man erst mal finden ...

Die Autorin

Lilo Hoffmann studierte Literaturwissenschaft, Germanistik und Soziologie und arbeitete als Lehrerin und als Redakteurin für eine Tageszeitung. Sie schrieb Drehbücher für eine TV-Kinderserie, war als Reisejournalistin unterwegs und veröffentlichte zahlreiche Kurzgeschichten und Glossen. Ihr Debütroman »Das Glück ist selten pünktlich« schaffte es bis an die Spitze der Kindle-Bestsellerliste.

Lilo Hoffmann lebt als freie Journalistin und Autorin in Hamburg.

LILO HOFFMANN

Wenn das Chaos perfekt ist

ROMAN

Deutsche Erstveröffentlichung bei
Tinte & Feder, Amazon Media EU S.à r.l.
38, avenue John F. Kennedy, L-1855 Luxembourg
Februar 2020
Copyright © der deutschsprachigen Ausgabe 2020
By Lilo Hoffmann
All rights reserved.

Umschlaggestaltung: zero-media.net, München
Umschlagmotiv: © arigato © L. Kramer © VectorPot / Shutterstock
1. Lektorat: Ute Köhler
2. Lektorat und Korrektorat: VLG Verlag & Agentur, Haar bei München,
www.vlg.de
Gedruckt durch:
Amazon Distribution GmbH, Amazonstraße 1, 04347 Leipzig /
Canon Deutschland Business Services GmbH, Ferdinand-Jühlke-Straße 7,
99095 Erfurt /
CPI books GmbH, Birkstraße 10, 25917 Leck

ISBN 978-2-49670-333-7

www.tinte-feder.de

Für
Ina, Marlena, Cordula, Annette, Marita, Alma,
Ida, Gabi, Uta, Lara, Uli, Christian, Rainer, Sigurd, Holger,
Udo, Paul, Oliver, Fabian
und Ben

-1-

»Spring ruhig, ich fang dich auf!«, rief ich Emily zu, die sich nicht traute, vom Klettergerüst herunterzusteigen.

»Jetzt komme ich«, kündigte sie an und sprang genau in meine Arme. »Das war schön«, freute sie sich anschließend.

»Ich auch, ich auch«, meldete sich Alina zu Wort, die ebenfalls oben auf der Leiter stand.

»Du bist dran«, sagte ich zu meiner Kollegin Katja.

»Na klar«, meinte sie. »Ich fang Alina auf.«

Es war ein kalter Februartag. Doch da die Sonne so verlockend schien, hatten Katja und ich beschlossen, mit unserer Vorschulgruppe den Vormittag auf dem nahe gelegenen Spielplatz zu verbringen, den die Kinder so liebten.

Ich beobachtete das bunte Treiben um mich herum. Milan und Lukas balancierten auf einem Balken und Anton vergnügte sich auf dem Trampolin. Einige der Kinder spielten rund um das kleine Häuschen Verstecken. Wie schön, dass sie alle Spaß haben, dachte ich.

Ich arbeitete in einer ganz normalen Kindertagesstätte, in der es die üblichen Probleme gab. Die Eltern der Kinder kamen aus den verschiedensten Ländern. Deshalb konnten sich manche unserer Schützlinge noch nicht so gut ausdrücken.

Ein kleiner Junge, dessen Eltern schon vor Jahren aus Afghanistan gekommen waren, erzählte einer Kollegin einmal ganz stolz: »Ich sprech Kita-Deutsch.«

»Oh«, meinte die Kollegin daraufhin, »da hast du ja ein neues Wort erfunden.«

Der Ausdruck war auch für mich neu. Ich staunte wieder einmal, wie einfallsreich Kinder waren, wenn es darum ging, neue Wörter zu kreieren.

Die lieben Kleinen waren nicht immer lieb. Jeden Tag testeten sie aufs Neue ihre Grenzen aus. Sie schrien herum, und wenn ich nicht aufpasste, wuselten sie alle durcheinander. Aber sie waren auch neugierig aufs Leben, stellten viele Fragen und waren glücklich, wenn sie malen oder basteln durften. Natürlich gab es Ausnahmen – wie es sie wohl überall gab. Ich liebte meinen Beruf. Schon während der Schulzeit hatte ich gewusst, dass ich Erzieherin werden wollte.

Lautes Weinen riss mich aus meinen Gedanken. Sandro war hingefallen und Katja war sofort zu ihm geeilt.

»Kommst du klar?«, rief ich und lief zu den beiden hin.

Sandro hörte auf zu weinen. »Es ist wieder gut«, teilte er uns mit und rannte zu den anderen Kindern.

Ich holte mein Handy aus der Jackentasche, weil ich auf eine Nachricht von Alex wartete. Er hatte sich nicht gemeldet. Ich war enttäuscht, wie schon so oft. Wir kannten uns bereits ein halbes Jahr, aber irgendwie verlief unsere Beziehung merkwürdig. Dabei hatte alles so schön angefangen. Ich lächelte vor mich hin, weil ich an unsere erste gemeinsame Nacht denken musste. Alex war so zärtlich gewesen und ich hatte mich in seinen Armen unglaublich geborgen und geliebt gefühlt. Am nächsten Morgen war ich schnell aus dem Bett gesprungen und in die Dusche geflüchtet, weil ich befürchtet hatte, nach dieser Nacht nicht die richtigen Worte zu finden, wenn er aufwachte. Als ich dann in seinem Morgenmantel aus dem Bad kam, hatte er vor mir gestanden, mich in die Arme genommen und mir übers Haar gestrichen.

»Ich habe uns Frühstück gemacht«, hatte er leise gesagt und mich in die Küche geführt. Und ich hatte gestaunt, wie liebevoll er den Tisch gedeckt hatte.

Damals hatte ich geglaubt, dass wir wie geschaffen füreinander wären. Doch heute wusste ich manchmal nicht mehr, woran ich bei ihm war.

Katja sah auf die Uhr. »Wir sollten langsam zurückgehen.« Sie klatschte in die Hände. »Stellt euch bitte alle auf!«

»O nee«, protestierte Anton. »Wieso jetzt schon?«

»Weil es bald Zeit für das Mittagessen ist«, sagte ich.

Es dauerte, bis sich die Kinder aufgestellt hatten. Immer zu zweit und hintereinander, so hatten wir es ihnen beigebracht.

Mein Handy gab einen Ton von sich und ich dachte sofort an Alex. Ich griff in meine Jackentasche und sah, dass mein Vater mir eine Nachricht geschickt hatte.

Kommst du heute zum Abendbrot zu uns?, fragte er. Da steckte doch bestimmt meine Mutter dahinter. Nur weil meine Mitbewohnerin Leonie kürzlich ausgezogen war, nahm sie an, dass ich nun unter Einsamkeit litt.

Ich nahm mir vor, später darauf zu antworten. Als ich von meinem Handy aufblickte, sah ich, wie Lukas die kleine Emily, die vor ihm stand, zur Seite schubste.

»Sie hat sich vorgedrängelt«, empörte er sich lautstark.

»Es ist völlig egal, wer vorne steht«, ermahnte ich ihn. »Wir gehen alle zusammen zur Kita zurück. Keiner ist eher da als der andere.«

»Hast du noch mal durchgezählt?«, rief Katja mir zu.

»Jaja, habe ich, es würde mir sofort auffallen, wenn ein Kind fehlen würde. Wir können losgehen.«

Ich ging voran und die Kinder folgten mir. Katja lief am Ende der Schlange und achtete darauf, dass die Gruppe beisammen blieb.

Als wir in der Kita ankamen, war es kurz nach halb eins.

»Wascht euch die Hände und dann gibt es Mittagessen«, verkündete Katja.

Plötzlich sah ich, wie Hanna Struve, unsere stellvertretende Kita-Leiterin, mit schnellen Schritten auf mich zukam.

»Iris«, sagte sie, »du bist doch die Verantwortliche für die Vorschulgruppe.«

»Was ist denn?«, fragte ich verunsichert.

»Ihr habt Alina auf dem Spielplatz vergessen. Gerade hat hier eine Frau angerufen, die ein Mädchen aus deiner Gruppe allein auf dem Spielplatz gefunden hat. Die Kleine hat ihr nach mehrmaligem Nachfragen verraten, in welche Kita sie geht. Die Frau ist bereits mit Alina auf dem Weg hierher. Der Chef weiß übrigens auch schon Bescheid.«

»Alina!«, rief ich erschrocken. »Wir haben sie vergessen! Das kann doch nicht sein. O mein Gott.«

In diesem Moment kam Robert Holle, mein Chef, aus seinem Büro.

»Das wird Konsequenzen haben«, polterte er sofort los, als er mich erblickte.

Ich wäre am liebsten im Boden versunken. Doch ehe ich irgendeine Erklärung abgeben konnte, holte er zum nächsten Schlag aus: »Machen Sie sich auf ein Disziplinarverfahren gefasst.«

»Es tut mir leid. Ich weiß nicht, wie das passieren konnte«, erwiderte ich kleinlaut.

»Wir reden morgen weiter«, sagte Herr Holle. »Jetzt habe ich einen Termin in der Behörde, und soviel ich weiß, haben Sie sich für heute Nachmittag zu einer Fortbildung angemeldet.«

»Ja, das stimmt«, flüsterte ich.

»Dann machen Sie sich umgehend auf den Weg, Ihre Vertretung ist bereits da.«

»Aber«, versuchte ich zu widersprechen.

Doch mein Chef unterbrach mich. »Was ist denn noch?«

»Aber ich möchte gern auf Alina warten und erfahren, wie es ihr geht.«

»Tja, diese Fürsorge kommt ein bisschen spät. Ihre Kollegin wird sich um die Kleine kümmern. Und jetzt möchte ich das Gespräch wirklich beenden.« Herr Holle verließ das Haus.

Kurz darauf bog Katja um die Ecke. Sie bemerkte sofort, dass mit mir etwas nicht stimmte. »Was ist los?«, fragte sie.

»Wir haben Alina auf dem Spielplatz vergessen«, antwortete ich leicht schluchzend.

»Wie? Was haben wir?«

»Du hast es schon richtig verstanden«, sagte ich. »Wir haben sie vergessen.«

»Nein! Wieso? Ich habe doch noch gefragt, ob du durchgezählt hast.«

»Ja, ich weiß. Ich nehme auch alles auf mich. Ich war irgendwie abgelenkt. Wie konnte ich nur?«

»Ich hätte ja auch durchzählen können«, räumte Katja ein. »Es ist genauso meine Schuld.«

»Aber ich bin die Hauptverantwortliche.«

»Und wo ist Alina jetzt?«, fragte Katja.

»Sie wird gleich von einer Frau, die sie gefunden hat, in die Kita gebracht.«

»Oh, bin ich erleichtert, dass ihr nichts passiert ist!«, sagte Katja.

»Mir ist auch ein Stein vom Herzen gefallen.«

»Was hat der Chef gesagt?«

»Er hat mir mit einem Disziplinarverfahren gedroht.«

»So wütend war er?«

»Ja, er war ziemlich aufgebracht. Und zu allem Unglück muss ich jetzt noch zu einer Fortbildung. Darauf habe ich nun überhaupt keine Lust.«

»Das überstehst du«, machte Katja mir Mut. »Und vielleicht hat sich Herr Holle morgen etwas beruhigt.«

»Das kann ich nur hoffen.«

»Ich gehe jetzt zu den Kindern«, kündigte Katja an. »Deine Vertretung kümmert sich gerade um sie. Wir sehen uns morgen und Kopf hoch.«

»Ich versuche es«, versprach ich.

* * *

Ich fuhr zu meiner Fortbildung, die nicht weit entfernt in einer anderen Kindertagesstätte stattfand. Allerdings konnte ich weder dem Vortrag noch der anschließenden Diskussion folgen, weil ich die ganze Zeit an Alina denken musste. Auch die Androhung von Herrn Holle ging mir nicht aus dem Kopf. Eigentlich hatten er und ich ein gutes Verhältnis zueinander. Doch das hatte wahrscheinlich mit dem heutigen Tag ein nicht sehr schönes Ende gefunden.

Meinem Vater teilte ich während einer kurzen Kaffeepause mit, dass ich heute nicht zum Abendbrot kommen würde, da ich einen anstrengenden Tag gehabt hätte.

Schade, schrieb er zurück, ich hätte gern mein kleines Mädchen heute noch gesehen.

Aus seiner Nachricht schloss ich, dass die Einladung dann wohl doch nicht nur die Idee meiner Mutter war. Und zum ersten Mal seit Stunden konnte ich wieder lächeln.

Ich besuche euch morgen Abend, schrieb ich meinem Vater zurück.

Erfreulicherweise dauerte die Fortbildung nicht mehr allzu lange, sodass ich am späten Nachmittag endlich in meinen Wagen steigen und in den Feierabend starten konnte.

-2-

Es schepperte und ich zuckte zusammen. Verdammt, jemand war mir hinten draufgefahren! Ich atmete tief durch und sah in den Rückspiegel. Aus dem Auto hinter mir stieg eine Frau mit wuscheligen roten Haaren und stöckelte zu mir herüber. Ich ließ die Seitenscheibe herunter.

»Geht es Ihnen gut?«, fragte die Rothaarige.

»Ja, mir geht es gut. Aber meinem Auto wohl weniger, nehme ich an.«

»Ich bin irgendwie vom Pedal abgerutscht«, erklärte die Rothaarige.

»Vielleicht sollten Sie beim Fahren andere Schuhe tragen.«

Die Frau beugte sich nach vorn und lugte in meinen Fußraum. »Solche wie Sie?«

Ich starrte auf meine blauen Sneaker. »Damit rutscht man jedenfalls nicht so leicht ab.« Ich stieg aus. »Sehen wir uns den Schaden mal an.«

»Es tut mir leid«, sagte die Frau, »ich wollte das nicht.«

»Die Beule ist nicht von schlechten Eltern«, stellte ich kurz darauf fest. »Ich hoffe, Sie sind gut versichert.«

»Natürlich, was denken Sie denn.«

Heute ging auch alles schief. Erst die Sache mit Alina, dann die Androhung meines Chefs. Und jetzt auch noch das. Dabei hatte ich mich gerade noch gefreut, einen Parkplatz in der Nähe meiner Wohnung gefunden zu haben. Statt es mir nun endlich auf meinem Sofa bequem zu machen, stand ich in der Kälte vor meinem verbeulten Wagen und überlegte, ob ich die Polizei rufen sollte.

Die Frau schien meine Gedanken erraten zu haben. »Bitte, keine Polizei!«, bettelte sie. »Wir können das auch so regeln.«

»Ich habe da gewisse Erfahrungen«, gab ich zu bedenken.

»Also, ich habe Ihr Auto angefahren und dazu stehe ich auch. Wir können ja was Schriftliches aufsetzen.«

Ich fröstelte. »Aber nicht hier auf der Straße, es ist ziemlich kalt.«

»Was schlagen Sie vor?«

»Gehen wir zu mir, ich wohne gleich hier um die Ecke.«

»Schön, warum nicht. Alles ist besser, als hier länger herumzustehen. Mir frieren schon die Füße ab.«

Würde mir bei den Schuhen wahrscheinlich auch so gehen.

Schweigend gingen wir nebeneinander her. Vorbei an gepflegten Vorgärten und parkenden Autos. Menschen waren an diesem kalten Abend kaum zu sehen.

Die saßen jetzt schon alle vor dem Fernseher, dachte ich. Ich schloss die Haustür auf und stieg mit der fremden Frau, die mein Auto demoliert hatte, in den ersten Stock zu meiner Wohnung. Gegenüber wohnten Micki und Brian, die manchmal ihren Labrador Cooper bei mir abgaben, weil er nicht gern allein war. Und unter mir befand sich ein Büro. An den Wochenenden könnte ich es also ordentlich krachen lassen, vorausgesetzt, ich würde das Pärchen von gegenüber ebenfalls einladen. Aber zum Feiern hatte ich bisher keine Gelegenheit gehabt.

Erst im Flur konnte ich mir die Unbekannte näher ansehen. Ich schätzte sie auf Anfang vierzig. Sie trug einen schwarzen Rock, eine rote Bluse und einen gesteppten Wildledermantel, der aussah, als hätte sie ihn in einer noblen Eppendorfer Boutique erstanden.

Sie streckte mir die Hand hin. »Ich bin übrigens Daniela Seifert.«

»Ah ja, und ich bin Iris Naumann«, sagte ich und gab ihr die Hand.

Im Flur standen noch einige Kartons von Leonie. Die wollte sie in den nächsten Tagen abholen.

»Vorsicht«, sagte ich, »stolpern Sie nicht.«

Wir gingen in meine großzügig geschnittene Wohnküche, auf die ich so stolz war, und Daniela Seifert setzte sich ohne Aufforderung auf einen der Stühle am Küchentisch.

Sie gab einen Seufzer von sich. »Entschuldigen Sie, ich bin ein bisschen durcheinander. Hätten Sie vielleicht einen Tee oder so was?«

Ganz schön dreist, dachte ich. Erst verbeult sie mein Auto und dann lädt sie sich auch noch zum Tee ein. Als ich mit dem Wasserkocher herumhantierte, beobachtete ich sie aus dem Augenwinkel. Sie sah tatsächlich ein bisschen mitgenommen aus, was ihrer eleganten Erscheinung aber keinen Abbruch tat. Und ich kam mir einen Moment lang etwas schäbig vor, in meinem Schlabberpulli und meinen ausgefransten Jeans, die ich so gern trug.

»Also«, sagte Daniela Seifert, streifte ihren Ledermantel ab und legte ihn sorgfältig auf einen freien Stuhl, »in dieser Gegend scheint ja nicht besonders viel los zu sein.«

»Was erwarten Sie, wir sind hier in Lokstedt und nicht im Schanzenviertel.«

»Na, da wäre es mir sowieso zu schmutzig.«

»Wir haben hier aber schon etliche Geschäfte und Lokale«, versuchte ich das Ansehen meines Viertels zu retten.

»Sagen Sie bloß, das ist ja umwerfend.«

Die Bemerkung klang arrogant und schnippisch. »Kommen Sie nicht aus Hamburg?«, fragte ich.

»Nein, Würzburg.«

»Ach, aus Bayern«, stellte ich fest.

»Wir sehen uns eher als Franken.«

»Na, in Würzburg tobt auch nicht gerade das Leben.«

»Das würde ich so nicht sagen. Ist ja auch eine Studentenstadt. Ich habe übrigens in Paris studiert. Das ist ein ganz anderes Leben dort. Und danach in Frankfurt.«

Na wie gut, dass ich das jetzt auch wusste. War ja rasend interessant.

Ich servierte ihr den Tee und fragte dann in energischem Ton: »Wollten wir die Sache nicht schriftlich festhalten?«

»Ja klar.« Daniela Seifert packte ihre Handtasche auf den Tisch und wühlte darin herum.

»Irgendwo hier muss ein Kugelschreiber sein. Haben Sie vielleicht ein Blatt Papier?«

Mir fielen fast die Augen aus dem Kopf, denn auf meinem Küchentisch lag die Tasche eines bekannten Designers. Nicht, dass ich mich da besonders gut auskannte. Aber eine Tante von mir arbeitete in einem der edlen Läden am Jungfernstieg. Und dort hatte ich so eine Tasche schon mal gesehen. Mein Gott, die Frau musste wirklich Geld haben. So was könnte ich mir nie leisten. Wollte ich auch nicht. Würde nicht zu mir passen.

»Was ist?«, fragte sie leicht barsch. »Haben Sie oder haben Sie nicht?«

»Ach ja, ein Blatt.« Ich huschte schnell ins Wohnzimmer, nahm ein weißes Blatt aus dem Drucker und ging zurück in die Küche.

Mein ungebetener Gast hielt jetzt einen Kugelschreiber in der Hand. »Hier kommt das Schuldeingeständnis«, verkündete sie. »Asche auf mein Haupt.«

»Gut so«, sagte ich und starrte wieder auf ihre Handtasche.

»Gefällt sie Ihnen?«, fragte Daniela Seifert, der mein bewundernder Blick nicht entgangen war. Ehe ich antworten konnte, fügte sie hinzu: »Ach, ich liebe dieses Modell.«

»Das freut mich für Sie«, sagte ich und hoffte, dass sie meinen ironischen Tonfall bemerkte. Sonst dachte sie am Ende noch, ich wäre neidisch.

Hatte in Paris studiert, trug edle Klamotten. Was wohl als Nächstes kam?

Daniela Seifert hielt mir den Zettel unter die Nase. »Ist es so recht?«

Ich überflog die Zeilen. »Das müsste genügen. Und Sie melden den Unfall morgen Ihrer Versicherung?«

»Jaja, machen Sie sich mal keine Sorgen.«

Sie verstaute den Kugelschreiber wieder in ihrem Täschchen, trank die Tasse aus und erhob sich vom Stuhl.

Zum Glück wollte sie nicht noch einen Tee. Höflichkeitshalber begleitete ich sie zur Tür.

Im Flur blieb sie stehen und sah auf die herumstehenden Kartons. »Wollen Sie ausziehen?«, fragte sie unvermittelt.

»Nein, eine Freundin zieht aus«, erklärte ich wahrheitsgemäß.

»Ach so«, sagte Daniela Seifert und öffnete die Wohnungstür. Plötzlich drehte sie sich um. »Ich werde auch demnächst umziehen. Ich trenne mich nämlich von meinem Mann.«

Und warum sollte mich das interessieren, schoss es mir durch den Kopf, und ich flehte innerlich: Jetzt bitte keine Lebensbeichte.

Gott sei Dank ersparte mir Daniela Seifert weitere Details aus ihrem Leben. Stattdessen griff sie noch einmal in ihre Tasche und holte eine Visitenkarte heraus.

»Sie haben vergessen, nach meiner Adresse zu fragen, könnte vielleicht ganz nützlich sein. Nur für den Fall, dass ich mich nie wieder melde.« Daniela lachte. »Man weiß ja nie.«

»Ja, danke, aber ich habe mir ja Ihr Kennzeichen notiert.«

»Noch einen schönen Abend«, sagte Daniela Seifert und stakste die Treppe hinunter.

Ich blickte ihr hinterher. Ob sie wohl immer in diesen Schuhen herumlief? Sah ja ganz gut aus, aber mir wären die Dinger wirklich zu unbequem.

Ich ging zurück in die Küche. Jetzt brauchte ich einen Eierlikör. Der beruhigte mich immer. Und außerdem erinnerte er mich an meine Großmutter, die vor ein paar Jahren gestorben war. Wenn sie sich über etwas besonders aufgeregt hatte, hatte sie sich gern ein Schlückchen gegönnt. Es war für sie eine Art Beruhigungszeremonie. Die Wirkung des Alkohols spielte dabei nur eine Nebenrolle. Man musste nur daran glauben, dass es wirkte. Ich wusste nicht, warum ich das von meiner Oma übernommen hatte, denn es war ja alles andere als hip, Eierlikör zu trinken. Vielleicht war es so, weil ich mich in ihrer Gegenwart immer wohlgefühlt hatte.

»Prost, Omi«, sagte ich laut und fragte mich, was sie wohl von dieser Frau gehalten hätte, die eben noch an meinem Küchentisch gesessen hatte.

Ich sah auf mein Handy. Immer noch keine Nachricht von Alex. Hatte er nicht vorgeschlagen, am Wochenende etwas zusammen zu unternehmen? Ich seufzte. Ja, das mit Alex war so eine Sache. Er tauchte plötzlich auf, spielte den total Verliebten, erzählte mir von verrückten Plänen, die er aber nie in die Tat umsetzte. Und das Schlimmste war, dass er danach oft tagelang nichts mehr von sich hören ließ. Anfangs hatte ich ihm Szenen gemacht, geschmollt und damit gedroht, alles zu beenden. Doch er hatte schnell gemerkt, dass es mir schwerfiel, konsequent zu sein. Also machte er so weiter. Und ich nahm es hin. Das war sowieso eine meiner Schwächen, das mit der Konsequenz. Das ging mir auch mit den Kindern in der Kita so. Ich gab zu oft nach. Dabei wollten die Kinder klare Regeln.

In der Theorie wusste ich das alles. *Du bist eben einfach zu gutmütig*, würde meine Mutter sagen.

Meine Gedanken gingen zurück zu Alex. Tatsache war, und ich warf noch einen Blick auf mein Handy, er war wieder einmal abgetaucht. Manchmal fragte ich mich wirklich, was für eine Art Beziehung wir führten.

Ich stand auf und ging in den Flur, wo die Kisten von Leonie standen. Wehmut überkam mich. Schade, dass wir nur vier Monate zusammengewohnt hatten. Es wäre schön gewesen, wenn sie länger geblieben wäre. Doch ihr Freund Sven hatte sie überredet, zu ihm nach Lüneburg zu ziehen. Er wolle keine Wochenendbeziehung mehr führen, hatte er zu ihr gesagt. Leonie tat fast alles, was ihr Freund für richtig hielt. Und so war sie vor ein paar Tagen ausgezogen. Was wollte sie nur in dieser Kleinstadt? Auch wenn Lüneburg eine idyllische Kleinstadt war. Hamburg hatte doch so viel mehr zu bieten. Aber nun ja, was macht man nicht alles aus Liebe.

Leonie hatte ich während meiner Ausbildung zur Erzieherin an der Fachschule kennengelernt. So manches Referat hatten wir gemeinsam ausgearbeitet und vorgetragen. Das schweißte zusammen. Nach den Prüfungen nahm Leonie eine Stelle auf der Elbinsel Wilhelmsburg an, und ich bekam das Angebot, in einer Kita in Eimsbüttel die Vorschulgruppe zu leiten.

Dass wir zusammenzogen, war mehr oder weniger Zufall. Leonie hatte genug von ihren Eltern, bei denen sie immer noch wohnte, und ich hatte genug von meiner Beziehung zu Matthias, einem Eventmanager, von dem ich naiverweise geglaubt hatte, er sei mein großes Glück.

Obwohl meine Mutter mich verzweifelt davon hatte abhalten wollen, war ich bei ihm eingezogen. Es hatte ein paar Jahre gedauert, bis ich gemerkt hatte, dass er weit davon entfernt gewesen war, mein großes Glück zu sein.

Er hatte nie Zeit, war ständig nur unterwegs. Genauso gut hätte ich allein bleiben können. Die Trennung von Matthias war mir trotz allem nicht leichtgefallen, denn bis zum Schluss hatte ich gehofft, dass er sich ändert. Dann wurde mir klar, dass er gar keinen Grund hatte, sich zu ändern. Er hatte ja alles. Einen Job, in dem er aufging, und eine Freundin, die zu Hause auf ihn wartete. Ich war es, die sich ändern musste. Ich musste umdenken, mich von ihm lösen und endlich selbstständig werden. Matthias hielt mich nicht auf. Er habe auch seinen Stolz, verkündete er bei unserer letzten Aussprache, um die ich ihn gebeten hatte. Da war mir endgültig klar geworden, dass ich ihm nicht so viel bedeuten konnte, wie ich mir immer eingeredet hatte.

Die Wohnung, in der ich jetzt lebte, hatte ich meinen Eltern zu verdanken. Sie hatten sich für mich umgehört und schließlich erfahren, dass diese Wohnung frei sei. Ich glaube, besonders gut hatte ihnen gefallen, dass sie sich in ihrer Nähe befand. Mir gefiel das nicht, denn meine Mutter tauchte alle zwei Tage bei mir auf, um, wie es so schön hieß, nach dem Rechten zu sehen. Ich liebte sie, aber wer mochte mit neunundzwanzig Jahren noch ständig von der Mutter kontrolliert werden. Zum Glück hatte die Phase der häufigen Besuche nur sechs Wochen gedauert, denn dann war Leonie bei mir eingezogen. Ab da war meine Mutter nicht mehr so häufig bei mir aufgekreuzt.

Wahrscheinlich, so befürchtete ich, würde sie jetzt, wo ich wieder allein wohnte, erneut damit anfangen.

Mein Handy klingelte. Es war Alex.

»Du, es klappt jetzt doch nicht am Wochenende«, teilte er mir mit. »Ein Kollege ist krank geworden, und ich wurde zum Wochenenddienst eingeteilt.«

»Ja, da kann man nichts machen«, hörte ich mich in verständnisvollem Tonfall sagen.

»Ich muss jetzt wieder«, sagte Alex, »habe einem Freund versprochen, ihm beim Umzug zu helfen. Lass uns morgen telefonieren.«

»Welchem Freund?«, fragte ich, aber da hatte Alex schon aufgelegt.

Das war ja wie bei Matthias, dachte ich nach diesem kurzen Telefonat. Suchte ich mir etwa immer Männer, die keine Zeit für mich hatten? Welch ein Unsinn, versuchte ich mich dann zu beruhigen. Was konnte Alex dafür, dass ein Kollege krank geworden war. Und schließlich hatte er einen Beruf, den er hin und wieder auch am Wochenende ausüben musste. Das gehörte einfach dazu. Dennoch überfiel mich eine gewisse Unruhe.

Heute war ja erst Donnerstag, versuchte ich mich dann zu trösten, da blieb ja noch genügend Zeit, sich für Sonnabend und Sonntag ein Programm ohne Alex zu überlegen. Doch es war ein Trost, der einen schalen Geschmack hinterließ.

-3-

»Also, das mit dem Disziplinarverfahren habe ich nicht so gemeint«, eröffnete mir mein Chef Robert Holle am nächsten Tag in seinem Büro. »Ich habe mich ziemlich aufgeregt, als mir Frau Struve mitteilte, dass eine Frau Alina allein auf dem Spielplatz gefunden hatte. Wie konnten Sie nur ein Kind verlieren?«

»Das verstehe ich auch nicht und es ist mir furchtbar unangenehm«, stammelte ich und spürte, wie mir die Tränen kamen.

»Schon gut«, versuchte mich mein Chef zu beruhigen, »ich weiß ja, dass Sie eine verantwortungsvolle Kraft sind, aber so was darf nicht noch einmal passieren. Wenn sich das herumspricht, sind wir unseren guten Ruf los.«

»Ich verspreche, dass so etwas nie wieder vorkommen wird«, gelobte ich.

»So, genug davon«, sagte Herr Holle. »Am besten, Sie gehen jetzt wieder in Ihre Gruppe.«

Aufgewühlt verließ ich das Büro und atmete tief durch. Nein, ich wollte doch auch nicht, dass unsere Kita ihren guten Ruf verlor. Und den hatte sie in der Tat.

Ich schnaufte noch einmal durch und machte mich auf den Weg zu meiner Gruppe. Ich beschloss, Alina nicht sofort danach zu fragen, wo genau sie sich auf dem Spielplatz aufgehalten hatte, als wir alle gemeinsam den Rückweg antraten. Sicher war sie noch völlig durcheinander.

Als ich in meine Gruppe kam, stürzte Alina sofort auf mich zu. »Frau Naumann, warum hast du mich vergessen?«, fragte sie.

Ich stotterte herum: »Es tut mir leid, Alina. Wo warst du denn? Wir haben dich gar nicht gesehen.«

»Auf der Schaukel«, erklärte sie munter. Ich war erleichtert, denn Alina machte keinen verstörten Eindruck. Stattdessen erzählte sie haarklein, was sie alles an diesem Nachmittag erlebt hatte. Auch von der fremden Frau, von der sie schließlich zur Kita gebracht worden war. Es schien, als ob das Ganze ein großes Abenteuer für sie gewesen war.

Nun denn, dachte ich, auf in den neuen Arbeitstag. Nur mit Mühe konnte ich mir verkneifen, ab und zu auf mein Handy zu sehen. Erstens wollte ich nicht ständig an Alex denken, und zweitens wusste ich ja nun, wie gefährlich es sein konnte, nicht alle Kinder ständig im Blick zu haben.

* * *

Als ich am Abend nach Hause kam, befand sich auch auf meinem Anrufbeantworter keine Nachricht von Alex. Hatte er nicht versprochen, sich heute zu melden? Eine Nachricht von der rothaarigen Frau, die mein Auto verbeult hatte, gab es ebenfalls nicht. Das wunderte mich. Sie hatte sich doch extra meine Telefonnummer aufgeschrieben.

Ich holte meinen Rucksack, den ich immer mit zur Arbeit schleppte. Den brauchte ich, weil ich ständig alles Mögliche mit mir herumtrug. Trotzdem hätte ich gern so ein Täschchen wie die Eppendorfer Tante, die gestern in meiner Küche gesessen hatte. So für besondere Anlässe eben. Gab es die überhaupt bei mir?

In meinem Rucksack suchte ich nach der Visitenkarte von ihr. Ach nee, die hatte sie mir ja erst zum Schluss in die Hand gedrückt. Ich ging in den Flur. Das Kärtchen lag auf dem kleinen Schrank direkt neben der Garderobe.

Wie hieß sie noch gleich? Daniela Seifert, las ich. Und jetzt erinnerte ich mich auch, wie sie sich vorgestellt hatte. Darunter stand ihre Adresse. Sie wohnte tatsächlich in Eppendorf. Ha, hatte ich mir doch gleich gedacht. Ich las weiter: Hörfunkjournalistin und Moderatorin. Und weiter unten stand in Versalien HAMBURG HÖRT.

Ach nee, die Dame arbeitete beim Radio. Liefen eigentlich alle Radiomoderatorinnen in Designerklamotten herum? Bisher dachte ich immer, die hätten ein ganz normales Gehalt. Natürlich verdienten sie mehr als Erzieher. Aber in den meisten Berufen waren die Gehälter höher als das einer Erzieherin – ausgenommen Verkäuferinnen, Friseurinnen und einige Pflegeberufe –, nahm ich jedenfalls an.

Vielleicht hatte diese Daniela das Geld auch von ihrem Mann, den sie gerade verlassen wollte. Mein Gedankenfluss wurde durch das Klingeln meines Telefons unterbrochen. Es war aber nicht Alex, wie ich gehofft hatte, sondern Leonie.

»Ich hole übermorgen meine Kisten ab«, teilte sie mir mit. »Hast du dich schon ein bisschen daran gewöhnt, die Wohnung für dich allein zu haben?«, fragte sie dann.

»Noch nicht wirklich«, antwortete ich. »Außerdem muss ich mir nun überlegen, wie ich das mit der Miete wuppe. Meine Eltern steuern zwar etwas bei, aber nun fällt ja dein Anteil weg.«

»Darüber haben wir doch schon geredet«, meinte Leonie. »Du musst untervermieten. Such dir eine neue Mitbewohnerin oder vielleicht einen gut aussehenden Mitbewohner.« Sie lachte.

»Das sagt sich so leicht«, entgegnete ich. »Wir beide kannten uns schon länger. Aber hier jemanden einziehen lassen, der einem völlig fremd ist ... na, ich weiß nicht.«

»Warum fragst du nicht Alex?«

»Bist du wahnsinnig – dann fühlt er sich gleich bedrängt. Nee, wenn, dann jemand Neutrales – also auch kein Mann, meine ich. Eine Frau, gern ein bisschen unscheinbar.« Ich musste unwillkürlich kichern und Leonie stimmte mit ein.

»Du meinst, keine, die deinem Alex den Kopf verdrehen könnte.« Leonie sprach immer aus, was sie dachte.

»Na ja, er nimmt seinen Beruf ziemlich wichtig. Ich weiß nicht, ob ich mir wirklich Sorgen um so was machen muss.«

»Man weiß nie«, meinte Leonie.

»Und du, alles super mit deinem Sven?«, fragte ich.

»Na, im Moment herrscht noch Chaos in der Wohnung, wie du dir vorstellen kannst«, erklärte sie. »Aber wenn wir klar Schiff gemacht haben, musst du uns unbedingt besuchen.«

»Natürlich, ich komme vorbei, wenn ihr so weit seid«, versprach ich.

Leonie hatte recht, überlegte ich, nachdem wir das Gespräch beendet hatten. Entweder müsste ich mir eine kleinere Wohnung nehmen, oder es zog hier noch jemand ein, mit dem ich mir die Miete teilen konnte.

Es klingelte an der Haustür. Bestimmt meine Mutter. Das hörte ich schon am Klingeln.

»Kind«, überfiel sie mich, »fühlst du dich nicht sehr allein? Wie ist das für dich ohne Leonie?«

»Keine Ahnung«, antwortete ich mürrisch. »Hatte bisher nicht so viel Gelegenheit, sie zu vermissen. Übrigens haben wir gerade telefoniert.«

»Ach ja.«

»Ich wollte doch heute zum Abendbrot zu euch kommen«, sagte ich.

»Das weiß ich. Darf ich dich deshalb nicht besuchen?«

»Doch, ich wundere mich nur.«

Wir gingen ins Wohnzimmer und setzten uns auf die rote Couch, die ich so liebte.

»Zieht dein Alex jetzt bei dir ein?«, bohrte meine Mutter weiter.

Meine Güte, dachten alle, dass Alex der Nabel meiner Welt wäre? »Das glaube ich kaum. Ich weiß noch nicht mal, ob er überhaupt *mein* Alex ist.«

»Was soll das heißen, Kind, klappt es mit ihm auch wieder nicht?«

Ich spürte, wie ich wütend wurde. Seit Jahren wünschte sie sich eine feste Beziehung für mich. Am liebsten wäre es ihr natürlich, wenn ich heiraten würde.

»Kannst du dich mal aus meinem Leben raushalten!«, fuhr ich sie an.

Meine Mutter verzog das Gesicht. »Ich möchte doch nur, dass du glücklich wirst. Warum verstehst du das nicht?«

»Vielleicht bin ich ja glücklich.«

»Wie du meinst«, sagte meine Mutter und stand auf.

Jetzt ist sie wieder beleidigt, dachte ich und wartete auf den Satz *Ich meine es doch nur gut.* Doch er kam nicht. Stattdessen ging meine Mutter zur Wohnungstür. Jetzt wartete sie wieder darauf, dass ich sie zurückhielt. Und ich reagierte wie meistens.

»Nun komm, Mama, ich mach uns einen Kaffee«, sagte ich in versöhnlichem Ton.

Ich sah, wie sie in ihrem engen Rock und der adretten Bluse mit der Hand auf der Klinke zögernd dastand. Sie hatte eine Figur, um die ich sie beneidete. Einfach rank und schlank. Und das ohne große Mühe. Sie aß einfach alles, was ihr schmeckte. Ich verstand nicht, warum ich immer mit meinem Gewicht zu kämpfen hatte. Niemand konnte behaupten, dass ich füllig wäre, aber gegen meine Mutter fühlte ich mich manchmal moppelig.

»Schon gut«, sagte sie jetzt. »Ich geh mal lieber. Lass uns ein anderes Mal bei dir einen Kaffee trinken.«

Ich ging zu ihr und umarmte sie kurz. »Bis heute Abend.«

»Ja, bis dann«, sagte sie, drückte die Klinke hinunter und verschwand.

-4-

Yelda kam mit farbeverschmierten Fingern auf mich zu und rief: »Kuck mal, Frau Naumann!« Robin stand mitten im Raum und stampfte mit dem Fuß auf. Der Rest der Gruppe vergnügte sich in der Ecke mit den Bauklötzen oder wälzte sich vor der Puppenstube auf dem Boden.

»Kommt ihr jetzt endlich!«, rief meine Kollegin Katja. »Wir wollen mit dem Morgenkreis beginnen.«

Fünf Minuten später saßen alle im Kreis zusammen und machten den Eindruck, als wären sie die bravsten Kinder der Welt.

Nun war ich dran. »Guten Morgen«, sagte ich. »Ihr kennt das ja. Jeder von euch erzählt etwas vom Wochenende, aber nur ein Erlebnis. Und es spricht nur das Kind, das den Teddy in der Hand hält.« Dann gab ich Milan, der rechts neben mir saß, das Kuscheltier.

Er schluckte erst mal. »Ich war mit Papa bei meiner Oma und wir haben Kuchen gegessen«, begann er.

Mein Handy klingelte und meine Kollegin warf mir einen bösen Blick zu. Den Morgenkreis zu stören, war für sie fast so etwas wie ein Staatsverbrechen.

»Entschuldigung«, murmelte ich, ging zu meinem Rucksack und wühlte darin herum. Endlich fand ich mein Handy und sah, dass Alex anrief. Ich freute mich und war gleichzeitig verärgert.

»Was ist?«, sagte ich möglichst leise. »Erst meldest du dich nicht und dann rufst du mich auf der Arbeit an.«

»Sorry«, meinte Alex. »Ich hab nicht dran gedacht. Ich hatte so Sehnsucht nach dir.«

»Na klar, so große Sehnsucht, dass du ständig bei mir sein willst«, erwiderte ich und bereute diesen Satz sofort. Er hatte so richtig zickig geklungen. Und eine fordernde, maulige Zicke wollte ich nun wirklich nicht sein.

»Sorry«, sagte Alex noch einmal. »Ich wollte dich fragen, ob du heute Abend Zeit hast. Wir könnten ins Kino gehen und hinterher noch irgendwo etwas trinken. Was meinst du?«

»Ich ruf später mal zurück«, antwortete ich. »Wir sind hier mitten im Morgenkreis.«

»Ich warte voller Ungeduld.«

»Ja sicher. Ich muss aufhören.«

»Bis später, mein Schatz.«

Ich schaltete mein Handy aus. Er hatte sich gemeldet, und er wollte etwas mit mir unternehmen. Ich spürte, wie mein Herz klopfte.

Den Rest des Vormittags lief ich verträumt umher, weil ich an Alex denken musste. In der Mittagspause rief ich ihn kurz an, und wir verabredeten uns für den Abend vor dem *Holi*, eines der ältesten Kinos der Stadt. Ich hatte nicht einmal mitbekommen, um welchen Film es sich handelte. Es war mir egal. Hauptsache, ich war mit Alex zusammen. Ich vergaß, dass ich mich am Morgen noch über ihn geärgert hatte, weil er eigentlich hätte wissen müssen, dass ich während der Arbeit nicht telefonieren darf.

* * *

29

Alex stand frierend vor dem *Holi,* als ich dort eintraf. »Da bist du ja endlich«, sagte er etwas schroff.

»Was für ein toller Empfang«, meinte ich und stellte mich auf die Zehenspitzen, um ihm einen Kuss auf die Wange zu hauchen. Es war nicht so einfach, Alex einen Kuss zu geben, denn er war ziemlich groß, und meistens dachte er nicht im Traum daran, sich zu mir hinunterzubeugen. Am einfachsten war es, wenn wir gemeinsam auf dem Sofa saßen oder uns zum Abschied im Auto küssten. Doch manchmal hatte ich das Gefühl, dass Alex nicht so sehr auf Nähe stand. Vielleicht wirkte er deshalb in manchen Situationen so unnahbar.

Als ob Alex meine Vermutung entkräften wollte, legte er im Kino den Arm um mich. Ich freute mich, denn er hatte eine romantische Liebeskomödie für uns ausgesucht. Zum Glück nichts Gruseliges oder einen dieser Science-Fiction-Filme, die mich nicht interessierten. Wohlig kuschelte ich mich in seinen Arm.

Nach dem Film gingen wir in die *Klingel,* eine urige Kneipe, die sich angeblich seit den Siebzigerjahren kaum verändert hat. Überall standen rustikale Holztische und es gab kleine Snacks und selbstverständlich Bier vom Fass. Irgendwie mochte ich nostalgische Lokalitäten, besonders wenn sie so schlicht daherkamen.

Ich hatte mir vorgenommen, heute einiges zu klären. Doch ehe ich das Gespräch in Richtung Beziehung lenken konnte, begann Alex, mir etwas vorzujammern. Wie anstrengend doch die Arbeit im Krankenhaus sei und dass er als Pfleger von den Ärzten nicht richtig geschätzt werde.

Mein Gott, dachte ich, ging das uns allen nicht so? Na ja, so ganz stimmte das nicht. Mein Chef schätzte mich. Jedenfalls betonte er dies des Öfteren. Aber es gab eine neue Sozialpädagogin im Haus, die auf uns Erzieherinnen herabsah. Worauf bildete die sich eigentlich was ein? Meine Gedanken schweiften jetzt völlig ab, und es fiel mir zunehmend schwer, Alex zuzuhören.

»Ja, und weißt du«, sagte er, »deshalb habe ich auch so wenig Zeit für dich. Der Beruf ist einfach zu stressig.«

»Wie machen das denn die anderen Krankenpfleger?«, fragte ich. »Sind die auch alle ständig gestresst?«

»Auf der Station arbeite ich nur mit Frauen zusammen«, gab Alex zur Antwort.

Ich horchte auf. Hoffentlich machte ihm da keine schöne Augen. »Ach, und als Frauen können sie alles besser verkraften?«

»Jetzt drehst du mir aber die Worte im Mund herum.«

»Tue ich nicht. Mir kommt es nur so vor, als ob ich für dich nicht sonderlich wichtig bin.«

Alex sah mich mit traurigen Augen an. »Aber Schatz, das stimmt doch nicht. Man kann Gefühle auch nicht mit Zeit aufwiegen.«

Ach, herrje, was für ein merkwürdiger Satz. Wie sollte ich das nun wieder verstehen?

»Was willst du mir damit sagen?«, begann ich mutig. »Dass man große Gefühle für jemanden haben kann, obwohl man nicht mit ihm zusammen sein will?«

»Natürlich möchte ich dich so oft wie möglich sehen.«

»Davon merke ich leider nicht allzu viel.« O Schreck, das klang jetzt so, als ob ich klammern würde.

»Aber das habe ich dir doch gerade erklärt.«

Wir drehten uns im Kreis. Manchmal wurde ich einfach nicht schlau aus Alex. In einem Moment wirkte er verliebt und dann gab er sich wieder kühl. Was war das mit uns? Ging es hier um Liebe oder eher nicht? Das Pendel schlug nach Letzterem aus. Doch Schluss machen wollte ich auch nicht. Dazu kribbelte es viel zu sehr. Allerdings nicht, wenn er wie heute auf übertriebene Art und Weise seinen Arbeitsfrust bei mir ablud. Andererseits konnte er wirklich sehr charmant sein … und sobald er mich mit diesem besonderen Alex-Blick ansah, konnte ich ihm nicht widerstehen.

Als ich an diesem Abend nach Hause kam, blinkte mein Anrufbeantworter. Daniela Seifert hatte angerufen. Sie habe alles mit der Versicherung geregelt, teilte sie mir mit. Die Beule an meinem Auto fiel mir wieder ein. Na ja, Hauptsache, es fuhr noch.

Vielleicht behielt ich einfach das Geld für die Reparatur, überlegte ich, und horchte auf, als sie am Ende der Nachricht irgendetwas von Rückruf faselte. Sie müsse mich dringend etwas fragen, sagte sie. Huch, war doch nicht alles mit der Versicherung geklärt? Ich beschloss, mir keine großen Gedanken zu machen. Der Abend mit Alex war nicht so super gewesen, und mir war nicht mehr danach, jetzt auch noch über diese Daniela nachzudenken. Ich könnte sie ja morgen mal anrufen. Dann würde ich schon erfahren, was sie von mir wollte.

-5-

Der nächste Tag verlief hektisch. Und natürlich vergaß ich, die Moderatorin von *Hamburg hört* anzurufen. Sie kam mir noch nicht einmal in den Sinn, als ich mich nach der Arbeit erschöpft aufs Sofa fallen ließ und alle viere von mir streckte. Die Geschehnisse des Tages gingen mir durch den Kopf, und ich stöhnte leise vor mich hin, als es plötzlich an der Tür klingelte.

Ich fuhr hoch. Wer war das jetzt? Ich erwartete doch niemanden. War das Leonie, die ihre Kisten abholen wollte? Hatte sie nicht gesagt, dass sie morgen kommen würde? Oder beabsichtigte meine Mutter, mir mal wieder einen Vortrag zu halten? Das könnte ich im Moment wirklich nicht ertragen. Einen Augenblick lang überlegte ich, ob ich mich totstellen sollte. Ich war eben nicht zu Hause. Doch dann siegte die Neugier.

Vor der Tür stand Daniela Seifert. Was ihr Outfit anbelangte, sah sie ebenso makellos aus wie an dem Abend, als sie mein Auto angefahren hatte. Doch ihr leicht verzerrtes Gesicht ließ erahnen, dass es ihr nicht sonderlich gut ging.

»Sie schon wieder«, entfuhr es mir.

»Warum haben Sie nicht zurückgerufen?«, fragte Daniela Seifert.

»Ich kam noch nicht dazu.«

»Ich wollte Sie etwas fragen. Es ist dringend.«

»Klappt es doch nicht mit der Versicherung?«

»Es hat nichts mit dem Unfall von neulich zu tun. Kann ich reinkommen?«

Wir gingen ins Wohnzimmer. Ich setzte mich aufs Sofa und deutete an, dass sie sich auf einen Sessel niederlassen könnte.

»Was ist denn?«, fragte ich.

»Ich habe Ihnen doch neulich erzählt, dass ich mich von meinem Mann trennen möchte«, begann mein ungebetener Gast zu erzählen.

»Ja und?«

Daniela Seifert steckte die Finger ineinander, als ob sie beten würde. »Ich frage mal ganz direkt«, sagte sie dann. »Könnte ich bei Ihnen vorübergehend einziehen? Da ist doch jemand bei Ihnen ausgezogen.«

Ich starrte sie an. »Wie? Wie kommen Sie denn auf die Idee?«

»Es soll ja wirklich nur für kurze Zeit sein, eben nur so lange, bis ich etwas Geeignetes gefunden habe.«

»Haben Sie denn keine Freunde, zu denen Sie gehen können?«

Daniela Seifert schien verunsichert. »Natürlich habe ich Freunde, aber die stellen zu viele Fragen. Und die will ich auch nicht belästigen.«

Ach, und mich konnte sie belästigen, dachte ich. Was wollte die hier? Sie sah doch aus, als ob sie sich ein Luxusapartment leisten könnte. Niemals würde ich meine Wohnung mit dieser affektierten Zicke teilen. Sie passte nicht in die Gegend und erst recht nicht zu mir. Das konnte ich ihr so aber nicht sagen. »Sind Sie nicht etwas zu alt für eine Wohngemeinschaft?«, fragte ich.

»Na, Sie sind ja auch nicht gerade erst achtzehn geworden.«

Ganz schön frech, wenn man bedachte, dass sie hier wohnen wollte. Sollte sie da nicht etwas freundlicher sein? Auf einmal musste ich an Leonie denken. Was hatte sie am Telefon gesagt?

34

Du musst dir jemanden suchen. Du kannst die Miete nicht allein bezahlen. So ungefähr hatte sie sich ausgedrückt. Und jetzt saß hier jemand, der sofort einziehen wollte. Eigentlich unglaublich.

»Es ist grauenhaft. Wir streiten uns nur noch. Ich halte das nicht mehr aus«, vertraute mir Daniela Seifert an. »Ich muss unbedingt weg von meinem Mann.«

Ich wusste nicht, warum, aber sie traf damit einen Nerv bei mir. *Du bist immer zu mitleidig*, hatte meine Mutter einmal zu mir gesagt. *Da kannst du mal an die falschen Leute geraten.* Keine Ahnung, wie sie das gemeint hatte. Aber mitleidig war ich, wenn ich mich auch nach außen hin manchmal schroff gab. Ich konnte diese Eppendorferin zwar nicht ausstehen, aber sie tat mir dennoch leid.

»Hm«, meinte ich schließlich. »Verstehen Sie das jetzt nicht als Zusage, aber Sie könnten sich das Zimmer ja mal ansehen.«

Daniela Seifert sprang auf. »Ja gern.«

»Und wie ist das?«, fragte ich auf dem Weg zu Leonies ehemaliger Behausung. »Sie würden die Miete sofort zahlen?«

»Aber natürlich würde ich das.«

Madame aus Eppendorf schien ihr Selbstbewusstsein wiedererlangt zu haben.

»Es ist zweiundzwanzig Quadratmeter groß«, sagte ich. »Es gibt einen Schrank, den Sie benutzen könnten. Allerdings müssten Sie sich noch ein Bett besorgen.«

»Das dürfte kein Problem sein.«

Die Frau, die mir gerade noch leidgetan hatte, sah sich mit kritischen Blicken um. »Es ist schön hell und groß genug wäre es auch«, meinte sie dann. »Nun gut, ich nehme das Zimmer.«

Jetzt konnte ich nicht mehr zurück, wurde mir klar. Was hatte ich getan?

Doch irgendwie war ich auch erleichtert, denn vorerst müsste ich mir keine Gedanken mehr um die Miete machen.

Und wenn Daniela Seifert wieder ausgezogen wäre, könnte ich mir in Ruhe jemanden suchen. Am besten schon vorher, denn lange hielt sie es bei mir sowieso nicht aus, versuchte ich mir einzureden. Sie war doch etwas ganz anderes gewohnt. Außerdem war ich nicht besonders ordentlich, das störte sie bestimmt.

Meine neue Mitbewohnerin in spe griff in das Täschchen, um das ich sie so beneidete, holte ein sehr schönes Portemonnaie heraus, fummelte zwei Hunderter hervor und legte sie auf meinen Tisch im Wohnzimmer.

»Das ist schon mal eine Anzahlung für die Miete«, sagte sie, und ich fand sie arrogant, obwohl ich nicht genau sagen konnte, was mich daran störte.

»Die Wohnung ist bestimmt nicht preiswert«, meinte sie nun. »Wären Sie mit siebenhundert im Monat einverstanden? So mit allem Drum und Dran«, ergänzte sie.

Mir blieb der Mund offen stehen. Das war exakt die Hälfte meiner Miete. Jetzt erzähl bloß nicht, dass deine Eltern dir etwas dazugeben, ermahnte ich mich und nickte.

»Klar, mit den Heizkosten und so weiter schauen wir mal. Aber siebenhundert ist erst mal in Ordnung.«

»Dann sind wir uns also einig.«

»Kann ich Ihnen einen Eierlikör anbieten?«, fragte ich, weil ich mich auf einmal unbehaglich fühlte und selbst gern einen getrunken hätte.

»Ich trinke keinen Alkohol«, sagte Daniela Seifert mit Nachdruck. »Aber wenn Sie einen Tomatensaft hätten …«

»Wie bitte? Tomatensaft … den trinkt man doch nur über den Wolken.«

»Also ich trinke den auch gern auf der Erde.«

»Ich habe noch nie jemanden getroffen, der das tut.«

»Also nicht«, meinte Daniela Seifert und wechselte das Thema. »Morgen lasse ich mein Bett hierherbringen. Sind Sie zu Hause?«

»Am Abend ja, bis siebzehn Uhr muss ich arbeiten. – Was haben Sie eigentlich neulich in der Gegend gemacht?«, fragte ich.

»Na, was wohl. Ich wollte mir eine Wohnung ansehen. Aber sie war bereits vergeben.«

»Ja, das Viertel ist begehrt. Liegt ja auch relativ zentral.«

»Stimmt. Ach übrigens, ich finde, wenn wir zusammenwohnen, sollten wir uns auch duzen. Dass ich Daniela heiße, wissen Sie ja schon. Aber nennen Sie mich bitte Dana.«

»Nenn mich bitte Dana, das *Sie* wollten wir doch weglassen«, korrigierte ich sie.

Zum ersten Mal sah ich, dass Daniela oder Dana, wie ich sie ab jetzt nennen sollte, lächelte. Sollte sie öfter machen, stand ihr ganz gut, stellte ich fest.

»Ich muss mich erst daran gewöhnen«, sagte Dana und reichte mir die Hand. »Also dann, auf gute Zusammenarbeit, äh, ich meine, auf ein gutes Gelingen.«

»Darauf hoffe ich auch«, erwiderte ich und drückte ihr die Hand.

Als Dana Seifert gegangen war, goss ich mir einen Eierlikör ein. »Ach, Omi«, brabbelte ich leise vor mich hin, »jetzt wohne ich bald mit einer Hörfunkjournalistin und Moderatorin zusammen. Wird das gut gehen? Was meinst du dazu?« Ich lauschte in die Stille hinein. So wie ich meine Oma gekannt hatte, hätte sie in ihrer ruhigen Art bestimmt geantwortet: *Ach, Irischen, wart mal ab. Vielleicht kommt ja alles ganz anders, als du denkst.*

-6-

Mit Alex lief es jetzt geradezu sensationell. Er gab sich wirklich große Mühe seit unserem Gespräch in der *Klingel,* obwohl ich an dem Abend geglaubt hatte, dass er überhaupt nichts verstanden hätte.

Neulich waren wir chinesisch essen gewesen, und ich hatte ihm erzählt, dass ich gebackene Bananen über alles liebe. Sofort war er zum Kellner geeilt und hatte sie als Dessert bestellt. Ich hatte das als sehr aufmerksam empfunden. Anschließend waren wir zu ihm gegangen und hatten einen wundervollen Abend verbracht, der bis zum nächsten Morgen gedauert hatte.

An diesem Abend gingen wir zu den Wiener Sängerknaben. Alex' Krankenstation hatte von einem Patienten, der mit dem Management der Sängerknaben verbandelt war, Freikarten erhalten. Weil eine Kollegin krank geworden war, hatte er gleich zwei Karten bekommen. Sicher möchten Sie Ihre Freundin mitnehmen, hatte die leitende Schwester zu ihm gesagt.

Alex hatte die Karten genommen, obwohl er von allein nie auf die Idee gekommen wäre, sich die Wiener Sängerknaben anzuhören. Und ehrlich gesagt, wäre ich es auch nie.

Doch ich war erstaunt. Das Konzert gefiel mir wirklich gut. Das hätte ich nicht erwartet. Danach lud mich Alex noch in ein Weinlokal ein. Er meinte, Wein und Wien, das würde gut zusammenpassen.

Als Alex von Wien sprach, erinnerte ich mich an eine Jugendtorheit. In dieser Stadt hatte ich einmal zwei Monate gelebt. Gleich nach meiner Ausbildung hatte ich mich in einen Wiener verliebt, der in Hamburg zu Besuch gewesen war. Zumindest glaubte ich, dass ich verliebt wäre. Es war wie ein Rausch. Zu diesem Rausch gehörte auch die Sehnsucht nach einem Abenteuer. Ich wollte etwas tun, von dem ich nicht wusste, wie es ausgehen würde. Und hier bot sich eine Gelegenheit dazu. Also zog ich zu meiner vermeintlichen Liebe nach Wien. Ein fremder Mann, eine fremde Stadt, eine neue Arbeit – ach, wie aufregend. Selbst meine Mutter, auf die ich immer große Rücksicht genommen hatte, konnte mich nicht zurückhalten. Natürlich ging es schief. Kaum wohnten wir zusammen, hatten wir uns nicht mehr viel zu sagen. Und obwohl Wien eine schöne Stadt war, fühlte ich mich schon bald nicht mehr wohl. Wo war das Abenteuer? Der große Kick blieb aus. Ich fühlte mich einsam und spazierte nach Feierabend ziellos durch die Straßen oder saß in einem der gemütlichen Kaffeehäuser und versuchte zu lesen.

Reumütig war ich schließlich nach Hamburg zurückgekehrt. Erstaunlicherweise hatte sich meine Mutter Bemerkungen wie *das habe ich doch gleich gesagt* verkniffen. Ich glaube, sie war ziemlich froh, dass sie mich wieder in der Nähe hatte.

Rückblickend betrachtet, konnte ich sagen, dass ich diesen kleinen Ausflug dennoch nicht bereute, denn wenigstens einmal im Leben hatte ich es geschafft, mich gegen meine Mutter aufzulehnen. War es wirklich nur einmal gewesen? In kleineren Dingen war es wohl schon öfter passiert. An all das musste ich nach dem Konzert der Wiener Sängerknaben denken, während Alex mich mit Fakten über die weltberühmten Knaben überschüttete.

39

»Die haben dreihundert Auftritte im Jahr – weltweit, stell dir das einmal vor.«

Ich wunderte mich über Alex' Begeisterung, denn eigentlich war er ein Jazzfan. Als ich meine Verwunderung äußerte, meinte er, dass er für jede Art von Musik offen sei. Vielleicht stimmte das, dachte ich, denn so lange kannte ich ihn schließlich noch nicht. Auf jeden Fall war er zuckersüß an diesem Abend. Und ich hing an seinen Lippen, als er von dem Konzert schwärmte, und dachte nur daran, wie schön es doch neulich Nacht mit ihm gewesen war.

* * *

Doch an diesem Abend schlief ich nicht bei ihm, sondern ging allein nach Hause. Der nächste Tag war ja auch ein Arbeitstag. Hatte Alex sich tatsächlich geändert oder verhielt er sich nur vorübergehend so aufmerksam? Darüber dachte ich nach, als ich mich im Badezimmer abschminkte. *Wir werden sehen,* sagte ich leise zu meinem Spiegelbild.

Daniela Seifert wohnte jetzt schon eine Woche bei mir. Sie hatte tatsächlich ihre Designerklamotten in den alten Schrank gehängt, der in ihrem Zimmer stand. Zum Glück hatte Leonie ihre Kartons rechtzeitig abgeholt. Im Flur war jetzt mehr Platz.

In einem Punkt war ich angenehm überrascht von meiner Mitbewohnerin. Sie hatte die restliche Miete sofort überwiesen. Bisher waren wir uns allerdings nur selten begegnet. Wenn ich morgens aus dem Haus ging, lag sie noch im Bett.

Einmal hatte ich sie gefragt, ob sie denn nicht zur Arbeit müsse.

»Ich mache kein Frühstücksradio«, hatte sie grummelig geantwortet.

»Welche Art von Radio machst du denn?«

»Hauptsächlich führe ich Interviews mit Künstlern oder Personen, die sich dafür halten«, hatte sie geantwortet und dabei kurz gelacht. »Es genügt, wenn ich um halb elf zur Redaktionskonferenz erscheine. Manchmal muss ich allerdings auch für Kollegen einspringen. Ab und zu moderiere ich Musiksendungen.«

»Hast du denn Ahnung von Musik?«

»Das kommt darauf an, um welche Richtung es sich handelt. Aber ich informiere mich natürlich dementsprechend.«

»Was sind das für Künstler, die du interviewst?«, fragte ich.

Daniela schien gelangweilt. »Das sind Sänger, Schauspieler oder Musiker, die gerade in Hamburg auftreten.«

»Das klingt doch interessant.«

»Ach, findest du?«

»Du nicht?«

»Nun ja, vieles ist einfach nur öde.«

»Wie?«

»Die Schauspieler schwören auf das Theater und verteufeln das Fernsehen, obwohl sie gerade dadurch bekannt wurden. Die Musiker ahnten schon mit fünf, dass sie wahnsinnig begabt sind, und die Sänger sind irre eitel und allesamt selbstdarstellerisch veranlagt. Die Schauspieler übrigens auch. Einigen ist es nicht einmal peinlich, das von sich selbst zu behaupten.«

Danielas Ton klang herablassend. Anscheinend verachtete sie ihre Interviewpartner.

»Unter anderem habe ich deshalb einen Rechtsanwalt geheiratet, weil die mit der eitlen Künstlerszene normalerweise nicht viel zu tun haben«, fuhr sie fort. »Aber glaub mir, auch Juristen können ungeheuer selbstherrlich sein.«

»Das gibt es wohl in allen Berufen.«

»Da ist was dran«, meinte Daniela. »Dennoch könnte ich nie mit einem Schauspieler liiert sein.«

Ich versuchte, mir vorzustellen, dass Alex jeden Abend in einem Theater in Hamburg auftreten würde. Ich wäre bestimmt unheimlich stolz auf ihn und würde jedem davon erzählen. Aber vielleicht war das ganz anders, wenn man in dieser Szene lebte. Dann war es ganz selbstverständlich, dass der Freund oder die Freundin irgendwo auftrat.

Jedenfalls war dieses Gespräch das längste gewesen, das ich bisher mit Daniela geführt hatte. So viel hatte sie bisher noch nicht von sich erzählt.

Weiterhin kreuzten sich unsere Wege kaum, denn wenn ich abends nach Hause kam, war sie meistens noch nicht da oder saß in ihrem Zimmer am Laptop. Ich hatte das einmal im Vorbeigehen gesehen, weil ihre Zimmertür aus Riffelglas bestand. Schemenhaft konnte man immer etwas erkennen. Surfte sie nur durch die Gegend oder tippte sie ihre Interviews, hatte ich mich gefragt. Ich hatte angenommen, dass sie an ihren Interviews arbeitete. So wie ich sie einschätzte, war sie ganz schön ehrgeizig. Von ihrem Beruf hatte sie mir ja einiges erzählt, doch über ihr Privatleben hatte sie bisher geschwiegen.

Was war denn nun mit ihrem Mann? Hatte der das einfach so hingenommen, dass sie ausgezogen war? Da musste ich demnächst mal ganz dezent nachhaken. Von allein rückte sie bestimmt nicht damit heraus. Ja, im Moment änderte sich einiges in meinem Leben. Mit Alex lief es so gut wie nie, und außerdem hatte ich eine neue Mitbewohnerin, die überhaupt nicht zu mir passte. Ich war sicher, dass ich mich bei ihr noch auf so einiges gefasst machen musste ...

-7-

Am Sonnabend fuhr ich mit dem Fahrrad nach Winterhude, um meinen Cousin Timo zu treffen. Er war ein paar Jahre jünger als ich und hatte ebenso wie ich keine Geschwister. Vielleicht standen wir uns deshalb so nahe.

Timo studierte Physik und versuchte ständig, mich für die physikalischen Phänomene des Alltags zu begeistern. Hin und wieder schaffte er das sogar. Er war ein absolut privilegierter Student, was seine finanzielle Lage anbelangte. Jedenfalls war ich bisher noch keinem Studierenden mit einer Eigentumswohnung in Winterhude begegnet. Nun gut, sie gehörte ihm nicht wirklich, sondern seinem Vater, der als Makler arbeitete. Der war so freundlich gewesen, ihm die Wohnung mietfrei zur Verfügung zu stellen, bevor er seine Familie verlassen hatte und wegen einer anderen Frau nach Bayern gegangen war.

Vielleicht war es auch eine Art Wiedergutmachung. Timo hatte sich vor zehn Jahren als schwul geoutet und sein Vater hatte daraufhin einen Wutanfall bekommen und anschließend wochenlang nicht mit seinem Sohn gesprochen. Großartige Vater-Sohn-Gespräche führten die beiden auch heute noch nicht. Aber Timo bekam jeden Monat pünktlich einen großzügigen Betrag von seinem Vater aufs Konto überwiesen.

Timo spottete manchmal darüber: »Mein Vater denkt wohl, wenn der Junge schon schwul ist, soll er wenigstens ein ordentlicher Physiker mit einer exorbitanten Stellung werden.«

»Welche Ex?«, fragte ich dann meistens und wir mussten beide lachen.

Timo sah ziemlich gut aus. Er war blond und seine Haut war stets leicht gebräunt. Seinen Kleidungsstil konnte man als lässig-stylisch bezeichnen. Als Kinder hatten wir zusammen den größten Unfug angestellt. Seiner Mutter Barbara, die Schwester meines Vaters, hatte dies nicht unbedingt gefallen. Sie hatte einen braven Jungen gewollt, einen, der sofort nach der Schule seine Hausaufgaben machte, Klavier spielen lernte, gute Manieren zur Schau trug und beim Abwasch half. Eins musste man ihr zugutehalten: Im Gegensatz zu Timos Vater hatte sie das Outing ihres Sohnes gelassen hingenommen. Wahrscheinlich hatte sie längst geahnt, wie ihr Filius gestrickt war.

Timo und ich wollten mit dem Rad einmal um die Alster fahren. Ein bisschen Bewegung musste auch im Winter sein. Zum Glück schien an diesem Februartag die Sonne und das Thermometer zeigte milde acht Grad an. Timo holte sein Rad aus dem Keller.

Auf dem Leinpfad radelten wir bis zur Krugkoppelbrücke und genossen für ein paar Minuten den fantastischen Blick über die Außenalster und auf die Türme der Stadt. Dann ging es weiter am Alsterufer entlang, vorbei an den Ruderclubs und den zahlreichen Restaurants, bis zum Jungfernstieg.

Dort hielten wir an einem Stand an, der Punsch und Würstchen verkaufte.

»Komm, ich lad dich ein«, bot Timo mir an. Wir stellten unsere Fahrräder ab und legten die Sicherheitsschlösser an.

»Wie stehts mit deinem Studium?«, fragte ich.

»Ich bin immer noch begeistert«, erwiderte Timo. »Du weißt ja, Physik ist meine Leidenschaft.«

»Das kann ich zwar nicht verstehen, aber wenn du damit glücklich bist.«

»Und was macht die Liebe?«, fragte Timo.

»Ich kann mich nicht beklagen. Schade nur, dass Alex so oft Wochenenddienst hat. Er arbeitet ja im Krankenhaus.«

»Ja, das hast du erzählt. War er nicht Gesundheits- und Krankenpfleger?«

»Stimmt, das ist jetzt die offizielle Bezeichnung für seinen Beruf.«

Die Verkäuferin reichte uns den Punsch und Timo bezahlte.

»Schmeckt sehr süß«, stellte ich fest.

Timo pustete in sein Glas. »Ich mag das.« Er machte eine Pause. »Und siehst du ihn heute noch?«

»Ich nehme an, du meinst Alex«, sagte ich. »Heute nicht mehr, aber vielleicht morgen Abend.«

»Ich bin im Moment solo«, gestand Timo.

»Verstehe ich nicht, du hast doch jede Menge Verehrer.«

»Schon, aber die meisten langweilen mich.«

»Ach, so ist das.«

Wir tranken unseren Punsch aus, stiegen wieder aufs Fahrrad und setzten unseren Weg um die Alster fort.

»Weißt du noch?«, fragte Timo, als wir ein Stück nebeneinander fahren konnten, »vor etlichen Jahren war die Alster zugefroren und wir sind Schlittschuh gelaufen.«

Daran erinnerte ich mich sehr gut. Ich hatte damals zum ersten Mal versucht, mich auf den Dingern fortzubewegen. Während Timo elegant und selbstsicher über das Eis geglitten war, war ich immer wieder hingefallen. Es hatte an ein Wunder gegrenzt, dass ich mir nichts gebrochen hatte. Seit diesem Misserfolg hatte ich es nie wieder versucht. Ich glaube, Schlittschuhlaufen ist nichts für mich. Ich war dafür gut im

Bogenschießen. Bei dieser Sportart musste man sich sehr konzentrieren. Alle vierzehn Tage fuhr ich nach Fuhlsbüttel, um am Training teilzunehmen. Im Sommer fand das draußen auf der Wiese und im Winter in der Halle statt.

Abgesehen vom Bogenschießen und meiner Vorliebe fürs Radfahren war ich nicht sonderlich sportlich. *Das ist besser als gar keine Bewegung*, würde meine Mutter jetzt sagen. Sie konnte nur selten still sitzen. Meinen Vater animierte sie ständig zu langen Spaziergängen. Meistens ließ er sich überreden, obwohl ich überzeugt war, dass er manchmal lieber auf dem Sofa sitzen oder in seinem Hobbykeller herumwerkeln möchte.

Meine Mutter war gelernte Buchhändlerin. Sie arbeitete drei Tage in der Woche halbtags in einer kleinen Buchhandlung in Eimsbüttel. Durch ihren Beruf hatten sich meine Eltern auch kennengelernt. Mein Vater hatte ein Faible für Geschichte und las gern Sachbücher. Er war seinerzeit in die Buchhandlung gekommen, in der meine Mutter schon damals tätig war, und hatte sich von ihr beraten lassen. In der nächsten Zeit war er mindestens zweimal in der Woche dort aufgetaucht, hatte ein Buch nach dem anderen gekauft und irgendwann den Mut gefunden, meine Mutter einzuladen. Sie, die schon lange darauf gewartet hatte, hatte sofort Ja gesagt. Diese Geschichte erzählten meine Eltern auf fast jeder Familienfeier. Inzwischen könnte ich sie wortgetreu wiedergeben. Vermutlich werde ich sie meinen Kindern erzählen und später meinen Enkeln davon berichten. Ob die dann die Story noch spannend fanden, war allerdings fraglich.

Während wir über die Straße Bellevue fuhren, hielt Timo einen Vortrag über die Klimaerwärmung. Wahrscheinlich hatte ihn die seit Jahren nicht mehr zugefrorene Alster dazu inspiriert. Der Wind blies mir kräftig ins Gesicht und ich spürte meine Hände kaum noch. Hoffentlich waren wir bald in Winterhude, dachte ich. Radfahren im Winter war vielleicht doch nichts für mich. Kurze Zeit später standen wir vor Timos Haus. Er sah, wie ich zitterte, und bot mir an, mich mit dem Auto nach Lokstedt zu fahren.

»Das Fahrrad legen wir in den Kofferraum«, schlug er vor.

Ich war so durchgefroren, dass ich sein Angebot gern annahm.

Als wir mit dem Wagen vor meiner Wohnung vorfuhren, bemerkte ich, dass Dana – inzwischen hatte ich mich an die Kurzform ihres Namens gewöhnt – aus dem Fenster sah.

Aha, die Dame war also neugierig. Na ja, warum auch nicht. Schließlich hätte ich auch gern mehr über sie gewusst.

-8-

Es war so gekommen, wie ich es erwartet hatte. Dana als Mitbewohnerin – das konnte nicht gut gehen.

Heute Morgen blockierte sie das Bad. Warum war sie nicht wie sonst im Bett geblieben, bis ich zur Arbeit ging?

»Ich bin gleich fertig!«, rief sie, als ich an der Tür rüttelte.

Also wartete ich und sah dabei auf die Uhr. »Verdammt, ich komme zu spät«, fluchte ich. »Das gibt Ärger mit Herrn Holle.«

»Gemach, gemach«, scholl es zurück.

»Machst du dich jetzt auch noch lustig über mich?«

»Würde ich nie tun.«

»Da hilft nur ein Badezimmerplan«, sagte ich ungehalten, als Dana endlich herauskam.

»Nun reg dich doch nicht auf«, meinte sie gelassen. »Du musst doch damit rechnen, dass ich das Bad benutze.«

»Aber nicht um diese Zeit.«

»Krieg dich wieder ein, schließlich bezahle ich genügend Miete.«

Um eine weitere Diskussion zu vermeiden, verschwand ich schnell im Bad, um die notwendigsten Restaurationen an meinem Körper vorzunehmen. Zum Duschen blieb keine Zeit mehr. Deshalb war heute nur eine Katzenwäsche angesagt.

Als ich das Bad verließ, roch es verführerisch nach Kaffee. Das kannte ich nicht, denn Leonie hatte sich zum Frühstück immer Tee gekocht.

»Willst du auch einen?«, rief Dana aus der Küche, als ich gerade meinen Pullover überzog.

»Einen was?«

»Kaffee natürlich.«

»Geht nicht, bin spät dran.«

»Wer um alles in der Welt ist Herr Holle?«, fragte Dana und ignorierte die Tatsache, dass ich unter Druck stand.

»Mein Chef natürlich«, rief ich, schnappte meinen Rucksack und verließ die Wohnung.

Eigentlich schade, dachte ich, als ich die Treppe runterlief. Ein Kaffee wäre nicht schlecht gewesen. Aber heute wollten wir mit der Gruppe einen Ausflug ins Rathaus machen – sogar mit kindgerechter Führung. Unsere Schützlinge hatten wir schon tagelang darauf vorbereitet. Wir gehen zum Bürgermeister, hatten wir ihnen erzählt. Dumm nur, dass einige das völlig falsch verstanden hatten. Sie glaubten, wir gingen in den nächsten Burgerladen, zum Meister aller Burger. Nun, das war eben die Welt, die sie kannten. Hoffentlich waren sie nicht allzu enttäuscht. Katja und ich müssten das noch einmal deutlich sagen, bevor wir losgingen.

Glücklicherweise kam ich nicht zu spät. Ich konnte sogar die Kinder in Empfang nehmen, die jeden Morgen von ihren Eltern gebracht wurden. Alle hatten ein Lunchpaket dabei. Das kam nicht so oft vor, wenn wir einen Ausflug machten. Um neun Uhr wollten wir starten. Doch vorher wurde ich ins Büro gerufen. Was war jetzt schon wieder los?

Vor mir standen Alinas Eltern. O je, dachte ich, gleich werden die Vorwürfe nur so auf mich herabprasseln. Doch erstaunlicherweise strahlte mich das Elternpaar an, als ob sie mir einen Orden verleihen wollten.

»Wir möchten Sie beruhigen«, begann Alinas Vater.

»Sie sind eine gute Erzieherin«, meinte die Mutter. »Unsere Tochter hat viel von Ihnen gelernt, und wir wissen, dass sie sich gern absondert. Machen Sie sich also keine Gedanken wegen neulich.«

Ich hatte ja immer ein gutes Verhältnis zu Alinas Eltern gehabt. Aber das hatte ich nun wirklich nicht erwartet. Sie kamen nicht hierher, um mir eine Standpauke zu halten, sondern um mir mein Gewissen zu erleichtern.

»Puuuh«, entfuhr es mir, »es tut mir wirklich leid.«

»Schon in Ordnung, Frau Naumann«, sagte Alinas Vater. »Wir können uns das vorstellen.«

»Das passiert mir nie wieder«, versprach ich.

»Wir glauben Ihnen. Sicher haben Sie einen großen Schreck bekommen. Wir haben übrigens nicht mit anderen Eltern darüber gesprochen.«

»Danke.«

Alinas Eltern wünschten uns noch einen schönen Ausflug und verließen das Büro.

»Da haben Sie aber noch einmal Schwein gehabt«, meinte mein Chef, der alles mit angehört hatte. »Andere Eltern hätten daraus sonst was gemacht.«

»Das ist mir klar«, sagte ich und ging dann zu meiner Gruppe zurück.

Was für ein Schreck in der Morgenstunde. Alinas Eltern waren wirklich sehr verständnisvoll. Ich war dankbar dafür, dass sie mir immer noch vertrauten und mich nicht wegen eines Fehlers in Bausch und Bogen verurteilten.

* * *

Die Fahrt mit der S-Bahn zum Rathaus verlief ohne Zwischenfälle. Bei der Führung zeigten sich die Kinder interessierter, als ich erwartet hatte. Daraufhin durften sie sogar Halskrausen anprobieren, die von den Bürgermeistern in früheren Zeiten getragen wurden.

Zwischendurch fragte Lukas zwar doch mal nach, wann es denn endlich Burger gebe, aber alle anderen hatten jetzt verstanden, dass sie im Rathaus waren und dieses Gebäude etwas mit einem Mann zu tun hatte, der Bürgermeister genannt wurde.

Zurück in der Kita, bastelten wir an der Stadt aus Pappe weiter, die wir im Rahmen unserer Lerneinheit erstellten. Mitten in dieser Stadt sollte das Rathaus stehen.

»Da drin wohnt der Chef von Hamburg«, meinte dazu Milan. »Der heißt Burgermeister und hat genauso viel zu sagen wie ein König. Und alle müssen machen, was er will.«

Katja und ich lachten. Wir korrigierten ihn nicht, denn etwas Wahres war ja schon dran.

* * *

Als ich nach Hause kam, saß Dana in der Küche und trank Tee.

»Na, hast du dich wieder beruhigt?«, fragte sie.

»Geht so, wir sollten uns echt absprechen, was das Bad betrifft.«

»Kann sein. Und du solltest mal abends deinen Obstsalat wegstellen oder wenigstens zudecken und ab in den Kühlschrank damit. Mir wird schlecht, wenn ich so was am frühen Morgen sehe.«

»Der Kühlschrank quillt über von deinen Sachen. Vielleicht wäre mehr Platz für den Obstsalat vorhanden, wenn du deine faulen Eier mal wegwerfen würdest.

»Wie bitte, meine Eier sind nicht faul«, verteidigte sich Dana. »Darauf achte ich schon.«

»Also gut«, versuchte ich einzulenken, »dann teilen wir den Platz genau auf.«

»Das ist doch hirnrissig. Darf ich jetzt nur noch auf Sparflamme einkaufen, weil der Platz im Kühlschrank begrenzt ist?«

»Mach doch, was du willst«, sagte ich und pfefferte meinen Rucksack in die Ecke.

Genervt ging ich ins Wohnzimmer. Ich hatte recht behalten, wir waren zu verschieden. Mit Leonie war alles so unkompliziert gewesen. Verdammt, warum hatte sie unbedingt zu ihrem Freund nach Lüneburg ziehen müssen.

Mein Festnetztelefon klingelte. Das konnte nur meine Mutter sein. Natürlich war sie es.

»Schlechter Zeitpunkt«, sagte ich. »Ich habe mich gerade mit meiner neuen Mitbewohnerin gestritten.«

»Worüber denn?«

»Ist doch nebensächlich. Wir passen einfach nicht zueinander.«

»Das wird schon. Ihr müsst euch eben erst zusammenraufen.«

»Klingt so, als hätten wir kürzlich geheiratet und du willst mich vor der Trennung bewahren.«

»Ich denke eben praktisch. Du schaffst das nicht allein mit der Miete.«

»Hm, leider wahr.«

»Sprich mit ihr, geh auf sie zu!«

»Das sagt sich so leicht.«

Ich wunderte mich über den Vorschlag meiner Mutter, denn sie selbst machte in solchen Fällen nur ungern den ersten Schritt. Sie war ein ausgesprochener Sturkopf.

Dennoch – vielleicht sollte ich es versuchen, dachte ich, als ich das Gespräch mit meiner Mutter beendet hatte. Das gegenseitige Anzicken brachte auf die Dauer nichts.

Doch wie konnte ich jetzt ein möglichst versöhnliches Gespräch mit Dana führen? Es gab keinen Grund, mich zu entschuldigen.

Ich ging in die Küche und füllte mir etwas von dem Nudelsalat, den ich im Supermarkt gekauft hatte, auf einen Teller. Dann suchte ich nach einer Gabel.

Dana saß noch immer auf ihrem Stuhl und schlürfte Tee. Irrte ich mich oder sah sie tatsächlich blass aus? Das könnte bedeuten, dass ihr unser Streit ebenfalls etwas ausgemacht hatte. Warum nahm ich das an? Dafür war sie viel zu ausgebufft.

»Keine Interviews heute?«, fragte ich und versuchte, dabei möglichst interessiert auszusehen.

»Ich habe heute frei«, meinte Dana. »Dafür muss ich am Sonntag arbeiten.«

»Ach was, am Sonntag?«

»Kannst du eigentlich kochen?«, fragte Dana aus heiterem Himmel.

»Wie … wie kommst du darauf?«

»Ich weiß, dass du auf Obstsalat stehst, aber mit Kochen hast du es wohl nicht so.«

Ich sah sie verblüfft an. »Na ja, das Übliche kann ich schon. Ja, und dann backe ich gern.«

»Was backst du so?«

»Stachelbeerkuchen, den kann ich richtig gut. Das hat mir meine Großmutter beigebracht. – Und wie sieht es bei dir aus?«

Dana grinste. »Ich kann nur Rührei oder Spiegelei. Das mache ich öfter. Deshalb werden bei mir die Eier auch niemals schlecht.«

»Das ist natürlich ein umfangreiches Repertoire.«

»Absolut. Gut, dass du das anerkennst.«

Aha, von Ironie verstand Madame etwas. »Hab dich noch gar nicht brutzeln sehen.«

»Du warst nicht da.«

»Eier sind nicht so mein Fall«, erklärte ich mit einem Blick auf die Pfanne, die an der Wand hing und die ich nur einmal benutzt hatte. Sie sah blitzblank aus. Ja, diese Dana war ordentlich. Das musste man ihr lassen.

»Schon klar, du isst lieber Nudelsalat aus der Packung«, spottete Dana.

Ich überlegte, wie ich dem Gespräch eine Wendung geben konnte. »Hast du für deinen Mann auch immer Rührei gemacht?«, fragte ich.

Dana hüstelte leicht. Es klang so, als ob sie sich verschluckt hätte. »Wie kommst du darauf?«

»Ich meine ja nur. Warum wolltest du denn unbedingt weg von ihm?«

»Ach herrje, das willst du also wissen. Das ist kein gutes Thema.«

»Nun sag schon«, drängelte ich.

»Wie das so ist. Wir haben uns auseinandergelebt.«

»Aber warum musste das so schnell gehen – das mit dem Ausziehen?«

Dana machte ein nachdenkliches Gesicht. »Nun, äh … es ging nicht mehr, weil … er hat …« Sie holte tief Luft. »Er hat mich geschlagen.«

Mir fiel die Gabel aus der Hand. »Wie bitte, das ist ja furchtbar.«

»Jetzt verstehst du sicher, warum ich so schnell wegwollte.«

»Aber … aber … wie lange ging das denn schon?«

»Lass uns nicht mehr darüber reden«, sagte Dana und blickte leicht verschämt zur Seite. »Es weiß sonst keiner, es ist mir unangenehm. Alle denken, ich bin glücklich verheiratet, sogar meine Eltern.«

»Deine Eltern? Denen hast du auch nichts gesagt?«

»Nein, sie sind weit weg. Sie hätten mir nicht helfen können. Außerdem wollte ich sie nicht beunruhigen.«

»Also, er hat dich schon länger geschlagen«, hakte ich trotzdem nach.

»Ja, und jetzt Schluss damit.« Dana stand auf. »Ich muss mich auf mein Interview am Sonntag vorbereiten«, sagte sie dann und verließ die Küche.

Ich schob den Teller mit dem Nudelsalat zur Seite und sah ihr nach. Sie machte so gar nicht den Eindruck einer Frau, die sich von ihrem Mann schlagen ließ. Doch zum ersten Mal hatte ich sie verletzlich erlebt. Vielleicht lag ich mit meiner Einschätzung völlig falsch. Konnte es sein, dass sich hinter ihrer Fassade ein völlig anderer Mensch verbarg, als ich bisher geglaubt hatte?

-9-

Das passte mir überhaupt nicht. Ich sollte operiert werden. Wegen Schmerzen im Unterbauch war ich zu unserem Hausarzt Doktor Holzner gegangen. Der war sich sicher gewesen: der Blinddarm. Er musste dringend raus. Tausend Gedanken gingen mir nach dieser Diagnose durch den Kopf. Wie lange würde ich in der Kita ausfallen? Hatte ich genügend Nachtwäsche für das Krankenhaus? Würde es sehr wehtun? Am meisten hatte ich Angst davor, nicht aus der Narkose aufzuwachen.

»Das kriegst du dann ja nicht mehr mit«, meinte Leonie, als ich ihr davon erzählte. Ein sehr merkwürdiger Trost, wie ich fand. Timo sagte so etwas Ähnliches, aber er lachte wenigstens dabei.

Die einzige hilfreiche Bemerkung kam von Alex. »Das ist doch heutzutage nur ein kleiner Routineeingriff«, meinte er. Und für diesen Satz war ich ihm dankbar.

Ich packte also mein Köfferchen und ließ mich von meinem Vater in die Klinik fahren. Ich bekam ein Zimmer mit einer entsetzlich laut schnarchenden Frau. Dies merkte ich bereits am Nachmittag, denn sie gönnte sich zu dieser Zeit einen verlängerten Mittagsschlaf. In der Nacht versuchte ich trotz der enormen Geräuschkulisse zu schlafen, was mir aber kaum gelang.

Die Operation verlief ohne Komplikationen. Mein Blinddarm wurde entfernt, und ich wachte auch aus der

Narkose auf. Zunächst war ich so erschöpft, dass ich nur schlief. Ich bekam nicht einmal mit, dass meine schnarchende Nachbarin entlassen worden war und eine andere Frau nun ihr Bett belegte.

Als ich wieder einigermaßen aufnahmefähig war, bestellte mir die Krankenschwester von allen möglichen Leuten herzliche Grüße. Allen voran natürlich von meiner Mutter, die sich noch während meiner Operation nach meinem Zustand erkundigt hatte.

Alex, der in der Neurologie desselben Krankenhauses arbeitete, hatte mir versprochen, dass er vorbeischauen würde. Bisher war er noch nicht dazu gekommen. Und das war auch gut so, denn der Blick in meinen Handspiegel schockierte mich. Ich sah wirklich furchtbar aus. Ich nahm meine Haarbürste und versuchte, damit meinen blonden Kurzhaarschnitt zu richten. Danach legte ich etwas Make-up auf, um frischer auszusehen. Anschließend suchte ich nach meinem Handy und teilte all meinen Kontakten mit, dass ich die Operation überlebt habe und demnächst wieder einsatzfähig sei. Wofür auch immer.

Am späten Nachmittag kam Alex.

»Wie geht es dir, Schatz?«, fragte er und gab mir einen Kuss auf die Stirn.

»Gut«, antwortete ich und hoffte, dass mein Make-up noch nicht abgeblättert war. Meine neue Bettnachbarin sah neugierig zu uns herüber. Bestimmt überlegte sie, ob es hier üblich war, dass Pfleger die Patientinnen küssten.

Alex konnte nur kurz bleiben. Aber er kündigte an, dass er später noch einmal kommen wolle.

Ich führte ein langes Gespräch mit meiner Mutter, die sich für den nächsten Tag ankündigte. Auch mit meinem Vater telefonierte ich kurz. Danach schlief ich noch ein bisschen. Als es an der Tür klopfte, glaubte ich, dass meine Zimmergenossin Besuch bekommen würde.

Doch ich hatte mich geirrt. Plötzlich stand Timo mit einem Blumenstrauß vor meinem Bett.

»Na, was machst du denn für Sachen?«, sagte er und lächelte mich an. »Ist wohl heute nichts mit Fahrradfahren.«

»Ja, mach dich nur lustig, du musst hier nicht liegen.«

»Was für ein Glück für mich«, meinte er.

Es klopfte schon wieder an der Tür. Es war Alex, der Timo von unten nach oben erstaunt musterte. Ich stellte die beiden einander vor.

»Geben Sie her«, meinte Alex zu Timo und deutete auf den Blumenstrauß. »Ich werde eine Vase besorgen.«

»Oh, das wäre gut. Sie kennen sich ja hier besser aus als ich«, ging Timo sofort auf das Angebot ein.

Alex schnappte sich den Strauß und verließ mit den Worten: »Bin gleich wieder da«, das Zimmer.

Timo sah ihm nach. »Das ist dein Freund?«

Ich nickte.

»Hm, macht aber einen netten Eindruck.«

»Findest du?«

»Ja doch, scheint ein sympathischer Junge zu sein.«

»*Junge,* er ist immerhin dreißig.«

»Na und, im Herzen sind wir doch alle kleine Jungs und Mädchen.«

»Studierst du jetzt Philosophie oder Psychologie?«

»Ich bleibe bei meiner Physik, fängt auch mit P an«, stellte Timo klar.

Alex kam mit der Vase samt Blumen zurück. »Ich stelle sie erst mal ans Fenster«, verkündete er.

Timo beobachtete Alex aufmerksam dabei, wie er die Blumen vorsichtig auseinanderzupfte, nachdem er die Vase abgestellt hatte.

»Hallooo«, rief ich, »hier spielt die Musik.«

Timo blickte nun in meine Richtung. »Also, erzähl mal, wie fühlst du dich?«

»Schon wesentlich besser als kurz nach der Operation. Ich hoffe, ich kann bald wieder nach Hause.«

Alex stand jetzt auch vor meinem Bett. »Ein bisschen Geduld wirst du noch haben müssen.«

»Ja, sie war schon als Kind so ungeduldig«, meinte Timo. »Sie wollte immer alles sofort haben.«

Alex ging auf diese Bemerkung ein. »Ist das wahr? Das erklärt ja vieles.«

»Spottet nur«, sagte ich. »Ihr werdet schon sehen, was ihr davon habt.«

»Von Spott sind wir weit entfernt«, erklärte Timo.

Alex lächelte Timo an. »Und Sie sind also der berühmte Cousin.«

»Sagt mal, Leute, wollt ihr euch nicht duzen?«, fuhr ich dazwischen. »Sicher werdet ihr euch in Zukunft öfter mal begegnen.«

Timo grinste. »Na klar. Das hoffe ich doch. Im Übrigen bin ich der einzige Cousin dieser holden Dame.« Er machte eine Handbewegung in meine Richtung. »Und berühmt werde ich vielleicht später mal. Ich arbeite jedenfalls darauf hin.«

»Jaja, du wirst ein berühmter Physiker. Das glaubst auch nur du«, feixte ich.

»Na, ihr versteht euch ja ausgezeichnet«, meinte Alex. »So ist das wohl, wenn man sich seit Kindertagen kennt. So ähnlich ist das Verhältnis zwischen mir und meiner Schwester. Wir necken uns ständig, wenn wir uns mal treffen.«

»Soso, du hast also eine neckische Beziehung zu deiner Schwester«, staunte ich und strahlte ihn an.

»Warum nicht? Seit wir erwachsen sind, verstehen wir uns gut.«

»Als Kinder nicht?«, fragte Timo.

»Na ja, da gab es schon ein paar Eifersüchteleien.«

»Also, ich glaube, ich lass euch jetzt mal allein«, bereitete Timo seinen Abschied vor. »Wollte ja nur mal sehen, ob du alles gut überstanden hast.«

»Für mich wird es auch Zeit«, meinte Alex. »Ich muss auf meine Station und außerdem braucht unsere Patientin noch ein wenig Erholung.«

Bei den Worten *unsere Patientin* sah er Timo an und zwinkerte ihm verschwörerisch zu.

»Na, da scheint ihr euch einig zu sein. Aber vielleicht habt ihr recht. Ein wenig Ruhe kann ich heute noch gebraucht. War aber schön, dass ihr beide da wart.«

Alex beugte sich zu mir herunter und küsste mich auf die Wange. »Bin morgen wieder bei dir«, flüsterte er mir zu.

»Ich freue mich schon«, antwortete ich.

Timo strich mir über den Arm. »Bleib tapfer, Mädchen, und werd schnell fit, damit wir uns bald wieder auf den Sattel schwingen können.«

»Versprochen«, sagte ich. »Werde mich bemühen.«

Bevor sie gemeinsam das Zimmer verließen, drehte sich jeder noch einmal um und winkte mir zu.

»Da hatten Sie aber respektablen Herrenbesuch«, meinte meine Bettnachbarin. »Mich hat heute noch keiner besucht.«

»Das kommt bestimmt noch«, versuchte ich, sie zu trösten. »Manchmal muss man nur etwas Geduld haben.«

Das sagte die Richtige, fiel mir dann ein. Timo hatte ja soeben behauptet, dass ich darin nicht sonderlich gut sei. Stimmte das eigentlich? In Gedanken ging ich verschiedene Situationen in der Vergangenheit durch. Ja, konnte sein, dass ich zur Ungeduld neigte, gab ich zu. Dann kuschelte ich mich in meine Decke und schlief ein.

* * *

Ein paar Tage später war ich wieder zu Hause. Arbeiten musste ich natürlich noch nicht. Und so machte ich es mir mit einer Decke auf dem Sofa gemütlich. Ich begann, ein Buch nach dem anderen zu lesen, doch ich konnte mich nicht richtig konzentrieren. Ich holte mir eine Tüte Chips aus dem Schrank und stellte den Fernseher an. Die Bilder flackerten vor meinen Augen dahin. Worum ging es da eigentlich? Hm, sollte ich jetzt herumzappen?

Immer wieder musste ich an Alex denken. Im Krankenhaus war er, wie versprochen, noch einmal auf einen Sprung vorbeigekommen. Doch dann hatte ich ihn nicht mehr gesehen. Auch eine Nachricht, die ich ihm geschickt hatte, war unbeantwortet geblieben.

Am Entlassungstag hatte mich mein Vater abgeholt. Mir war klar, dass es Alex nicht möglich gewesen wäre, mich nach Hause zu fahren, doch er hätte sich durchaus noch einmal kurz blicken lassen können. Zum Abschied aus dem Krankenhaus sozusagen.

Ich laufe ihm nicht hinterher, nahm ich mir vor. Aber wollte er denn gar nicht wissen, wie es mir ging? Sicher, heutzutage war so eine Blinddarmoperation etwas ganz Banales. Andererseits waren wir ein Paar und da sorgte man sich doch um den anderen. Ich verstand es nicht. In den Wochen vor der Operation war er so aufmerksam gewesen. Und im Krankenhaus hatte er sich immerhin zweimal blicken lassen. Und jetzt kam kein Wort von ihm. Ich merkte, wie mir die Tränen in die Augen stiegen. Warum machte er das? Oder war ich vielleicht zu empfindlich?

O nein, jetzt fing ich an, ihn auch noch zu entschuldigen, und stellte meine eigenen Gefühle infrage. *Du bist einfach nur zu empfindlich*, hatte Matthias immer zu mir gesagt, wenn er keine Zeit für mich gehabt hatte. Eine schöne Begründung, damit er sein eigenes Verhalten mir gegenüber nicht hatte kritisch hinterfragen müssen. Tickten eigentlich alle Männer so?

Alex rief dann doch an. Allerdings erst zwei Tage später. Ich weiß es noch genau. Es war gegen achtzehn Uhr, und ich hatte den ganzen Nachmittag gegen mein unbändiges Verlangen angekämpft, mich bei ihm zu melden.

Was er mir gestand, zog mir den Boden unter den Füßen weg. Fast wäre es mir lieber gewesen, ich hätte nie wieder etwas von ihm gehört.

-10-

Als Dana nach Hause kam, saß ich heulend in meinem Zimmer und trank den vierten Eierlikör. Ich schluchzte so laut, dass sie es unmöglich überhören konnte. Es rumpelte in der Küche. Sicher verstaute sie irgendwelche Einkäufe. Mir war alles egal. Ich konnte nicht mehr klar denken, was aber weniger am Likör als vielmehr an der Nachricht lag, die ich erhalten hatte. Sie war absolut unglaublich.

Hätte mich Alex einfach verlassen, wäre das schrecklich genug gewesen. Aber was er mir mitgeteilt hatte, war eine Katastrophe. Ich war gleich von zwei Menschen verraten worden.

Es dauerte etwa eine Viertelstunde, bis Dana zaghaft an meine Tür klopfte.

»Was ist?«, rief ich und schluchzte weiter.

Dana öffnete die Tür einen Spalt. »Kann ich dir helfen?«

»Niemand kann mir helfen«, jammerte ich.

»O mein Gott, du siehst ja furchtbar aus. Was ist passiert?«

»Na klar sehe ich furchtbar aus. Denkst du, das weiß ich nicht?«

»Willst du dich damit betrinken?«, fragte Dana und deutete auf die Flasche, die auf dem Tisch stand.

»Klappt leider nicht. Mir wird gleich schlecht.«

»Das kann ich mir vorstellen.« Dana setzte sich ohne Aufforderung auf einen Sessel. Sie war wie immer makellos gekleidet und ich fühlte mich gleich noch schlechter. »Nun sag schon! Was ist los?«

Ich verbarg mein Gesicht in einem Sofakissen. »Das kann ich nicht.«

»Ist jemand gestorben?«

»Es sind sogar zwei Leute gestorben«, brabbelte ich in das Kissen.

»Das ist ja entsetzlich«, sagte Dana.

Ich nahm das Kissen von meinem Gesicht. »Für mich sind sie jedenfalls gestorben.«

»Ach, so meinst du das.«

Ich nahm ein Taschentuch aus der Packung, die neben mir lag, und wischte mir das Gesicht ab. »Möchtest du einen Eierlikör?«, fragte ich unsinnigerweise.

»Ich trinke keinen Alkohol«, antwortete Dana.

»Ach ja, du trinkst ja nur Tomatensaft.«

Dana ließ nicht locker. »Also, was ist?«

Ich schnaubte ins Taschentuch. »Mein Freund hat Schluss gemacht.«

»Ah ja, verstehe.«

»Das ist noch nicht alles. Er hat sich verliebt.«

»Ja«, sagte Dana, »so was kommt vor. Kennst du sie und fragst dich jetzt, was hat sie, was du nicht hast?«

»Es ist keine SIE, es ist ein ER. Und es ist mein Cousin. Und ich weiß genau, dass ich das nicht habe, was er hat.«

Für fünf Sekunden herrschte Stille im Raum.

»Reich mir mal den Eierlikör rüber«, forderte Dana mich auf. »Ich glaube, ich habe jetzt einen nötig.« Dann ging sie in die Küche und holte sich ein Glas.

»Ich brauche auch noch einen«, sagte ich.

Dana füllte unsere Gläser bis zum Rand.

»Ich hätte das nie von Timo gedacht«, erzählte ich weiter. »Und von Alex auch nicht.«

»Wer ist denn jetzt wer?«, fragte Dana.

Ich klärte sie auf.

»Wusstest du denn, dass er auf Männer steht?«

»Von meinem Cousin weiß ich es, aber Alex hat mir erst vorhin gesagt, dass er bisexuell ist. Er meinte, dass er ernsthaft eine Beziehung zu mir aufbauen wollte. Aber zwischen ihm und Timo habe es sofort gefunkt. Er konnte sich nicht dagegen wehren.«

»Das wird wohl auch so sein«, meinte Dana, die sich jetzt bereits den zweiten Likör eingoss. »Das Dumme ist nur, dass du auf der Strecke bleibst.«

»Gut, dass du mir das noch mal so deutlich machst.«

»So habe ich das nicht gemeint.«

»Und Timo, der wusste doch, dass ich mit Alex zusammen bin. Warum tut er mir das an?«

»So kannst du das nicht sehen.«

»Ach nein!«

»Was soll er machen, wenn er sich verliebt hat.«

»Fehlt nur noch, dass du sagst, *das Herz will, was das Herz will.*«

Dana musste lachen. »Ich kenne deinen Cousin ja nicht. Aber sicher wird er ein schlechtes Gewissen haben.«

»Und was nützt mir das?«

Dana zuckte mit den Schultern. »Hör auf, dich selbst zu bemitleiden.«

»Es war so schön mit Alex in letzter Zeit. Und jetzt werde ich ihn nicht mehr sehen. Oder noch schlimmer, ich werde zusehen, wie er mit Timo glücklich ist.«

»Nun wart doch erst mal ab«, unterbrach mich Dana.

Doch ich war nicht mehr zu stoppen und erzählte alles, was mir zu Alex einfiel, und alles, was mir zu Timo einfiel. Dana sagte jetzt gar nichts mehr und hörte einfach nur zu.

In diesem Moment war ich sehr dankbar dafür, dass ich jemanden hatte, der mir zuhörte. Ich hätte jetzt nicht meine Mutter anrufen können – das wäre absolut unpassend gewesen. Und Leonie wäre auch nicht infrage gekommen, sie steckte sicher bis über beide Ohren in ihrem gemütlichen Nestbau mit Sven. Und Timo, den ich sonst angerufen hätte, fiel völlig aus. Wie könnte ich ihm jemals wieder vertrauen?

»Ich rufe jetzt Timo an und stelle ihn zur Rede«, sagte ich plötzlich wild entschlossen.

»Mach das nicht! Im Moment bist du viel zu durcheinander und sagst etwas Unbedachtes.«

Ich nahm das Telefon in die Hand. »Na, und wenn schon.«

»Lass es«, meinte Dana noch einmal. »Ruf ihn morgen an, wenn es dir besser geht.«

»Es wird mir nie wieder besser gehen.« Ich wählte Timos Nummer.

Dana versuchte, mir das Telefon aus der Hand zu reißen. Ich streckte meinen Arm in die Höhe, damit sie es nicht erreichen konnte.

»Und wenn Alex jetzt gerade bei ihm ist? Tu dir das nicht an.«

Augenblicklich senkte ich den Arm. Daran hatte ich nicht gedacht.

»Sieh es mal so«, sagte Dana jetzt. »Dein Alex ist wenigstens ehrlich gewesen. Er hat gesagt, was Sache ist, und nicht lange um den heißen Brei herumgeredet.«

»Gut, er war jetzt ehrlich. Aber es könnte gut sein, dass er neben mir auch Beziehungen zu Männern hatte. Das würde jedenfalls vieles erklären. Zum Beispiel, dass er so oft keine Zeit für mich hatte.«

»Oder zu anderen Frauen. Ist ja egal – wenn dein Gefühl dich nicht täuscht, dann war er wohl auch anderweitig unterwegs.«

»Möglich ist alles«, gab ich zu.

»Also war es nicht immer nur schön mit ihm.«

Ich nickte. »Manchmal habe ich mich schon über ihn geärgert.«

»Na, siehst du. Du hast dir etwas vorgemacht.«

»Macht man das nicht immer, wenn man verliebt ist?«

»Kann sein«, meinte Dana.

Am liebsten hätte ich sie jetzt wieder gefragt, wie das bei ihrem Mann war. Hatte der sie auch betrogen? Nun, er hatte sie geschlagen, das war ja bereits Grund genug, ihn zu verlassen.

»Am besten legst du dich jetzt hin«, schlug Dana vor. »Morgen sieht die Welt schon ganz anders aus.«

»Das hat meine Oma auch immer gesagt, wenn ich ein Problem hatte.«

»Deine Oma scheint eine weise Frau gewesen zu sein.«

Ich nahm das gerahmte Bild in die Hand, das auf dem kleinen Tisch neben meinem Sofa stand. Gedankenverloren betrachtete ich es. »Ja, das war sie.«

* * *

Alex war nicht mehr da. Daran dachte ich als Erstes, als ich am nächsten Morgen aufwachte. Es war bereits zehn Uhr, und ich hörte, wie Dana die Tür hinter sich zuzog, um zur Arbeit zu gehen. O mein Gott, jetzt würde ich den ganzen Tag mit meinen Gedanken allein sein. Wie sollte ich das durchstehen?

Wenn man deprimiert war, war es wichtig aufzustehen. Den ganzen Tag im Bett herumzuliegen, brachte einen nicht weiter. Das war eine Erfahrung, die ich schon des Öfteren gemacht hatte. Und Gründe, deprimiert zu sein, hatte es bereits einige gegeben.

Nun gut, sagte ich mir. Ich konnte die Dinge nicht ändern, musste damit leben, egal wie. Vorsichtig prüfte ich mit meinem rechten Fuß die Zimmertemperatur, schob dann die Bettdecke zur Seite und versuchte, mich aufzurichten. Wie viele Eierliköre hatte ich gestern Abend getrunken? Es waren so einige, erinnerte ich mich. Doch ich verspürte kein Schwindelgefühl und auch mein Magen schien alles gut überstanden zu haben. Einzig mein nicht mehr vorhandener Blinddarm erinnerte mich daran, dass auch er mich kürzlich verlassen hatte.

Ich zog die Jeans und den Pullover an, die vor meinem Bett lagen, und tappte in die Küche. Dort goss ich mir ein Glas Leitungswasser ein und trank es in einem Zug aus. Wie war das noch gestern? Wollte ich da nicht Timo anrufen? Und das würde ich auch tun, nahm ich mir vor. Am besten jetzt gleich.

Hoffentlich war er zu Hause, dachte ich, als ich seine Nummer wählte. Es dauerte nur wenige Sekunden, bis Timo sich meldete.

»Hallo, Timo«, sagte ich in einem erstaunlich freundlichen Ton. »Sicher weißt du, dass ich seit ein paar Tagen wieder zu Hause bin.«

»Ja, ja, schon«, stammelte er. »Wie geht es dir?«

»Gut, aber für die nächste Fahrradtour noch nicht gut genug. Aber die planst du jetzt wohl mit jemand anderem.«

»Hm«, meinte Timo und schwieg für etwa zehn Sekunden.
»Alex hat es dir gesagt?«, fragte er dann.

»Soll das ernsthaft eine Frage sein? Du weißt es doch, ihr habt das bestimmt besprochen. Oder?«

»Ja, ich weiß es.«

»Na, das ging ja schnell bei euch.«

»Iris, es tut mir leid. Ich würde dir gern alles erklären, aber das hat Alex doch bereits getan. Wir mochten uns einfach sofort und es kam eins zum anderen.«

»Ah ja, eins zum anderen.«

»Du kannst mir nicht vorwerfen, dass ich dich nur besucht hätte, um dir deinen Freund auszuspannen.«

»Habe ich doch gar nicht. Und Freund *ausspannen* klingt ziemlich albern.«

»Eben, er kann selbst entscheiden.«

»Ja, das hat er dann wohl.«

»Ich muss jetzt zu meinem Praktikum im Forschungszentrum«, erklärte Timo. »Lass uns bald wieder telefonieren.«

»Und worüber wollen wir reden? Vielleicht über Alex. Ja, wir könnten uns ja austauschen. Wie er bei mir so war und wie er bei dir so ist. Und dann könnten wir es vergleichen. Willst du das?«

»Hör auf, Iris, das ist jetzt wirklich unter deinem Niveau.«

»Niveau – du weißt doch überhaupt nicht, was das ist.«

»Ich wünsche dir gute Besserung«, sagte Timo, bevor es in der Leitung klickte.

Ich starrte das Telefon an. So eine Frechheit, er hatte tatsächlich aufgelegt. War ich zu weit gegangen? Ich konnte nicht lange darüber nachdenken, denn es klingelte an der Tür. Jetzt fiel es mir wieder ein. Meine Mutter hatte angekündigt, mich heute zu besuchen. Schließlich musste sie sich um ihre kranke Tochter kümmern.

O nein, sie durfte nichts von der ganzen Sache erfahren, denn ich hatte keine Lust auf endlose Diskussionen. Sie würde sofort Alex verteufeln und anschließend Tante Barbara anrufen, um ihr klarzumachen, wie unmöglich Timos Verhalten war. Wenn sie meinte, dass jemand ihrem armen Kind wehgetan hatte, konnte sie zur Höchstform auflaufen. Früher oder später würde sie es ohnehin erfahren, doch in meinem jetzigen Zustand konnte ich ihre Einmischung nicht ertragen.

Sie stand mit einem großen Topf in den Händen vor der Tür. »Du musst doch etwas essen, Kind«, begrüßte sie mich. »Ich habe dir Königsberger Klopse gemacht, natürlich ohne Kapern, so wie du sie magst. Du kannst dir Reis oder Kartoffeln dazu kochen. So was habt ihr doch sicher?«

»Komm rein, ich glaub schon, dass ich Reis im Küchenschrank habe. Vielleicht ist ja sogar das Verfallsdatum noch nicht abgelaufen.«

»Ich verstehe dich nicht, Kind. So was muss man immer dahaben. Wovon ernährst du dich eigentlich?«

Meistens von Brot und Obstsalat, dachte ich. Aber das sagte ich lieber nicht.

»Ich habe keinen Hunger«, meinte ich stattdessen.

»Der kommt schneller, als du denkst. Und außerdem musst du wieder zu Kräften kommen.«

Ich raffte mich zu einem »Danke, Mama« auf und erklärte dann, dass ich sehr müde sei und mich dringend hinlegen müsse.

Diese Bemerkung zeigte Wirkung. Meine Mutter hatte Verständnis und verabschiedete sich schneller, als ich gehofft hatte. Nun war ich wieder mit meinen Gedanken allein. Ich dachte an Alex und daran, was ich mir alles ausgemalt hatte. Wie oft hatte ich mich in Tagträumen verloren. Träume, in denen ich mir eine gemeinsame Zukunft vorgestellt hatte. Ich war wieder mal abgestürzt und in der harten Realität gelandet. Alles vorbei. Jetzt war Alex mit Timo glücklich. Ich spürte, wie mir die Tränen über die Wangen liefen.

Mir fiel das Gespräch ein, das ich am Vorabend mit Dana geführt hatte. Es war wirklich hilfreich gewesen. Ich setzte mich aufs Sofa, schaltete den Fernseher ein und wartete. Worauf eigentlich? Konnte es tatsächlich sein, dass ich mir wünschte, Dana würde endlich von der Arbeit kommen?

-11-

Es gab noch etliche Tage und Nächte, an denen ich mit meinem Schicksal haderte. So schnell ging mir Alex nicht aus dem Kopf. Eine Zeit lang zog ich mich zurück und unternahm kaum noch etwas. Doch dann beschloss ich, dass mein Leben irgendwie weitergehen musste.

»Ich bin heute zu einer Vernissage eingeladen«, erklärte Dana, als ich sie eines Abends in der Küche traf.

»Das ist schön für dich.«

»Hast du nicht Lust mitzukommen? Etwas Abwechslung würde dir sicher guttun.«

Ich war erstaunt. »Ja, ginge das denn?«

»Natürlich, ich kann immer jemanden mitbringen. Es gibt auch Sekt und Fingerfood.«

»Fingerfood?«

»Na klar. Und da unser Kühlschrank ziemlich leer ist, wäre das eine gute Alternative.«

»Ich habe nichts zum Anziehen.«

Dana ignorierte meine Bemerkung. »Über die Galerie habe ich mal einen Beitrag gemacht. Seitdem laden sie mich immer ein.«

»Aha.«

»Es geht um eine Fotoausstellung. Ich glaube, drei Künstler stellen da aus.«

Ich sah an mir hinunter. Der Gedanke, mich für die Welt da draußen zurechtmachen zu müssen, erschreckte mich.

»Was ist, wenn mich jemand von der Arbeit sieht?«

»Na und«, meinte Dana. »Du musst dich von einer Operation erholen. Das geht auch auf einer Vernissage.«

Ich gab mir einen Ruck. »Also gut, wenn du meinst. Wo ist diese Galerie?«

»In Nienstedten.«

»Da wohnen angeblich die meisten Millionäre Hamburgs.«

»Dort leben auch ganz normale Menschen.«

Ich ging zu meinem Kleiderschrank, der in meiner kleinen Schlafkammer stand, und suchte nach einem Kleidungsstück, das sich für eine Vernissage eignete. Neben den ausgebeulten Pullovern, die ich immer in der Kita trug, lagen einige T-Shirts. Ich suchte ein rotes mit einem runden Ausschnitt heraus und ging damit in die Küche.

»Könnte das passen?«, fragte ich Dana.

Sie lachte. »Das ist okay. Mach bloß keine Staatsaktion daraus. Deine Jeans kannst du auch anbehalten.«

Doch ich war noch nicht zufrieden. Schließlich fand ich einen dunkelblauen Blazer, den ich das letzte Mal vor drei Jahren getragen hatte.

»Prima«, meinte Dana. »Aber wart mal, ich habe noch eine Kette für dich. Die gibt dem Ganzen den letzten Schliff.« Sie ging in ihr Zimmer und kam mit einer Kette aus dunkelblauen Steinen zurück, die sie mir um den Hals legte.

Ich betrachtete mich im Spiegel. »Ist die wertvoll?«, fragte ich.

Dana grinste. »Mach dir keine Sorgen.«

Es klang so, als ob sie sagen wollte: *Ich habe ja genug Kohle, nicht so tragisch, wenn sie verloren geht.*

»Ich trage sonst kaum Schmuck«, stellte ich klar.

»Das habe ich schon gemerkt«, antwortete Dana. »Aber ich gehe auch sparsam damit um.«

Das stimmte. Sie war zwar meistens elegant gekleidet, doch mit Schmuck übertrieb sie es nicht.

Selbstverständlich kam ich mit meinem alten Blazer und dem leicht zerknitterten T-Shirt nicht im Entferntesten an ihr Outfit heran. Darüber war ich mir im Klaren.

Zum ersten Mal verließ ich gemeinsam mit Dana die Wohnung. Es tat gut, mal wieder rauszukommen, dachte ich, als wir mit ihrem Wagen auf der Autobahn Richtung Nienstedten fuhren.

In der Nähe der kleinen Fachwerkkirche in Nienstedten, die bei Hamburger Hochzeitspaaren sehr beliebt war, stellte Dana ihren Wagen ab.

»Da drüben ist die Galerie«, sagte sie und zeigte auf ein hell erleuchtetes Gebäude auf der anderen Straßenseite.

Wir stiegen aus und Dana fluchte: »Au verdammt, das Kopfsteinpflaster.«

Das Problem hatte ich nicht, freute ich mich und schaute auf meine Stiefel, die ich vor dem Anziehen extra noch geputzt hatte.

In der Galerie wimmelte es von Menschen. Dana stürzte sich auf einen Mann mit Halbglatze, der sich im Gespräch mit zwei Frauen befand.

Sofort wandte er sich ihr zu. »Ah, Frau Seifert, das ist schön, dass Sie kommen konnten. Ich stelle Ihnen gleich mal einen Künstler vor.«

»Na, den einen oder anderen kenne ich ja bereits«, meinte Dana.

Der Mann mit Halbglatze ging mit ihr in einen Nebenraum und ich kam mir etwas verloren vor. Doch dann betrachtete ich die Bilder an den Wänden. Es waren großflächige Fotografien, auf denen Schiffe, Kräne und Werften zu sehen waren. An einer anderen Wand waren die Bilder wesentlich kleiner und zeigten Deiche und Schafe. Erstaunlicherweise waren auch Fotografien in Schwarz-Weiß ausgestellt. Darunter die Elbphilharmonie, hinter der sich schemenhaft Hochhäuser türmten. Ich war irritiert – Hochhäuser hinter der Elphi?

»Das sind Doppelbelichtungen«, sagte plötzlich jemand hinter mir.

Ich drehte mich um und entdeckte einen Mittdreißiger mit Schnauzbart. Mit seinem eng anliegenden Langarm-T-Shirt, seinem bunt gemusterten Schal und der sportlichen Hose erinnerte er mich an die Praktikanten, die manchmal für ein paar Wochen in unserer Kita auftauchten.

»Ah ja«, sagte ich, »das erklärt einiges.«

Dieser kurze Satz animierte den Mittdreißiger im Kita-Praktikanten-Outfit zu einem Vortrag über die Finessen der Fotografie. Ich nickte höflich. Aha, das war also einer der Künstler.

»Ich bin Ulf Groning«, stellte er sich schließlich vor.

»Und das sind Ihre Fotos«, ergänzte ich seine Vorstellung.

»Ja genau.«

Was hatte Dana über Künstler gesagt? Die sind alle nur eitel. Aber vielleicht handelte es sich nur um ein Hobby.

»Fotografieren Sie hauptberuflich?«, fragte ich und fand mich sehr mutig.

»Ach«, sagte Ulf Groning, »warum fragen eigentlich alle immer, ob man davon leben kann. Was zählt, ist doch die Kunst.«

»Das habe ich nicht gefragt«, widersprach ich.

»Sie haben das aber gemeint«, unterstellte mir Ulf Groning.

Ein Kellner bot auf einem Tablett Sekt und Orangensaft an. Mein Gegenüber nahm ein Glas Sekt und übergab es mir wortlos. Er selbst wählte den Orangensaft.

»Auf die Fotografie«, sagte er. »Das ist bereits die zweite Ausstellung in diesem Jahr, bei der ich mit von der Partie bin.«

»Dann wünsche ich Ihnen viel Erfolg«, sagte ich und trank das Glas mit dem Sekt halb aus.

Gleich darauf merkte ich, dass mein Magen knurrte. Hatte Dana nicht etwas von Fingerfood gesagt? Zum Glück tauchte sie auf einmal neben mir auf.

»Hallo, Ulf«, begrüßte sie meinen Gesprächspartner. »Ein inspirierendes Event.«

»Hallo, Dana, bringst du einen Beitrag über die Ausstellung?«

»Eventuell eine kurze Erwähnung«, meinte Dana, die ebenso wie Ulf ein Glas Orangensaft in den Händen hielt.

»Wie war das mit dem Fingerfood?«, fragte ich.

Dana winkte einem Kellner, der, wie es schien, etliche Köstlichkeiten auf seinem Tablett vor sich her trug.

Ehe er näher kommen konnte, sah ich die eine und andere Hand, die sich eines der Häppchen schnappte. Als der Kellner es endlich geschafft hatte, zu uns vorzudringen, befanden sich auf seinem Tablett nur noch zwei kleine Delikatessen.

»Das ist Lachs auf Avocadocreme«, meinte er. »Die Ziegenkäseröllchen sind leider schon aus.«

»Schade«, sagte Dana und griff zu. Ich nahm mir das zweite Schnittchen. Es schmeckte gut und machte Appetit auf mehr.

»Ich besorge uns noch was«, versprach Ulf Groning und drängelte sich durch die Menge. Nach etwa zwei Minuten kam er mit einer Schale mit Chips wieder.

»Das sind Rote-Bete-Chips«, erklärte eine Frau neben mir. »Die haben nicht so viele Kalorien, weil sie im Ofen gebacken wurden.«

»Ach, wie schön«, meinte Dana. »Aber nach Chips ist mir nun wirklich nicht zumute.« Dann zog sie mich zur Seite. »Ich habe genug von dieser Veranstaltung. Lass uns gehen«, flüsterte sie mir zu.

»Wenn du alles erledigt hast!«

»Ich habe mich hier sehen lassen und den Galeristen begrüßt. Das genügt.«

Dana ging zu Ulf Groning, der noch immer mit der Chipsschale dastand, und gab ihm die Hand. »Wir sehen uns demnächst, Ulf. Alles Gute bis dahin«, sagte sie zu ihm.

Ulf Groning schien enttäuscht zu sein. Er fummelte eine Visitenkarte aus seiner Hosentasche und überreichte sie Dana. »Also, wenn du noch Fragen zu meinen Fotos hast ... jederzeit gern.«

»Versprochen«, meinte Dana.

Auf dem Weg zur Tür stieß sie mich an. »Und wir gehen jetzt was Richtiges essen. Was meinst du?«

»Keine schlechte Idee«, antwortete ich.

Als wir wieder im Auto saßen, verkündete Dana ihren Plan. »In der Innenstadt gibt es ein Thai-Restaurant, das ich schon immer mal ausprobieren wollte. Einige Kollegen schwärmen davon. Da fahren wir jetzt hin.«

Ich dachte daran, dass ich noch vor wenigen Wochen mit Alex beim Chinesen war. Aber die Thai-Küche war ja doch etwas anderes. Da würde ich hoffentlich nicht an ihn erinnert.

Irgendwo in der Nähe der Sankt-Michaelis-Kirche hielten wir Ausschau nach einem Parkplatz.

»Es ist doch immer das Gleiche. Rund um den Michel gibt es einfach zu wenige Parkplätze«, sagte Dana und drehte bereits die zweite Runde.

Ich schluckte eine Bemerkung über die Größe von Danas Auto hinunter, als sie erneut an einer Lücke vorbeifahren musste, in die mein Wagen perfekt gepasst hätte.

Endlich wurde weiter vorne ein Parkplatz frei.

Auf den ersten Blick wirkte das von Danas Kollegen so hochgelobte Restaurant schlicht und schnörkellos. Mit Dekoration hatten die es hier nicht so, war mein erster Gedanke. Aber das sagte ja nichts über die Qualität der Speisen aus.

Drei thailändisch aussehende Frauen wuselten durch den Raum. Eine davon reichte uns zwei Speisekarten und murmelte etwas, das wir nicht verstehen konnten.

»Besonders freundlich sind die hier aber nicht«, stellte ich fest.

Doch Dana studierte bereits aufmerksam die Karte. Ein junger Mann in dunkler Hose und weißem Hemd tauchte auf und brachte das Essen für ein Pärchen am Nebentisch.

Dana blickte auf. »Oh, der sieht nicht alltäglich aus.«

Jetzt sah ich mir den Kellner, der sich mit den Gästen am Nebentisch in fließendem Englisch unterhielt, genauer an. Er war groß, hatte breite Schultern und lebhafte braune Augen. Und wenn mich nicht alles täuschte, waren sie leicht mandelförmig.

»Aha«, meinte Dana, »da wollen wir doch gleich mal nachforschen, ob meine Vermutung stimmt.«

»Was meinst du?«, fragte ich.

Noch ehe sie antworten konnte, stand der Kellner mit den guten Englischkenntnissen an unserem Tisch.

Dana sah ihn prüfend an. »Sie sind doch bestimmt der Sohn des Hauses.«

Er lachte: »Oh, sieht man mir das an?«

»Irgendwie schon«, meinte Dana.

»Ich helfe gerade aus, mein Vater ist krank und meine Mutter und Tante schaffen es nicht allein.«

»Ihr Vater ist Deutscher?«

Ich war entsetzt über Danas Neugier und staunte gleichzeitig darüber, dass sie auf ihre Frage eine Antwort erhielt.

»So ist es. Und meine Mutter kommt aus Thailand. Ich bin aber in Hamburg aufgewachsen.«

»Sorry«, sagte Dana auf einmal, »ich bin Journalistin und deshalb an allem interessiert.«

»Kein Problem«, meinte der Sohn des Hauses. »Ich bin übrigens Nawin.« Er lachte noch einmal und fragte dann, ob wir uns schon für ein Gericht entschieden hätten.

Dana blätterte wieder in der Karte. »Ich nehme rotes Curry mit Rindfleisch.«

»Ah ja.«

»Und ich probiere Pad Thai mit Huhn.«

»Oh, die Dame spricht schon perfekt Thailändisch«, meinte Dana mit ironischem Unterton.

»Ja, das finde ich auch«, schloss sich Nawin an und machte sich auf den Weg zur Küche.

»Meistens isst man Pad Thai mit Garnelen«, versuchte Dana mich zu belehren.

»Was du so alles weißt«, staunte ich. »Mir ist aber eher nach Huhn.«

»Ist doch okay. Essenstechnisch war die Ausstellung ja ein völliger Reinfall.«

»Gehst du immer wegen der Häppchen zu solchen Veranstaltungen?«, fragte ich.

Dana kicherte. »Nee, so nun auch wieder nicht. Aber es ist eine nette Dreingabe. Als Journalistin musst du dir dein Netzwerk erhalten. Deshalb lasse ich mich ab und zu auf solchen Events blicken.«

»Gehört dieser Ulf auch zu deinem Netzwerk?«

»Nicht unbedingt. Der möchte nur, dass man ständig über ihn berichtet. Auf fast jeder Vernissage läuft mir der über den Weg.«

»Er war mir nicht unsympathisch.«

»Weil er aussah wie ein Sozialpädagoge auf Urlaub?«

»Also hör mal, ich bin auch Pädagogin.«

Dana grinste. »Dann schnapp ihn dir, ich glaube, er ist frisch geschieden.«

»So war das nicht gemeint.«

Nawin brachte das Essen und die Getränke. »Hier bitte, die Damen, dann wünsche ich guten Appetit.«

»Er hat wirklich keinen Akzent«, meinte Dana.

»Warum sollte er auch, er ist doch in Hamburg geboren und auch hier aufgewachsen.«

Während ich froh war, endlich etwas Ordentliches genießen zu können, stocherte Dana gelangweilt in ihrem roten Curry mit Rindfleisch herum. »Pikant ist das nicht«, meinte sie dann und ging zu einem Regal, auf dem Gläser mit Gewürzen standen.

Eine der thailändischen Frauen folgte ihr aufgeregt. »Gewürze verkaufen, wir bringen Chili.«

Nawin hatte die Szene sofort erfasst und eilte jetzt zu Hilfe. »Meine Tante meint, dass diese Gewürze zum Verkauf ausgestellt sind. Wenn Ihnen das Essen nicht scharf genug ist, bringen wir gern extra Chili an Ihren Tisch.«

»Ach so, ja gern«, sagte Dana und errötete. Die Situation schien ihr peinlich zu sein. Als sie zurückkehrte, hatte sie sich jedoch wieder gefangen.

»Ja, Chili ist wirklich nötig«, meinte sie, als Nawin ihr das Gewürz auf einem kleinen Teller brachte.

»Nehmen Sie nicht zu viel auf einmal«, warnte er.

Nachdem Dana genügend Chili ins Essen gestreut hatte, machte sie ein zufriedenes Gesicht.

»Hier können wir öfter herkommen«, meinte sie. »Ich würde gern noch einiges probieren. Und außerdem kennen wir ja jetzt den Sohn des Hauses. Was will man mehr?«

»Auf diesen gelungenen Abend«, sagte ich.

Wir erhoben unsere Gläser und prosteten uns mit Mineralwasser zu.

-12-

Ich konnte wieder zur Arbeit gehen und war froh darüber. Zu Hause hatte ich wirklich zu viel Zeit, um über alles nachzudenken, was in meinem Leben bisher schiefgelaufen war. Und dann hatte mich an meinem letzten Tag, an dem ich krankgeschrieben war, auch noch Alex angerufen. Er wolle mir noch einmal alles erklären, hatte er gemeint.

»Ich brauche keine Erklärungen mehr!«, hatte ich ins Telefon geschrien. »Lasst mich doch einfach alle in Ruhe!«

»Na, wenn das *so* ist«, hatte Alex daraufhin gesagt und anschließend aufgelegt.

Doch nun gab es wieder genügend Ablenkung. Die Kinder meiner Gruppe begrüßten mich überschwänglich und fragten, wo ich denn so lange gewesen sei, obwohl meine Kollegin es ihnen hinreichend erklärt hatte. Katja war überglücklich, dass sie die Vorschulgruppe nicht länger allein betreuen musste, und überschüttete mich mit den Ereignissen der letzten Wochen.

»Anton hat große Fortschritte in Mathe gemacht. Er weiß jetzt auch, was das Wort ›minus‹ bedeutet«, berichtete sie unter anderem voller Begeisterung.

Ich fand es zwar etwas albern, den Umgang mit Zahlen in der Vorschule bereits als Mathe zu bezeichnen, aber auch im Kindergarten musste natürlich alles einen wichtigen Namen haben. Seis drum – es freute mich, dass Anton jetzt wusste, was ›minus‹ bedeutete.

Auch mit den Buchstaben hatte sich Katja ins Zeug gelegt. »Wir sind jetzt bei M angelangt«, erklärte sie mir.

»Das ist ja sensationell«, sagte ich daraufhin und musste feststellen, dass ich wohl nicht so unersetzlich war, wie ich manchmal geglaubt hatte.

Am Abend kam Brian vorbei, mein Nachbar von gegenüber, und fragte, ob ich ein Stündchen auf Cooper aufpassen könnte.

Ich kannte das Problem. Cooper war nicht gern allein. Aber welcher Hund war das schon.

»Na klar«, sagte ich zu Brian und der Labrador sprang mich sofort an und leckte mir das Gesicht ab.

»Macht er das jetzt aus purer Dankbarkeit?«, fragte ich.

»Ach was, er mag dich einfach«, bemerkte Brian.

Mein Nachbar ging zum Sport und Cooper blieb bei mir. Als Erstes schnüffelte er überall herum. Mir fiel ein, dass ich im Kühlschrank noch ein paar Würstchen hatte. Eins davon könnte ich für Cooper opfern. Es schmeckte ihm hervorragend und er starrte mich danach hypnotisierend an. Dana hatte ich ein paar Tage nicht gesehen. Sie war unglaublich spät nach Hause gekommen. Doch heute kam sie früher und staunte nicht schlecht über unseren Gast.

»Ich habe ihn schon ein paarmal im Hausflur gesehen«, berichtete sie. »Aber mit seinem Frauchen oder seinem Herrchen habe ich bisher nicht gesprochen.«

»Dann wird es Zeit, dass ihr euch kennenlernt. Nachher holt Brian seinen Liebling wieder ab, dann kann ich euch vorstellen.«

»Du sagst, er kommt aus Wales?«

»Nein, sein Vater kam daher. Er lebt aber nicht mehr.«

»Es ist sehr schön dort«, erklärte mir Dana und begann von einer Reise nach Cardiff und Umgebung zu schwärmen.

Da konnte ich nicht mitreden. Ich war weder in England, Irland, Schottland oder Wales gewesen. Bisher hatte mich auch nichts auf die Insel gezogen. Ich liebte den Süden und dachte noch heute verklärt an eine Abenteuertour durch Ligurien, bei der ich zum ersten Mal Trofie mit Pesto gegessen hatte. Es war eine Tour mit Matthias gewesen. Wir waren an der ligurischen Küste entlang von einem Ort zum anderen gezogen und hatten manchmal am Nachmittag noch nicht gewusst, wo wir in der Nacht schlafen würden. Für so was hatte sich Matthias begeistern können. Allerdings war es auch der einzige Urlaub mit ihm gewesen.

Cooper winselte leise vor sich hin, als er Schritte auf der Treppe hörte. Er wusste genau, dass es sein Herrchen war. Wie ich mir vorgenommen hatte, stellte ich Brian und Dana einander vor.

Leider verabschiedete sich Brian sofort wieder, weil er Micki von der Arbeit abholen wollte. Cooper könne da ruhig mitkommen. Dana machte ein enttäuschtes Gesicht. Anscheinend hatte sie sich schon auf ein angeregtes Gespräch über die walisischen Landschaften gefreut.

»Und wer ist Micki?«, fragte sie, als Brian gegangen war.

»Na, seine Frau.«

»Sieht sie aus wie ein kleines graues Mäuschen oder warum nennt sie sich so?«

»Du hast sie doch schon auf der Treppe gesehen.«

»Ach stimmt, so unscheinbar ist sie nicht. Soweit ich mich erinnern kann, sieht sie sogar ziemlich gut aus.«

»Sie heißt eigentlich Nicole und wurde Nicki genannt, als sie klein war. Na, es ist die übliche Geschichte. Ihren Namen hat die kleine Nicki manchmal sehr undeutlich ausgesprochen und dann wurde Micki daraus. Und solche Spitznamen haben ja fast immer ein langes Leben.«

»Wie gut, dass ich nie einen echten Spitznamen hatte«, merkte Dana an.

»Und ich bin froh, dass sich mein Name nur schwer abkürzen lässt«, sagte ich.

»Hat dich nie jemand Iri genannt?«

Ich warf ihr einen vernichtenden Blick zu. »Das fehlte noch.«

Wir begannen eine lebhafte Diskussion über Vornamen. Ich verriet Dana, dass ich Iris genannt wurde, weil mein Vater für eine Schauspielerin schwärmte, die so hieß. Als wir die Vor- und Nachteile des Namens Daniela besprachen, klingelte es.

Vor der Tür stand Brian. »Entschuldige, das ist mir jetzt etwas unangenehm, aber ich habe schon wieder eine Bitte an dich.«

»Schieß los.«

»Wir kriegen morgen Besuch aus Berlin. Mein Bruder Andrew kommt mit seiner Frau. Die Kinder der beiden sollten bei meiner Schwester bleiben. Aber jetzt bringt er sie doch mit. Wir haben nicht so viel Platz. Könnte eventuell mein Bruder für zwei Nächte bei euch unterkommen? Ihr habt doch ein freies Zimmer.«

»Stimmt, das haben wir. Aber da steht eine Menge Gerümpel drin.«

»Es geht ja nur ums Schlafen. Eine Matratze hätte ich«, versuchte Brian, mich zu überzeugen.

Ich ging mit ihm zu dem Zimmer, das wir als eine Art Abstellkammer nutzten.

Brian staunte. »Und da macht ihr gar nichts draus. Das ist doch ein großer Raum. Den könntet ihr vermieten.«

Dana gesellte sich zu uns. »Der Gedanke kam mir auch schon mal.«

»Die Sachen stellen wir zur Seite. Die stören meinen Bruder nicht«, bemerkte Brian.

»Gut«, sagte ich, »wenn ihm das nichts ausmacht, kann er hier schlafen.«

Brian war erleichtert. »Ich bin froh, dass das geklärt ist. Dann sehen wir uns morgen.«

»Und?«, fragte ich Dana, nachdem Brian gegangen war. »Wie findest du den Namen Andrew?«

Dana machte ein nachdenkliches Gesicht. Das Thema »Vornamen« fand sie anscheinend nicht mehr so spannend.

»Was hat dieser Brian eben über das Zimmer gesagt?«

»Bruder Andrew stört das Gerümpel nicht?«

»Ich meine etwas anderes.«

»Ach, das mit dem Vermieten.«

»Genau, wir könnten eine Menge Geld sparen.«

»Stimmt, aber dann wären wir zu dritt. Denk an den Kampf um das Bad am Morgen.«

»Klappt doch jetzt. Warum soll es mit einem Dritten nicht ebenfalls gut gehen. Man muss sich eben arrangieren.«

»Wieso habe ich das Gefühl, dass du dabei an einen Mann denkst?«, fragte ich. »Hast du jemanden Bestimmtes im Auge?«

»Ach Quatsch, aber komischerweise denke ich wirklich an einen männlichen Mitbewohner.«

»Sonst wäre es ja eine Mitbewohnerin.«

»Du nimmst mich nicht ernst«, beschwerte sich Dana.

»Aber wer soll hier einziehen?«

»Wir geben eine Kleinanzeige im Internet auf.«

»Da melden sich Dutzende. Und warum willst du lieber einen Mitbewohner?«, hakte ich nach.

»Ich weiß nicht. Drei Frauen in einer Wohnung, das geht nicht gut. Am besten wäre ein Mann, der zwar hier wohnt, aber ansonsten sein eigenes Leben führt«, erwiderte Dana.

»Aber was ist, wenn sich eine von uns in ihn verliebt?«

»Das darf nicht passieren.«

»Wir dürfen ihn also nicht zu attraktiv finden.«

»Hm, sympathisch sollte er schon sein«, gab Dana zu bedenken.

»Auf jeden Fall«, stimmte ich zu.

»Wenn sich viele melden, könnten wir Bedingungen aushandeln.«

»Ja, er müsste mindestens dreimal in der Woche das Bad putzen.«

Dana setzte noch einen drauf. »Oder er muss sich verpflichten, die Treppenhausreinigung zu übernehmen – ausschließlich natürlich.«

Fast gleichzeitig fingen wir zu lachen an.

»Also bisher mache ich das immer ausschließlich«, erwähnte ich dann, weil mir dies auf einmal bewusst wurde.

»Schon gut, nächste Woche putze ich.«

»Wie wäre es mit staubsaugen?«, meinte ich gleich darauf.

»Ich stelle mir das gerade bildlich vor«, verriet Dana. »Wie würden die Bewerber wohl reagieren, wenn wir solche Bedingungen nennen?«

Ich zuckte mit den Schultern. »Es gibt da noch eine grandiose Möglichkeit.«

»Na, sag schon.«

»Er soll an einem Abend in der Woche für uns kochen.«

»Das bedeutet, er muss Ahnung davon haben.«

»Blitzmerkerin. Genau, er muss kochen können«, sagte ich.

»Das müssten wir ihm vorsichtig beibringen«, meinte Dana. »So nach dem Motto *Geselligkeit ist in unserer WG Trumpf.* Und deshalb würden wir Wert darauf legen.«

»Ja glaubst du, ich erzähle gleich, dass wir keine Lust zum Kochen haben?«, empörte ich mich.

»Wir gestehen es so peu à peu.«

»Du meinst nach und nach?«

»Sag ich doch.«

»Bis jetzt haben wir noch keinen, der bei uns wohnen will«, holte ich Dana in die Realität zurück.

»Wart mal ab«, meinte sie. »Bald werden sich hier die Typen die Klinke in die Hand geben.«

Aber zunächst kam Andrew und übernachtete zwischen Bügelbrettern, einer alten Nähmaschine, einem ausrangierten Kühlschrank, zerbeulten Rollos und anderen Sachen, von denen ich immer noch glaubte, dass irgendjemand sie noch mal gebrauchen könnte.

-13-

Jonas war der Erste, der auf dem fast schon abgelegten Handy, das wir für die Mitbewohneraktion noch einmal aktiviert hatten, anrief.

»Ist das Zimmer noch frei?«, fragte er.

»Noch ja«, sagte ich, als stünden Dutzende Bewerber vor unserer Tür.

»Ihr seid zwei Frauen?«

»Ja, so steht es in der Anzeige.«

»Und ihr kocht gern?«

»Wie kommst du darauf?«

»Na, ihr meintet doch, dass ihr Wert auf gemütliche Kochabende legt.«

»Haben wir das?« Ich konnte mich nicht daran erinnern, dass wir es so formuliert hätten. »Nun ja. Kannst du denn kochen?«, fragte ich.

»Ein bisschen. Ist das wichtig?«

»Also, wir wollten uns jetzt keinen Mann ins Haus holen, um ihn zu verpflegen.«

»Ach so, ihr befürchtet, ein männliches Wesen könnte das erwarten, weil er zu zwei Frauen zieht. Aber wo leben wir denn? Doch nicht mehr im vorvorigen Jahrhundert.«

»Schön, dass du so denkst.«

»Wie groß ist das Zimmer?«

»Etwa zwanzig Quadratmeter.«

»Das wäre okay. Ich bin Finanzbeamter. Komme aus Mecklenburg-Vorpommern und wollte mal in die Großstadt.«

»Kann ich gut verstehen.«

»Und wie alt bist du?«

»Achtundzwanzig, und du?

»Ein Jahr älter.«

»Na, das passt doch.«

Obwohl sich Jonas relativ locker gab, wehrte sich etwas in mir gegen einen Mitbewohner, der Finanzbeamter war.

»Wann kann ich das Zimmer sehen?«, fragte er.

»Hm, ich muss erst mal mit Dana sprechen, also mit der Frau, die auch hier wohnt. Ich weiß nicht, wann sie Zeit hat. Wir wollen dich natürlich beide kennen lernen.«

»Verstehe, rufst du mich an? Meine Nummer siehst du ja auf dem Display.«

»Geht klar.«

Gleich nachdem ich das Gespräch mit Jonas beendet hatte, erhielt ich einen weiteren Anruf. Ein sehr förmlich klingender Mann, der sich als Ulrich Brauer vorstellte, erzählte etwas von Forschungssemester und einem Zimmer zur Untermiete für drei Monate.

»Sie sind doch die Vermieterin?«, fragte er dann.

»Hm, also, nicht so direkt. Wir sind eher eine Wohngemeinschaft.«

»Das muss ja nicht stören.«

»Ich weiß nicht, ob das so ist, also, ich meine, wie Sie sich das vorstellen.« O Schreck, was stotterte ich mir da zusammen.

Doch Ulrich Brauer verstand. »Ja, ich merke, ich bin wohl nicht der Richtige für Sie. Schade, ich habe nämlich keine Lust, noch lange zu suchen.«

»Ja, sehr schade«, sagte ich und war erleichtert.

Als Dana nach Hause kam, erzählte ich ihr von den zwei Anrufen.

»Na, siehst du, der Bedarf ist doch da. Was ist mit diesem Jonas?«

»Komisch, der hat gar nicht gefragt, was das Zimmer kostet.«

»Macht er sicher noch. Wie wäre es mit Sonnabend? Da könnte er vorbeikommen.«

»Oder wir warten, bis die nächsten sich melden, und laden dann alle zusammen ein«, schlug ich vor. »Da sparen wir eine Menge Zeit.«

Bei dieser Vorstellung mussten wir lachen.

Danas Handy klingelte.

»Wer?«, fragte Dana. »Ulf Groning … woher hast du meine Nummer?«

Dana sah verärgert aus. »Aber in der Redaktion dürfen sie die gar nicht herausgeben.«

Dana lauschte in ihr Handy. »Ulf, deine Überredungskünste scheinen ja phänomenal zu sein.«

»Der Fotograf?«, fragte ich.

Dana nickte und sah immer noch verärgert aus. »Aha, die kann was erleben.«

»Am Freitag? Keine Chance, da bin ich zum Interview verabredet. Ja, vielleicht ein anderes Mal. Bye, bye.«

Dana legte ihr Handy auf den Tisch. »Der wollte mit mir Sushi essen gehen – in ein japanisches Restaurant, das an der Alster neu eröffnet hat.«

»Und du hast keine Lust?«

»Ich weiß nicht, was der sich einbildet. Ich habe ihm nie Hoffnungen gemacht.«

»Du gefällst ihm eben.«

Dana zuckte mit den Schultern. »Ich bin fertig mit den Männern.«

»Für immer?«

Dana grinste. »Wer weiß das schon.«

Am Sonnabend kam Jonas zur Zimmerbesichtigung und zum gegenseitigen Beschnuppern. Es stellte sich heraus, dass er nicht so locker war, wie er am Telefon gewirkt hatte.

»Wie ist das bei euch …?« Er blickte sich in der Küche um. »Also, liegt euch auch etwas an vollwertiger Ernährung?«

»Wir haben keine gemeinsame Essenskasse«, meinte Dana. »Jeder kauft das, was er möchte.«

»Ja, aber das mit dem Kochen. Wolltet ihr nicht gemeinsam kochen?«

»So gemeinsam nun auch wieder nicht«, wich ich dieser Frage aus.

Trotz des Gerümpels, das dort immer noch stand, gefiel ihm das Zimmer. Fast hatte ich das Gefühl, dass er in Gedanken schon seine Siebensachen zusammenpackte, um bei uns einzuziehen.

»Den mag ich nicht«, erklärte Dana kurz und knapp, als Jonas für ein paar Minuten im Bad verschwand.

»Wir denken darüber nach«, teilte ich ihm mit, als er zurückkam. »Und rufen dich dann an.«

»Ja gut«, sagte Jonas. Und es klang so, als glaubte er nicht daran, dass wir uns für ihn entscheiden würden.

Eine halbe Stunde später erschien Finn. Er hatte sich am Freitag gemeldet und ich hatte ihn sofort eingeladen. Als ich die Tür aufmachte, fiel mir fast die Kinnlade runter. Finn war höchstens neunzehn Jahre alt. Mist, warum hatte ich ihn nicht nach seinem Alter gefragt?

Er kam aus Cuxhaven und wohnte noch bei seinen Eltern. Doch nun, so verkündete er, wolle er in Hamburg Geografie studieren und selbstverständlich auch in der Nähe der Uni wohnen. Jeden Tag zwischen Cuxhaven und Hamburg zu pendeln, sei für ihn keine Option.

»Du hast noch nie mit jemandem zusammengewohnt?«, fragte Dana.

»Nein«, meinte er lapidar, aber irgendwann müsse man ja damit anfangen.

»Wir können für dich aber nicht Mutti spielen«, bemerkte Dana sehr direkt.

»Nee, braucht ihr nicht«, meinte Finn und knibbelte sich eine von den Weintrauben ab, die auf einem Teller neben der Küchenspüle standen.

»Na, ich weiß nicht«, meinte ich. »Wir hätten doch lieber einen Mitbewohner, der etwas älter ist.«

Finn störte diese Bemerkung nicht. Er erkundigte sich, ob eine von uns ihm ihr Auto leihen könne, denn er müsse ja seine Sachen von Cuxhaven hierher transportieren.

Jetzt wurde Dana überaus deutlich. »Du hörst nicht richtig zu«, sagte sie. »Sicher wirst du eine andere Unterkunft finden. Vielleicht zusammen mit Leuten, die bisher auch zu Hause gewohnt haben. Dann könnt ihr euch zusammenraufen. Wir möchten das nicht.«

Finn starrte Dana an. »Heißt das jetzt Nein?«

»Genau das heißt es«, sagte Dana mit fester Stimme.

»Schade, die Gegend gefällt mir hier ganz gut.«

»So ist das manchmal im Leben«, bemerkte ich.

Mit gesenktem Kopf ging Finn zur Tür.

»Kopf hoch«, sagte ich zu ihm. »Du wirst schon etwas finden.«

»Tschüss«, murmelte er und rannte die Treppe hinunter.

»Soll das so weitergehen?«, fragte Dana, als ich wieder in die Küche kam. »Das war erst der zweite Mann, der sich vorgestellt hat, und ich habe schon jetzt keine Lust mehr auf das übliche Frage-und-Antwort-Spiel.«

»Stimmt«, meinte ich. »Aber da müssen wir durch.«

»Da wäre übrigens noch Enno«, fiel mir plötzlich ein.

»Enno?«

»Der hat gestern Abend angerufen. Er klang ganz nett.«

»O nein«, stöhnte Dana, »kommt der heute etwa auch noch?«

»Ich habe ihn für Montagabend bestellt.«

»Bis dahin habe ich mich von den beiden erholt, die ich heute ertragen musste.«

»Er kommt aus Ostfriesland und ist gerade mit seiner Ausbildung fertig. Er sagte etwas von Betriebswirtschaft. Jetzt beginnt er bei einer Firma als Marketingleiter. Den Namen der Firma habe ich vergessen.«

»Ich finde, wenn der einen guten Eindruck macht, dann nehmen wir ihn«, schlug Dana vor.

»Und was ist mit der Kocherei?«

»Unsere Ansprüche müssen wir wohl herunterschrauben.«

»Na, dann sehen wir uns den Ostfriesen mal an.«

* * *

Zwei Tage später saß Enno bei uns in der Küche. Er hatte tief in den Höhlen liegende Augen, spärliche blonde Haare und war absolut sympathisch.

Dana zwinkerte mir verschwörerisch zu, als ob sie *das ist der Richtige* sagen wollte.

Ich war damit einverstanden. Über seine Kochfähigkeiten sprachen wir nicht mehr. Ich war sicher, Enno passte zu uns. Letztendlich war das ja am wichtigsten. Dana und ich würden uns eben auch weiterhin hauptsächlich von Rührei, Obstsalat und belegten Broten ernähren. Wobei Dana ja noch Abwechslung bei so einigen journalistischen Terminen oder in ihrer Kantine beim Hörfunk fand. So was gab es in der Kindertagesstätte nicht. Deshalb schleppte ich auch jede Menge Brote mit zur Arbeit.

Auf jeden Fall waren wir sicher, Enno sollte es sein. So genau wussten wir auch nicht, warum wir auf ihn standen. Wahrscheinlich hatte uns seine ruhige und natürliche Art überzeugt. Zum Glück schaffte ich es, mir alle bekannten Ostfriesenwitze zu verkneifen. Aber daran denken musste ich doch, während Enno uns gegenübersaß.

Wir waren also guter Dinge und freuten uns auf unseren neuen Mitbewohner, der in zwei Wochen einziehen sollte.

Aber wie das so ist: Immer, wenn man glaubt, alles würde gut laufen, geschieht etwas Unvorhergesehenes. Nach ein paar Tagen rief Enno an und sagte uns, dass seine Firma ihn dringend in einer anderen Filiale brauche. Und da er ja Berufsanfänger sei, wollte er nicht widersprechen. Leider befinde sich diese andere Filiale in Hannover und er müsse uns nun absagen.

Aber, so betonte er, es gebe auch eine gute Nachricht. Ein Bekannter von ihm würde ebenfalls eine Wohnung oder ein Zimmer in der Hansestadt suchen. Vielleicht könnte der ja bei uns einziehen. Er sei schwer in Ordnung.

»Sehr lustig«, meinte Dana. »Deshalb müssen wir den noch lange nicht schwer in Ordnung finden.«

»Ansehen können wir ihn uns aber mal«, wandte ich ein.

»Na klar, warum auch nicht.«

Bei diesem Gespräch musste ich daran denken, dass Dana eigentlich nur für kurze Zeit bei mir hatte einziehen wollen. Jetzt tat sie so, als ob sie bereits seit Jahren hier wohnte und mit über die Wohnung bestimmen könne. Aber auf irgendeine Art gefiel es mir auch, dass es so war. Ich fragte mich, ob ich sie vermissen würde, wenn sie nicht mehr da wäre. Ja, wahrscheinlich schon, musste ich mir eingestehen.

-14-

»Bist du auch Ostfriese?«, fragte ich Ennos Bekannten, der sich als Hendrik vorgestellt hatte.

»Geboren bin ich da«, sagte er. »Doch meine Eltern sind kurz nach meiner Geburt in die Nähe von Stuttgart gezogen. Von daher bin ich wohl teilweise ein Schwabe, auch wenn Vater und Mutter aus Ostfriesland stammen.«

Hendrik hatte es sich in einem Sessel bei mir im Wohnzimmer bequem gemacht. Er war mindestens einen Meter neunzig groß und streckte seine langen Beine weit von sich. Dana stand in der Tür und beäugte den Mann, der nun Enno ersetzen sollte.

»Willst du dich nicht setzen?«, fragte ich sie, weil ich es unhöflich fand, einfach in der Tür stehen zu bleiben.

»Nee, lass mal«, sagte sie und nippte an ihrem Glas mit Tomatensaft.

Hendrik griff sich mit der Hand in seine dunkelbraunen Locken. »Das Zimmer gefällt mir. Was soll es kosten?«

»Wir dachten an vierhundert«, sagte Dana. »Es ist ja etwas kleiner als unsere Räume. Dazu kommen natürlich noch Strom und Wasser.«

Aha, Dana führte mal wieder die Verhandlungen. Warum wunderte ich mich darüber? Ich kannte sie doch jetzt schon einige Monate. Wenn es möglich war, übernahm sie die Führung.

»Ja gut«, meinte Hendrik. »Allemal preiswerter als eine Wohnung, die in Hamburg ohnehin schwer zu finden ist. Außerdem mag ich die Lage. Wollt ihr noch was von mir wissen?«

»Studierst du?«, fragte ich

»Ich bin einunddreißig«, antwortete Hendrik leicht empört.

»Na und«, sagte ich, »mir sind schon viel ältere Studenten begegnet.«

»Also Enno, äh … Hendrik, warum sollten wir ausgerechnet *dir* das Zimmer überlassen?«, fragte Dana.

O Mann, Dana, musste das jetzt sein?, dachte ich bei mir.

Doch Hendrik störte sich nicht an ihrer Frage. Im Gegenteil, sie schien ihn zu belustigen.

Er lehnte sich noch weiter in den Sessel zurück und grinste. »Weil ihr mit mir einen Volltreffer landet.«

»Ganz schön eingebildet«, konterte Dana.

»Du studierst also nicht?«, warf ich ein, um zu meinem Thema zurückzukommen.

»Ich bin Ökotrophologe und habe bereits zwei Jahre in verschiedenen Einrichtungen gearbeitet – allerdings im Schwabenländle. Jetzt wollte ich mal etwas anderes kennenlernen.«

»Ökotro… was bitte?«, fragte ich, obwohl ich schon mal davon gehört hatte.

»Du bist also Diätkoch«, meinte Dana und ihre Mundwinkel zuckten.

Hendrik zeigte sich empört. »Ich glaube, du weißt ganz genau, was das ist. Willst du mich unbedingt auf die Palme bringen?«

»Vielleicht«, sagte Dana und freute sich diebisch.

»Am besten kann man das mit Ernährungsberater übersetzen«, versuchte Hendrik nun seine Tätigkeit zu erklären. »Hauptsächlich halte ich Vorträge in einer Rehaeinrichtung und berate natürlich auch in Einzelfällen. Ich hätte auch in der Industrie arbeiten können, aber das wollte ich nicht. Das ist ein völlig anderes Betätigungsfeld.«

»Du weißt also, wie man sich richtig ernährt?«, versuchte Dana weiter zu provozieren.

»Ich hoffe doch«, meinte Hendrik.

»Oje«, entfuhr es mir jetzt. Ob Dana wohl auch an unsere einseitige Kost dachte?

»Ist das so schrecklich?«, wandte sich Hendrik an mich.

»Nein«, versicherte ich.

»Wenn du so viel Ahnung hast, dann könntest du doch mal …« Dana sprach den Satz nicht zu Ende.

»Was könnte ich mal?«

»Nun, du könntest mal was für uns kochen.«

»Was denn?«

»Kannst du dir aussuchen«, meinte Dana.

Hendrik wirkte amüsiert.

»Das gehört jetzt zwar nicht unbedingt zu meinem Beruf, aber wenn ihr möchtet, bereite ich etwas für euch zu.«

»Wie das klingt: *etwas zubereiten*.«

Dana war heute unausstehlich. Hatte sie was gegen diesen Hendrik?

»Wären selbst gemachte Maultaschen euer Geschmack?«

»Klingt gut«, meinte ich.

»Ja, Maultaschen hatte ich schon lange nicht mehr«, stimmte Dana zu.

»Soll das meine Prüfung werden? Sozusagen die Eintrittskarte für diese Wohnung?«, fragte Hendrik nach.

»Vielleicht, wer weiß«, meinte Dana.

Unser Besuch schlug sich mit der flachen Hand aufs Knie. »Das ist mir zu wenig konkret. Vereinbaren wir einen Deal. Ich komme morgen Abend vorbei und koche. Und wenn es euch schmeckt, kann ich hier einziehen.«

Seine Entschlossenheit schien Dana zu imponieren. »Abgemacht«, sagte sie, verließ ihren Platz an der Tür und setzte sich endlich zu mir aufs Sofa.

»Habt ihr einen Wunsch, was die Füllung betrifft?«, fragte Hendrik.

»Wie du willst«, entschied Dana mal wieder allein.

»Was ist, wenn du nicht unseren Geschmack triffst?«, fragte ich.

»Das wird nicht passieren. Da bin ich sicher«, antwortete Hendrik.

»Na, wir werden sehen«, erklärte Dana.

* * *

Hendrik hielt Wort. Am nächsten Abend stand er mit zwei riesigen Einkaufstüten vor der Tür und nahm kurz darauf unsere Küche in Beschlag, die wir ausnahmsweise tipptopp aufgeräumt hatten.

»Gefällt mir«, meinte er. »Warum durfte ich die gestern Abend nicht sehen?«

»Du siehst sie ja jetzt«, meinte ich.

»Also gut, ihr verzieht euch jetzt besser, damit ich in Ruhe hier rumwerkeln kann«, verkündete Hendrik und packte den Inhalt der Papiertüten aus.

Dana versuchte, noch schnell einen Blick auf das zu werfen, was Hendrik mitgebracht hatte, doch er protestierte.

»Raus mit euch beiden, ich melde mich, wenn ich Hilfe brauche.«

»Ich muss ohnehin die Fragen für mein nächstes Interview ausarbeiten«, verkündete Dana und verschwand. Ich zog mich ebenfalls dezent zurück.

Nach ein paar Minuten klopfte es an der Tür.

»Kannst du mir sagen, wo Pfanne und Schüsseln sind?«

Ich ging mit Hendrik in die Küche, in der es inzwischen ziemlich kunterbunt aussah. Ich zeigte ihm, wo er Pfanne, Töpfe und Schüsseln finden konnte.

»Kann ich nicht doch zugucken?«, fragte ich. »Ich mische mich auch nicht in deine Kochkünste ein.«

»Soso, na, dann bleib mal hier.«

»Vielleicht kann ich ja was lernen.«

»Ganz bestimmt sogar.«

Der war wirklich von sich überzeugt, dachte ich, setzte mich auf einen Küchenstuhl und harrte der Dinge, die jetzt geschehen würden.

»Also, den Nudelteig habe ich schon mal zu Hause vorbereitet, weil der immer etwas ruhen muss, bevor er verarbeitet wird.«

»Klar«, sagte ich, »in Kochsendungen heißt es auch immer, *ich hab da mal was vorbereitet.*«

»In diesem Fall ist das anders gemeint. Aber egal. Ich kümmere mich erst mal um die Füllung. Ich habe alles mitgebracht, was man so braucht.«

Hendrik schnitt zwei Zwiebeln in Würfel. Danach zerhackte er einen Strauß Petersilie, goss Öl in die Pfanne und schwitzte darin die Zwiebeln an. Meine Augen begannen zu tränen.

»Kommt das bei dir immer mit Verspätung?«, scherzte Hendrik.

Jetzt war das Hackfleisch an der Reihe, das er mitgebracht hatte. »Das muss schön durchgebraten werden«, belehrte mich unser zukünftiger Mitbewohner.

»Ich dachte, du würdest Spinat in die Füllung tun, weil der so gesund ist.«

»Spotte nur«, meinte Hendrik und rührte in der Pfanne herum. »Wie lange wohnst du denn hier?«, fragte er mich auf einmal.

»Noch nicht sooo lange.«

»Und du und Dana – versteht ihr euch gut?«

Wollte er mich jetzt aushorchen oder lediglich Konversation machen?

»Sie wohnt erst seit einigen Monaten hier«, antwortete ich wahrheitsgemäß.

Hendrik würzte das gut durchgebratene Hackfleisch mit Salz und Pfeffer, gab die Petersilie hinzu und füllte alles in eine Schüssel.

»Es muss abkühlen«, erklärte er. »Bevor ich die Eier untermische.«

»Eier hätten wir auch im Kühlschrank gehabt«, bemerkte ich. »Das ist aber außer Aufschnitt und Tomatensaft fast das Einzige.«

Hendrik bestreute seine Arbeitsplatte jetzt mit Mehl und begann, den Nudelteig auszurollen.

»Das ist der anstrengende Teil«, bemerkte er. »Denn der Teig muss möglichst dünn werden.«

Zur Hackfleischmasse kamen nun die Eier und alles wurde gut durchgeknetet. Ein klein wenig Eiklar hatte Hendrik zuvor in eine Tasse fließen lassen.

»Das brauche ich, um nachher die Maultaschen zu verschließen – als Kleber sozusagen.«

»Ah ja. Ich kenne mich mit der schwäbischen Küche überhaupt nicht aus«, betonte ich.

»Kennst du dich denn in der norddeutschen Küche aus?«

»Ein bisschen«, antwortete ich vorsichtig.

Hendrik schnitt nun den Teig in kleine Rechtecke. In jedes kam ein Löffelchen der Füllung. Bevor er die Spitzen der Teigecken übereinanderlegte, bestrich er die Ränder mit Eiklar.

»Sieht wirklich aus, als hättest du das schon öfter gemacht«, lobte ich ihn.

»Das ist meine Spezialität. Da macht mir so leicht keiner was vor.«

Hendrik nahm eine Gabel und drückte mit den Zacken auf die Ränder der nun fertig geformten Maultaschen.

»Damit verschließe ich sie«, erklärte er. »Sonst fällt uns am Ende noch die Füllung raus, wenn wir die Maultaschen garen.«

»Ganz schön aufwendig«, bemerkte ich.

»Aber es lohnt sich allemal.«

Hendrik holte jetzt eine Flasche mit einer undurchsichtigen Flüssigkeit aus einem Beutel.

»Das ist die Brühe.«

»Hast du die etwa auch selbst gemacht?«

»Was denkst du denn? Sie wurde aus Möhren, Sellerie und Lauch hergestellt.«

»Du hast dich ordentlich ins Zeug gelegt«, stellte ich fest.

Hendrik füllte die Brühe in einen Topf. »Die muss jetzt köcheln.«

»Und da kommen die Maultaschen rein?«

»Ja, für etwa fünfzehn Minuten. Danach können wir schon essen.« Er räumte alles, was auf dem Tisch stand, zur Seite. »Wir essen doch in der Küche?«

»Na, in meinem Schlafzimmer wohl kaum.«

»Ach stimmt, du hast ja ein kleines Schlafgemach. Das ist sicher ganz angenehm, anderthalb Zimmer zu haben.«

»Man muss das Bettzeug nicht sofort wegräumen, nur weil eventuell Besuch kommen könnte.«

Hendrik gab jetzt die Maultaschen in die Brühe.

»Du kannst den Tisch decken«, forderte er mich auf.

Ich ging zum Schrank und holte drei tiefe Teller heraus. »Brauchen wir Gabeln oder Löffel?«

»Am besten beides, da es ja mit der Brühe serviert wird.«

»Bist du sicher, dass du nicht doch Koch bist?«

»Sehr sicher sogar.«

Ich ging zu Danas Zimmer und klopfte an.

»Na, alles gelungen!«, rief Dana durch die Tür.

»Es ist gleich fertig!«, rief ich.

Nach etwa fünf Minuten kam Dana aus ihrem Zimmer.

»Oh, das riecht aber gut. Hoffentlich schmeckt es auch so.«

Wir setzten uns an den Küchentisch und Hendrik füllte unsere Teller auf.

»Du hast das tatsächlich durchgezogen«, staunte Dana. »Hätte ich dir gar nicht zugetraut.«

»Du kennst mich eben noch nicht«, meinte Hendrik.

»Köstlich«, begeisterte sich Dana, als sie eine Maultasche probiert hatte.

»Ich kann mich da nur anschließen«, sagte ich. »Aber nächstes Mal vielleicht mit Tomatensoße.«

»Das würde mich an Dosenravioli erinnern«, bemerkte Dana.

»Die kennt wohl jeder. Besonders als Kind habe ich die gern gegessen«, bekannte Hendrik.

»Ich kenne sie nur von Erzählungen. Unsere Haushälterin hat immer frisch gekocht«, erklärte Dana.

Ich blickte verwundert auf. »Ihr hattet eine Haushälterin?«

»Meine Eltern sind beide Zahnärzte, die hatten kaum Zeit.«

»Aha, das hast du noch nie erzählt.«

»Gab ja keinen Grund.«

»Meine Eltern waren mit dem Vater von Enno befreundet. Daher kenne ich ihn«, wechselte Hendrik das Thema.

»Jetzt nicht mehr?«, fragte ich und war in Gedanken noch bei der Haushälterin, die stets frisch gekocht hatte.

»Er ist vor ein paar Jahren gestorben. Enno und ich hatten bis vor Kurzem nur wenig Kontakt. Aber als das mit dem Zimmer bei euch nicht geklappt hat, dachte er sofort an mich.«

Ich fischte nach der vierten Maultasche. »Hmmmm, hervorragend. Schon schade, dass er nicht einziehen konnte«, murmelte ich. »Andererseits würden wir hier nicht so gemütlich beisammensitzen und die berühmteste aller schwäbischen Spezialitäten genießen.«

»Nun übertreib nicht«, mahnte Dana.

Hendrik war nach Dozieren zumute. »Wisst ihr, dass es fast in jedem Land Teigtaschen gibt? Zum Beispiel Empanadas oder Piroggi oder die russischen Pelmeni.«

»Die werden frittiert«, warf Dana ein.

»Wer? Wie?«, fragte ich nach.

»Na, die Empanadas.«

»Total korrekt, aber man kann sie auch im Ofen backen«, befand Hendrik.

»In der japanischen Küche gibt es ebenfalls viele Teigtaschen«, ergänzte Dana.

»Und Sushi gibt es da auch«, bemerkte ich und zwinkerte ihr zu.

»Ach, du spielst auf die Einladung von Ulf an. Dazu kann ich nur sagen: Sushi *ja*, Ulf Groning *nein danke*.«

Da konnte Hendrik nicht mitreden. »Oh, das habe ich fast vergessen«, sagte er und kramte in seinen mitgebrachten Einkäufen. »Möchte jemand vielleicht einen Schluck Wein?« In der Hand hielt er jetzt eine Flasche Riesling.

Wie üblich sagte Dana ihr Sprüchlein auf. »Ich trinke keinen Alkohol.«

Na, das wusste ich besser, dachte ich bei mir. »Ja, ich probiere ihn«, sagte ich.

Hendrik stellte drei Gläser auf den Tisch, öffnete den Wein und füllte mein und sein Glas etwa halbvoll.

»Und du?«, fragte er Dana. »Etwas Leitungswasser?«

Dana schob ihr Glas zu ihm hin. »Dagegen gibt es nichts einzuwenden.«

Hendrik schlug jetzt einen feierlichen Ton an. Er hob sein Glas und fragte mit halb ernster Miene: »Habe ich bestanden?«

»Du meinst, ob wir dich als Mitbewohner aufnehmen?«, fragte Dana.

»Genau, das meine ich.«

»Vielleicht sollten wir noch mal eine Woche darüber nachdenken«, scherzte ich und schaute Dana an.

»Na ja, so lange wollen wir ihn dann doch nicht auf die Folter spannen.«

»Herzlich willkommen«, sagte ich. »Ich glaube, du passt sehr gut zu uns.«

Hendrik strahlte über das ganze Gesicht. »Ich freue mich auf dieses Abenteuer.«

»Ach, du meinst, es wird aufregend mit uns?«, fragte ich.

»Na, das hoffe ich doch.«

»Wir tun, was wir können«, meinte Dana. »Aber weißt du, was wirklich ... nun ... nicht gerade abenteuerlich, aber einfach schön wäre?«

Hendrik sah Dana gespannt an.

»Schön wäre es, wenn du uns einmal in der Woche mit einem Essen verwöhnen könntest.«

»Ursprünglich war das unsere Bedingung«, fügte ich hinzu.

»Na ja, es ist eher eine Bitte«, versuchte Dana meine Bemerkung abzumildern.

Hendrik blieb gelassen. »Na klar, warum nicht. Ist ja auch irgendwie gemütlich, zusammen zu essen.«

»Dann wäre das ja geklärt«, meinte Dana. »Wann ziehst du ein?«

»Am liebsten am Wochenende.«

»Also dann«, sagte Dana, »auf ein gutes Miteinander.«

Wir hoben jetzt alle drei unsere Gläser. Und Hendrik und ich wiederholten Danas Satz: »Auf ein gutes Miteinander.«

-15-

Im Briefkasten lag eine Geburtstagseinladung, vor der ich mich gefürchtet hatte. Absender war meine Tante Barbara. Normalerweise war ich bereit, an allen möglichen Familienfeiern teilzunehmen. Doch diesmal hatte ich nur einen Gedanken: Was, wenn Timo zum Geburtstag seiner Mutter den neuen Freund mitbrachte – meinen Ex. Das könnte ich nicht ertragen. Womöglich saßen die beiden gemeinsam auf dem Sofa und konnten die Hände nicht voneinander lassen. Die furchtbarsten Bilder gingen mir durch den Kopf.

»Glaubst du wirklich, er tut dir das an?«, fragte Dana, als ich ihr von meinen Befürchtungen erzählte.

»Ja, weiß man es?«

»Geh doch einfach hin. Und wenn dein Cousin tatsächlich mit Alex aufkreuzt, verabschiedest du dich umgehend.«

»Das wäre merkwürdig.«

»Geht es hier um dich oder um die Harmonie in deiner Familie?«

Dana hatte recht. Der Wunsch nach Familienharmonie kam von meiner Mutter. Ich hatte das von ihr übernommen.

Diesmal wollte ich nicht das Opfer sein, sondern aktiv werden. Noch vor wenigen Wochen hatte ich mir geschworen, mit

Timo nur noch das Nötigste zu reden. Und jetzt packte ich den Stier bei den Hörnern. Ich rief meinen Cousin einfach an.

»Hallo, Timo«, begrüßte ich ihn so unbefangen wie möglich. »Ich wollte etwas mit dir abklären.«

»Oh, schön, von dir zu hören.«

»Deine Mutter hat ja demnächst Geburtstag. Es ist üblich, dass wir alle vorbeikommen.«

»Ich weiß, was du sagen willst«, unterbrach mich mein Cousin. »Keine Angst, Alex und ich werden nicht da sein. Wir fahren ein paar Tage nach Sylt.«

»Aha«, sagte ich und atmete auf.

»Meine Mutter muss sich daran gewöhnen, dass ihr Sohnemann nicht immer mit ihr feiert.«

Ich hatte keine Lust, ein längeres Gespräch mit Timo zu führen. Deshalb blieb ich kurz angebunden.

»Gut, dann weiß ich Bescheid«, murmelte ich ins Telefon.

»Viel Spaß bei der Feier«, wünschte mir Timo überflüssigerweise.

Ich raunte ein knappes *Tschüss* ins Telefon und legte auf. Erst jetzt merkte ich, dass mein Herz schneller klopfte. Alex und Timo – ich konnte mich einfach nicht an diesen Gedanken gewöhnen.

Hendrik wohnte nun schon eine Woche bei uns. Er hatte doch tatsächlich mit zwei Freunden das gesamte Gerümpel, das in seinem Zimmer gestanden hatte, in den Keller gebracht. Adieu Abstellkammer. Dafür gab es jetzt eine Person mehr in der Wohnung. Für das Bad hatten wir einen Plan erstellt.

Da Hendrik immer sehr früh rausmusste, durfte er es als Erster benutzen. Er fuhr jeden Morgen nach Bad Bramstedt in seine Rehaeinrichtung. So wie er uns erzählte, brauchte er fast vierzig Minuten zu seiner Arbeitsstelle. Da hatten Dana und ich es wesentlich leichter. Wir brauchten beide höchstens eine Viertelstunde.

Wir hatten beschlossen, dass wir Hendrik etwas Zeit geben würden, sich bei uns einzuleben. Für die nächste Zeit erwarteten wir also kein weiteres Festmahl von ihm.

Die ersten Tage hatten wir ihn ständig mit Enno angesprochen. Ich glaube, auf den waren wir ziemlich fixiert. Doch dann platzte unserem neuen Mitbewohner der Kragen, und er meinte, wir sollten damit aufhören. Er sei Hendrik und nicht Enno. Ob wir uns das denn nicht endlich merken könnten?

Ich spürte, dass ihm die Angelegenheit mit dem Namen naheging, und nahm mir vor, ihn nicht mehr mit Enno anzusprechen.

Neulich bekam Hendrik Besuch von einer dunkelhaarigen Frau. An ihrem Akzent merkte ich, dass sie Italienerin war, und fragte mich, wo er sie wohl kennengelernt hatte.

Bisher hatte ich nicht daran gedacht, dass die Leute, die bei mir wohnten, auch Besuch bekommen könnten. Bei Leonie war es immer so gewesen, dass sie zu Sven gegangen war. Er hatte sich hier kaum blicken lassen.

Leider hatten meine Eltern nun ihre Zahlungen eingestellt. »Du hast jetzt zwei Mitbewohner«, meinte meine Mutter. »Was die zahlen, muss für die Miete reichen.«

Sie fand es übrigens merkwürdig, dass nun ein Mann bei uns wohnte. Als sie von Hendriks Beruf erfuhr, war sie jedoch ganz angetan und meinte: »Na ja, vielleicht ist der ja was für dich. Ist doch eine seriöse Tätigkeit, die er ausübt. Auf alle Fälle besser als Eventmanager.«

»Sprichst du von Matthias?«, fragte ich sie. »Der ist schon lange out.«

»Weiß ich«, meinte sie und holte gleich darauf zum nächsten Schlag aus. »Krankenpfleger war ja auch ganz gut, aber der ist ja nun mit Timo zusammen.«

»Kannst du bitte mal aufhören!«, bat ich sie.

»Barbara hat mich sofort angerufen, als sie es erfuhr.«

»Das kann ich mir lebhaft vorstellen.«

»Du hast kein Glück bei Männern. Wie kann das sein?«

»Frag mich etwas Leichteres«, antwortete ich.

Nun hoffte meine Mutter also darauf, dass Hendrik und ich uns finden würden. Zurzeit sah es aber nicht danach aus, denn wenn mich nicht alles täuschte, war die Italienerin von neulich seine Freundin.

Ich bummelte Überstunden ab. Ich hatte mir viele Dinge vorgenommen, die ich alle erledigen wollte. Doch nach dem Frühstück wusste ich nicht, womit ich anfangen sollte.

Da ich mich nicht entscheiden konnte, dachte ich, dass mir ein Shoppingbummel sicher guttun würde. Also fuhr ich in die Stadt und schlenderte durch die Einkaufspassagen. Nachdem ich mir eine neue Jeans gekauft hatte, knurrte mein Magen. Deshalb beschloss ich, mir ein leckeres Mittagessen zu gönnen. Während ich mich nach einem geeigneten Lokal umschaute, fiel mir ein, dass sich ganz in der Nähe das Thai-Restaurant befand, das ich zusammen mit Dana besucht hatte. Ja, und da war doch dieser nette Sohn. Wie hieß er noch gleich? Nabil oder so ähnlich. Vielleicht würde er heute wieder aushelfen?

Als ich das Restaurant betrat, entdeckte ich ihn sofort. Er trug das Gleiche wie an jenem Abend und lächelte einer Thailänderin zu, die, wie ich annahm, seine Mutter oder seine Tante war.

Das Restaurant wirkte am Tage noch nüchterner. Eigentlich ein bisschen so wie in einem Wartesaal. Es waren nur wenige Tische besetzt und die Servicekräfte schienen sich nicht gerade im Stress zu befinden.

Ich setzte mich an einen kleinen Tisch in der Ecke und wartete. Aus den Augenwinkeln sah ich den Sohn des Hauses mit einer Karte in der Hand auf mich zukommen.

Kurz bevor er meinen Tisch erreichte, stockte er. »Oh, kennen wir uns nicht?«

Ich drehte mich zu ihm. »Sie erinnern sich?«

»Aber natürlich, Sie waren doch neulich mit einer Dame hier.«

»Ach, wie nett«, meinte ich. »Und ich bin keine Dame?«

Der Sohn des Hauses errötete. »Oh, Verzeihung, so habe ich das nicht gemeint.«

»Ich weiß schon«, sagte ich und sah in seine braunen Augen »Dana ist wesentlich eleganter gekleidet als ich.«

»Dadurch wirkt Ihre Bekannte damenhafter«, versuchte Nabil – oder wie auch immer er hieß – zu erklären. »Das ist aber überhaupt keine Wertung.«

Ich bewegte meine linke Hand hin und her. »Na, wer es glaubt.«

Plötzlich mussten wir beide lachen.

»Ich bin übrigens Iris«, stellte ich mich vor. »Verraten Sie mir noch mal Ihren Namen?«

»Nawin.«

Oh, dachte ich, da war ich ja mit Nabil ganz nah dran.

»So, Sie haben also meinen Namen vergessen«, sagte Nawin und drückte mir die Speisekarte in die Hand. »Ich glaube nicht, dass ich Ihnen das verzeihen kann.«

»Ich habe Ihnen doch auch verziehen.«

Nawin zog die Mundwinkel leicht nach oben. »Ach, tatsächlich?«

»Ist Ihr Vater noch krank?«, fragte ich.

»Ja leider. Er hat immer die Abrechnungen gemacht. Das habe ich jetzt übernommen. Im Service war mein Vater kaum tätig, er ist ja schon zweiundachtzig Jahre alt.«

»Wie bitte? Und da machte er noch die Abrechnungen?«

»Ja, warum nicht, er ist geistig fit.«

»Alle Achtung!«

»Aber wie gesagt, jetzt geht es ihm nicht so gut. Das Herz – er muss sich schonen.«

»Und Sie übernehmen sicher bald das Restaurant?«

»Auf die Dauer wollte ich das nicht. Ich bin Hotelfachmann und würde gern in den Beruf zurück.«

»Ach so, das kann ich verstehen«, sagte ich.

Ich blätterte in der Karte. »Können Sie mir etwas empfehlen?«

Nawin tippte auf eines der Bilder in der Speisekarte. »Zum Beispiel den Thai-Rindfleisch-Salat. Der schmeckt hervorragend. Finde ich jedenfalls.«

»Ja gut, dann nehme ich den.«

Der Sohn des Hauses machte sich Notizen auf einem Block und verschwand.

Ich überlegte, ob es richtig gewesen war, dass ich unser privates Gespräch so abrupt mit meiner Bestellung unterbrochen hatte. Dann aber fand ich, dass es merkwürdig gewesen wäre, wenn ich noch weiter nachgefragt hätte.

Nawin ließ mich ganz schön lange warten, ehe er das bestellte Gericht brachte.

»Dann wünsche ich Ihnen einen besonders guten Appetit«, sagte er, stellte den Teller auf den Tisch und blieb stehen. »Jetzt habe ich Ihnen von mir erzählt und würde schon gern wissen, was Sie so machen.«

Ich hatte gerade das Besteck in die Hand genommen. »Ach ich, ich arbeite in einer Kindertagesstätte.«

»Oh, schön, Sie mögen Kinder.«

»Was bleibt mir anderes übrig«, sagte ich und lächelte Nawin an.

Er lächelte zurück. »Ich werde mich jetzt wieder an die Arbeit machen«, verkündete er und ging zu einem Tisch, an dem zwei Männer Platz genommen hatten.

Ich machte mich über den Thai-Rindfleischsalat und die Schüssel mit Reis her, die ich extra bestellt hatte, denn mein Hunger war aufgrund der Wartezeit immer größer geworden.

Ob das, was ich da aß, Nawins Lieblingsgericht war? Schließlich hatte er mir den Salat wärmstens empfohlen. Das Gericht schmeckte nach Koriander, Ingwer und Minze. Ein bisschen zu viel Koriander, befand ich.

Zum Kassieren kam eine der thailändischen Frauen an den Tisch, die nach meinem Gefühl immer etwas distanziert wirkten. Ich war enttäuscht, weil ich mich nicht von Nawin verabschieden konnte. Aber egal, dachte ich, vielleicht käme ich noch einmal mit Dana hierher.

Ich bezahlte und verließ das Restaurant.

Auf dem Heimweg nahm ich mir vor, ein bisschen in der Badewanne zu meditieren, denn Hendrik und Dana kamen erst später nach Hause. Das war perfekt für mein Vorhaben.

Als ich nach Hause kam, wollte ich meine frisch erworbene Jeans noch einmal anprobieren. Doch ich fand die Einkaufstüte nicht. Zunächst glaubte ich, dass ich sie im Auto vergessen hatte. Doch da war sie nicht. Ich dachte nach. Dann erinnerte ich mich. Ich musste sie im Restaurant liegen gelassen haben.

In meinem Handy fand ich die Telefonnummer des Thai-Restaurants und rief sofort dort an. Eine Frau, die mit sehr starkem Akzent Deutsch sprach, versicherte mir, dass sie die Tüte mit den Jeans gefunden hätten und diese aufbewahren würden, bis ich sie abholte.

Puh, Glück gehabt. Am besten fuhr ich morgen nach der Arbeit gleich bei denen vorbei. Heute ging gar nichts mehr.

Ich ließ das Badewasser ein und schwankte zwischen Aloe- oder Rosmarinbadeöl als Zusatz, als es an der Tür klingelte.

Ich wartete einen Augenblick, weil ich hoffte, dass der Mensch, der vor der Tür stand, es sich anders überlegen würde. Es passierte nichts. Meine Mutter hätte jetzt ihren Schlüssel benutzt. Gerade als ich erleichtert aufatmete, klingelte es ein zweites Mal.

Mist, da war jemand hartnäckig. Vielleicht war es nur Brian, der mal wieder Cooper bei mir parken wollte. Doch es war nicht mein Nachbar, sondern ein völlig fremder Mann im Anzug. Ich schätzte ihn auf Ende vierzig.

»Ja bitte«, sagte ich durch den kleinen Spalt, den ich geöffnet hatte.

»Ist Daniela da?«, fragte der Mann.

»Nein, was möchten Sie denn von ihr?« Kaum hatte ich diesen Satz ausgesprochen, wurde mir bewusst, dass es mich ja nichts anging.

»Ich muss mir ihr sprechen.«

»Kann ich ihr etwas ausrichten?«

»Sagen Sie Frau Seifert, äh, Dana, dass ihr Mann da war.«

Ein leichter Schauer lief mir über den Rücken. »Sie sind Ihr Mann?« Ich öffnete die Tür etwas mehr.

»Ja, noch jedenfalls. – Entschuldigung«, sagte er und beugte sich nach vorn. »Clemens Seifert.«

Ich fühlte mich verpflichtet, mich ebenfalls vorzustellen. »Iris Naumann«, sagte ich und hoffte, dass er sich nun wieder verabschieden würde.

»Kann ich hier auf Dana warten?«, fragte er stattdessen.

Ich zögerte. »Manchmal kommt sie sehr spät. Also, ich weiß nicht.«

Clemens Seifert blieb in der Tür stehen und sah mich fast flehend an.

»Na gut«, sagte ich. »Für eine halbe Stunde können Sie ja hereinkommen. Wenn sie dann nicht da ist, müssen Sie es ein anderes Mal versuchen.«

Ich führte ihn ins Wohnzimmer und bot ihm einen Platz auf dem Sofa an.

»Hätten Sie vielleicht ein Glas Wasser?«, fragte Clemens Seifert.

Ich tat ihm den Gefallen, ging in die Küche und brachte ihm ein Glas Wasser.

»Hier wohnt Dana also jetzt«, sagte Clemens Seifert und sah sich um.

»Ja, warum nicht«, bemerkte ich.

»Ich möchte, dass sie zu mir zurückkommt. Ich vermisse sie. Könnten Sie ihr das ausrichten?«

»Warum sagen Sie ihr das nicht selbst?«

»Sie hat Ihre Handynummer geändert. In der Redaktion lässt sie sich verleugnen. Sie will anscheinend nicht mit mir sprechen. Ich habe nur durch ihren Nachsendeantrag herausgefunden, dass sie jetzt hier wohnt.«

»An Danas Stelle würde ich auch nicht mit Ihnen sprechen.«

»Wieso?«

»Na, wenn mich ein Mann schlagen würde, dann ...«

Clemens Seifert sah mich entsetzt an. »Wie? Was soll das heißen?«

»Na, Sie haben Dana geschlagen. Das ist doch das Ende jeder Beziehung.«

Das Gesicht des Mannes, der mir gegenübersaß, schien eingefroren zu sein. »*Das* hat sie Ihnen erzählt. Ich habe sie niemals geschlagen«, stritt Clemens Seifert meine Behauptung ab. Er schüttelte den Kopf. »Ich verstehe das nicht. Warum sagt sie so was Ungeheuerliches.«

Bisher hatte ich ein klares Bild von Danas Mann gehabt. Ein überheblicher Macho, der bestimmen wollte, wo es langging, und wütend wurde, wenn die Frau nicht mitspielte. Und wenn gar nichts mehr half, wurde er eben gewalttätig. Doch dieser Clemens passte so gar nicht zu dieser Vorstellung. Er wirkte eher weich und verunsichert. Andererseits konnte dies natürlich auch eine Masche sein. Vielleicht wollte er genau diesen Eindruck vermitteln, damit ich nicht an Danas Geschichte glaubte.

Clemens Seifert rutschte jetzt unruhig auf dem Sofa hin und her. »Ich gehe lieber. Es ist mir unangenehm, dass Dana so etwas über mich erzählt. Am Ende haben Sie ihr geglaubt. Wahrscheinlich sogar, denn Sie kennen mich ja gar nicht.«

»Genau genommen kann ich mir kein Urteil erlauben«, sagte ich. »Aber bitte klären Sie das alles mit Ihrer Frau.«

Clemens Seifert war aufgestanden. Er schüttelte den Kopf. »Mit meiner Frau klären, wie das klingt. Wenn ich gewusst hätte, wie alles endet. Aber das kann man ja vorher nicht wissen.«

Jetzt wurde er philosophisch. Hoffentlich fing er nicht zu weinen an.

»Entschuldigen Sie nochmals die Störung«, verabschiedete sich Clemens Seifert und verließ meine Wohnung.

Ich hatte das Gefühl, als ob auf meiner Stirn ein Fragezeichen stand. Was sollte ich von diesem Auftritt halten? Und vor allen Dingen, wer von beiden hatte mir die Wahrheit erzählt? Aber warum sollte Dana lügen? Gab es dafür einen Grund? Dieser Clemens hatte aber sehr wohl ein Motiv. Welcher Mann mochte schon, dass die Leute behaupten, er schlage seine Frau? Also stritt er alles ab.

Trotz all dieser Überlegungen war ich verwirrt. Was wusste ich schon über Dana?

Dann fiel mir mein Badewasser ein. Es war inzwischen abgekühlt. Außerdem hatte ich nun auch keine Lust mehr, in die Wanne zu steigen. Es ging mir zu viel im Kopf herum.

Stattdessen machte ich mir einen heißen Kakao, hockte mich aufs Sofa und dachte daran, dass ich morgen vielleicht Nawin wiedersehen würde. Hoffentlich war er im Restaurant, wenn ich meine Jeans abholte. Zwischendurch horchte ich auf jedes Geräusch in der Wohnung, denn ich konnte es kaum erwarten, dass Dana nach Hause kam. Ich hatte ja etwas zu berichten und außerdem einige Fragen an sie. Und ich war gespannt auf ihre Antworten.

-16-

Am nächsten Tag erschien ich früher als gewohnt in der Kita. Ich hatte schlecht geschlafen und war bereits um fünf Uhr aufgestanden. Ich stellte fest, dass es durchaus seine Vorteile hatte, so früh in der Kita zu sein. Ich konnte in Ruhe einen Kaffee trinken und noch einmal die Planung des heutigen Tages durchgehen.

Dana hatte ich am Abend zuvor nicht mehr gesehen. Sie musste sehr spät nach Hause gekommen sein. Schade, ich hätte mich wirklich gern mit ihr unterhalten.

Es war Viertel vor acht, als Katja hereinkam.

»Was, du bist schon da? Sonst kommst du immer im letzten Moment.«

»Das stimmt nicht«, widersprach ich. »Ich nehme die Kinder auch oft in Empfang.«

»Na ja, manchmal ist das so«, gab Katja zu. Sie selbst hatte zwei schulpflichtige Jungs, die sie morgens versorgen musste. Dennoch war sie immer rechtzeitig in der Kita. Doch manchmal hielt sie sich nach ihrer Ankunft in den anderen Gruppenräumen auf, um einen Klönschnack mit den Kolleginnen zu halten.

Den ganzen Tag über musste ich daran denken, dass ich heute Abend meine Jeans abholen und dabei hoffentlich Nawin treffen würde. Was war nur los mit mir? Ich kannte ihn doch kaum, hatte mich nur zweimal kurz mit ihm unterhalten. Gab es da etwas, was mich anzog? Es musste so sein. Dabei wusste ich noch nicht mal, ob er eine Freundin hatte. Vielleicht war er sogar verheiratet und hatte einfach Spaß daran gehabt, ein wenig mit mir zu flirten.

Ich konnte den Feierabend kaum erwarten. Als es so weit war, schaute ich kurz in den Spiegel, ehe ich die Kita verließ. Sah ich erschöpft aus? Es ging so, befand ich. Schnell trug ich noch etwas Make-up auf und bürstete meine Haare durch, damit sie voller aussahen. Danach machte ich mich auf den Weg.

Als ich das Thai-Restaurant in der Innenstadt betrat, blickte ich mich suchend um. Doch Nawin konnte ich nirgends entdecken. Verdammt, warum war er gerade heute nicht hier? Einen Augenblick lang stand ich bewegungslos im Raum und hoffte, dass er noch auftauchen würde.

Einige Leute im Restaurant begannen, mich fragend zu mustern. Ich fühlte mich unwohl. Ewig konnte ich hier nicht herumstehen. Schließlich ging ich auf eine Kellnerin zu und fragte nach meiner Einkaufstüte. Sie erinnerte sich sofort und rief einer Frau hinter dem Tresen etwas auf Thailändisch zu.

Es dauerte nicht lange und die Frau reichte die Einkaufstüte über den Tresen. Dabei murmelte sie etwas Unverständliches. Ich nahm sie entgegen und bedankte mich höflich. Auf dem Weg zum Ausgang gingen mir tausend Gedanken durch den Kopf. Hätte ich nach Nawin fragen sollen? Nein, das wäre zu auffällig gewesen. Am Ende hätten sie gedacht, ich hätte meine Einkaufstüte absichtlich vergessen. Wie peinlich! Aber warum war er nicht hier? Wie gern hätte ich ein paar Worte mit ihm gewechselt. Dann wiederum ermahnte ich mich: *Komm Iris, du steigerst dich da in etwas hinein.*

Ich warf die Einkaufstüte auf den Rücksitz meines Autos und fuhr, so schnell es ging, nach Lokstedt. Ich musste mir diesen Nawin aus dem Kopf schlagen. Schließlich konnte ich nicht ständig thailändisch essen gehen, nur um ihn zu sehen.

Als ich die Wohnungstür aufschloss, hörte ich, dass Dana in ihrem Zimmer telefonierte. Kurz darauf wurde es still.

Ich überlegte, ob ich bei ihr klopfen oder lieber warten sollte, bis sie irgendwann herauskam, um ins Bad zu gehen oder sich etwas aus der Küche zu holen.

Doch so lange würde ich es nicht aushalten. Ich ging an ihre Tür, klopfte leise und nannte ihren Namen.

»Was ist denn?«, rief Dana. »Ich arbeite gerade.«

»Ich muss mit dir sprechen«, sagte ich laut.

Dana kam aus ihrem Zimmer. »So wichtig?«, fragte sie.

»Ja schon, ich wollte dir sagen, dass dein Mann gestern da war.«

Dana sah mich entsetzt an. »Unmöglich, das kann nicht sein.«

»Und doch ist es so.«

»Komm rein, das musst du mir erzählen.«

Ich ging in Danas Zimmer und ließ mich auf einen Stuhl fallen. Ihr Laptop stand schreibbereit auf ihrem Schreibtisch. Sie hatte tatsächlich gerade gearbeitet.

Dana fuhr den Laptop herunter.

»Das ist mehr als interessant«, sagte sie. »Was wollte er um Himmels willen?«

»Er meinte, dass du nie ans Handy gehst, wenn er anruft. Und ansonsten lässt du dich verleugnen.«

»Wie das?«

»Na, in der Redaktion.«

»Ach so, das stimmt.«

»Er vermisst dich, soll ich dir sagen.«

Dana brach in schallendes Gelächter aus. »Jaja, ganz sicher tut er das.«

»Vielleicht stimmt es ja«, sagte ich.

»Hat er dich so schnell um den Finger gewickelt?«

»Warum sollte er?«

»Na so, wie du redest.«

»Ich habe ja keine Ahnung, was bei euch passiert ist.«

»Das habe ich dir erzählt.«

»Genau das bestreitet er.«

»Ihr habt … ihr habt darüber gesprochen?«, stotterte Dana.

»Er behauptet, dass er dich nie geschlagen hätte.«

Dana fummelte an ihrem Laptop herum und drehte sich dann zu mir. »Klar bestreitet er das.«

»Nun ja«, meinte ich, »könnte ich verstehen, wenn er es nicht zugeben will.«

»Er zieht dich in unsere Angelegenheiten rein. Das ist unglaublich. Er kann nicht einfach herkommen und sich in mein neues Leben einmischen.«

»Sag ihm das«, schlug ich vor.

»Es hat nur keinen Sinn, mit ihm zu diskutieren. Er versteht einfach nicht, was ich ihm sagen will. Er lebt in seiner eigenen Welt.«

»Das klingt schwierig.«

»Ist es auch.«

Es genügte mir nicht, was Dana da erzählte – von wegen lebt in seiner eigenen Welt.

»Hat er dich wirklich geschlagen?«, fragte ich.

Dana, die sich schon wieder ihrem Laptop zugewandt hatte, fuhr herum. »Glaubst du mir etwa nicht?«

»Na ja, wie ich schon sagte, er bestreitet es.«

Danas Gesicht verzerrte sich. »Sag mal, spinnst du? Solche Männer streiten immer alles ab.«

»Es ist nur … er wirkte gar nicht so gewalttätig«, wandte ich ein.

»Schon mal was von Psychopathen gehört? Die können sich ziemlich gut verstellen!«, schrie Dana mich an. »Du hast ja keine Ahnung, wie gut.«

»Nun reg dich doch nicht auf«, versuchte ich, sie zu besänftigen. »Ich habe ja nur nachgefragt.«

»Ach, so nennst du das. Anscheinend glaubst du ihm mehr als mir. Und da soll ich mich nicht aufregen.«

Es hatte keinen Sinn, mit ihr weiterzudiskutieren. Ich stand auf, ging zur Tür und öffnete sie.

»Sorry, ich wollte dich nicht anschreien«, sagte Dana auf einmal. »Es macht mich nur so fassungslos, dass sich Clemens schon wieder in mein Leben einmischen will.«

Ich war froh, dass sie sich etwas beruhigt hatte. »Na klar, das wolltest du ja vermeiden.«

Einen Augenblick lang schwiegen wir beide.

»Übrigens hat mich heute zum zweiten Mal dieser Ulf angerufen«, meinte Dana.

Ich war baff. So schnell konnte sie das Thema wechseln. War das jetzt eine Art Ablenkungsmanöver? Dennoch ging ich darauf ein. »Wollte er wieder mit dir Sushi essen gehen?«

»Nein, diesmal Tapas.«

»Das nächste Mal vielleicht Austern«, scherzte ich.

»Wer weiß, möglich ist alles.«

In diesem Moment kam Hendrik nach Hause. »Na, ihr beiden, haltet ihr einen kleinen Plausch zwischen Tür und Angel?«

»Sozusagen«, antwortete ich.

»Wann kochst du für uns?«, rief Dana aus ihrem Zimmer.

»Wie wäre es mit übermorgen?«

»Einverstanden«, sagte ich.

»Wir nehmen dich beim Wort«, meinte Dana.

»Lädst du deine Freundin auch ein?«, fragte ich, weil ich dies für eine gute Gelegenheit hielt, mehr über die Frau von neulich zu erfahren.

»Welche Freundin?«

»Na, die Dunkelhaarige.«

»Ach, du meinst Tiziana, das ist nicht meine Freundin.«

»Ich dachte schon«, gab ich zu.

Anscheinend reichte Hendrik die Fragerei. Er verschwand in seinem Zimmer und klärte uns leider nicht darüber auf, in welcher Beziehung er zu Tiziana stand.

Ich sah, wie Dana den Kopf schüttelte. »Na, heute willst du wohl alles über deine Mitbewohner wissen.«

»Wenn sie nicht seine Freundin ist, wer ist sie dann?«

»Das werden wir heute nicht mehr klären«, meinte Dana. »Eins steht aber fest, ich muss weiter an meiner Anmoderation arbeiten.«

»Frohes Schaffen«, wünschte ich und schloss die Tür. Nachdem ich das Zimmer meiner Mitbewohnerin verlassen hatte, beschlich mich ein merkwürdiges Gefühl. Auch wenn unser Gespräch über ihren Mann in einer lockeren Unterhaltung endete, stand dennoch für mich eine Frage deutlich im Raum: Wer sagte die Wahrheit? Dana oder vielleicht doch dieser Clemens?

* * *

Erst am nächsten Morgen fiel mir auf, dass ich die neue Jeans auf der Rückbank meines Autos liegen gelassen hatte. Vielleicht könnte ich sie in der Kita noch mal anprobieren.

Als ich ankam, schnappte ich mir die Tüte und nahm sie mit in den Gruppenraum. Wieder einmal hatte ich es geschafft, vor Arbeitsbeginn da zu sein. Katja konnte ich jedoch nirgends entdecken. Sicher war sie, wie fast jeden Morgen, in die Nachbargruppe gegangen, um mit einer Kollegin zu tratschen. Oder, wie sie es nannte, Informationen auszutauschen. Wenn die Kleinen erst mal da waren, gestaltete sich dies ziemlich schwierig.

Ich setzte mich in eine Ecke, um meine Jeans anzuprobieren. Das ist immer der große Test. Hat man sich im Geschäft in einem Kleidungsstück gut gefallen, muss das noch lange nicht heißen, dass es am nächsten Tag auch so ist.

Als ich die Jeans herausnahm, fiel mir ein Zettel entgegen. Das ist aber ein großer Kassenbeleg, dachte ich im ersten Moment.

Ich nahm ihn in die Hand und bemerkte, dass jemand mit der Hand etwas darauf geschrieben hatte: In diesen Jeans siehst du sicher super aus. Trägst du sie zu unserem ersten Date? N. Unter der Nachricht stand eine Handynummer.

Ich las die Zeilen etwa fünfmal, bis ich begriff, von wem sie stammten. Es konnte nicht anders sein, Nawin hatte diese Nachricht geschrieben. Wer sollte sonst N. sein? Oder hatte mir jemand einen Streich gespielt? Den Gedanken verwarf ich sofort wieder, denn die Tüte hatte ja die ganze Zeit in meinem Auto gelegen, nachdem ich sie aus dem Restaurant abgeholt hatte. Er duzte mich. Das war in Ordnung, denn die Siezerei mit ihm musste nicht sein. Aber dass er sich meinen Einkauf angesehen hatte, fand ich ganz schön frech. Wenn in der Tüte nun sexy Unterwäsche gewesen wäre, hätte er dann auch geschrieben: *Trägst du das bei unserem ersten Date?* Die Vorstellung belustigte mich. Abgesehen davon war ich hin und her gerissen. Eins war klar: Ich hatte Nawins Interesse geweckt. Doch was sollte ich von der Art und Weise halten, wie er das zum Ausdruck brachte?

Während ich noch darüber nachdachte, betrat Katja den Gruppenraum.

»Du kommst ja immer früher«, zog sie mich auf.

Doch als sie mich in Gedanken versunken in der Ecke sitzen sah, wurde sie stutzig. »Was ist los?«

Ich reichte ihr den Zettel. »Der ist von Nawin aus dem Thai-Restaurant. Ich habe dir ja von ihm erzählt.«

Katja überflog die Zeilen. »Aber das ist doch sensationell. Er will sich mit dir treffen. Gratuliere! Warum sitzt du so bedrückt in der Ecke? Freust du dich gar nicht?«

»Doch schon, aber findest du es nicht merkwürdig, mir so eine Nachricht in meinen Einkauf zu schmuggeln?«

»Nun mach dich mal locker, Mädchen. Was hätte er denn tun sollen? Er hat keine Telefonnummer, er kennt deine Adresse nicht. Das ist doch absolut kreativ von ihm. Wahrscheinlich hat er sich gesagt, jetzt setze ich alles auf eine Karte.«

»Klingt plausibel.«

»Magst du ihn denn nicht mehr?«

Ich sah zu Katja hoch. »Doch, ich mag ihn sogar sehr.«

»Dann los, ruf ihn an!«

»Na, ein paar Tage werde ich ihn noch schmoren lassen.«

»Och, immer diese Spielchen.«

»Also morgen, ich könnte ihn morgen anrufen«, entschied ich mich um.

Katja rieb sich die Hände. »O Mann, das ist so was von spannend.«

»Was ist spannend?«, fragte Alinas Vater, der soeben mit seiner Tochter hereingekommen war.

»Ach, das ganze Leben ist spannend«, antwortete Katja.

»Finden Sie?«, meinte der Vater. »Ich stehe eher viel zu oft unter Spannung.«

»Ich sage nur Yoga, das hilft mir immer beim Stressabbau«, bemerkte Katja.

»Sollte ich vielleicht auch mal probieren«, meinte Alinas Vater. »Aber die Zeit ist knapp.«

Katja nahm Alina in Empfang, während ich noch immer in meiner Ecke saß. Doch so allmählich fing ich mich wieder.

Mir war jetzt nicht mehr danach, die Jeans anzuziehen. Nawins Nachricht hatte mich aus dem Gleichgewicht gebracht.

Am frühen Nachmittag, als sich die Kinder in ihre verschiedenen Spiel- und Bastelecken zurückgezogen hatten, fragte ich Katja noch einmal, was sie von Nawins Nachricht hielt.

»Habe ich doch schon gesagt«, antwortete sie.

»Hm«, sagte ich, »hoffentlich war die Bemerkung zu den Jeans nicht nur ein Anmachspruch und in Wahrheit steht er auf Frauen in figurbetonten Kleidern.«

»Glaube ich nicht«, meinte Katja.

Und ich hoffte auch, dass es nicht so war, denn meinen Kleidungsstil würde ich ihm zuliebe auf keinen Fall ändern.

Am Abend dieses Tages griff ich immer wieder zum Handy. Beherrsch dich, Iris, ermahnte ich mich. Es wäre zu früh, ihn heute anzurufen. Dann dachte er vielleicht, ich spränge sofort, wenn er mir eine kleine Nachricht zukommen ließ. Außerdem könnte es ja sein, dass ich sie noch gar nicht gefunden habe. Oder ich hätte mir den Zettel nicht näher angesehen und ihn einfach weggeworfen. Es gab viele Möglichkeiten. Immer wieder fragte ich mich, ob er auf meinen Anruf warten würde. Sicher bediente er heute Abend im Restaurant. Das lenkte ihn natürlich ab. Aber vielleicht sah er doch hin und wieder aufs Handy und fragte sich, warum sein Klingelton nicht ertönte.

Als Dana nach Hause kam, wollte ich sie sofort mit meiner Geschichte überfallen. Doch sie wirkte sehr abgespannt und sprach über ihren Mann.

»Ich habe heute mit ihm telefoniert«, verriet sie mir. »Er hat mir versprochen, dass er nicht wieder hier auftaucht.«

»Habt ihr auch andere Dinge geklärt?«

»Welche Dinge?«

»Na ja, diese eine Sache. Und wie war das, er vermisst dich?«

Dana winkte ab. »Ja, das meint er ständig.«

»Und das berührt dich nicht?«

»Nicht mehr.«

Und dann kam ich doch noch dazu, ihr von Nawin und seinem Zettel zu erzählen.

»Das ist ungewöhnlich, aber auch romantisch«, erklärte Dana.

Ja, dachte ich, ungewöhnlich ist es auf jeden Fall. War es auch romantisch? Vielleicht war ich nur verunsichert, weil mir so etwas in meinem Leben noch nie passiert war. Wie würde es weitergehen? Das konnte ich aber nur erfahren, wenn ich ihn endlich anrief, überlegte ich. Eigentlich wollte ich ja noch einen Tag länger damit warten. Aber ich merkte bereits jetzt, wie schwer mir das fiel.

Morgen, ja morgen würde ich ihn anrufen. Bei diesem Gedanken geriet mein Herz aus dem Takt. Hoffentlich schaffte ich es, möglichst cool zu bleiben. So nach dem Motto: *Ach, deine Nachricht fand ich ja ganz witzig. Ich dachte, ich rufe mal an und teile dir das mit.*

Furchtbar, furchtbar, das war doch nicht ich, urteilte ich anschließend über dieses leere Gerede. Was sagten die Leute in den amerikanischen Spielfilmen immer? *Sei ganz du selbst, dann kann nichts schiefgehen.* Also, so sinngemäß sagten sie das, und manchmal passierte es auch in deutschen Filmen.

Das hatte ich ja nun schon des Öfteren festgestellt: Sich anders zu geben, als man war, brachte nichts und war zudem äußerst anstrengend. Bisher hatte ich es doch geschafft, Nawin relativ unbefangen zu begegnen. Ob mir das weiterhin gelingen würde?

-17-

In der Kita verlief der Tag ohne besondere Zwischenfälle. Ab und zu fasste ich in meine Hosentasche, um zu prüfen, ob der Zettel mit Nawins Nummer noch da war.

Meine Mutter rief mich in der Kita an und erinnerte mich daran, dass wir am Abend zum Geburtstag meiner Tante gingen. O nein! Das hatte ich vollkommen vergessen. Aber da musste ich durch. Die Familie war meiner Mutter immer wichtig gewesen. Und Gepflogenheiten legte man nicht einfach ab wie eine alte Jacke. Das jedenfalls war einer ihrer Lieblingssprüche.

Wann sollte ich, bitte schön, jetzt Nawin anrufen? Vom Spielplatz aus, zu dem wir mit den Kindern gingen, wohl kaum. Ich stellte mir vor, wie so ein Telefonat aussehen könnte: *»Hallo, Nawin, bin auf dem Spielplatz und dachte, ich klingle mal durch und …«* *Der Satz wird von Geschrei im Hintergrund unterbrochen. Jemand ruft:* *»Frau Naumann, Frau Naumann, Louisa geht nicht von der Schaukel! Wir sollen uns doch abwechseln!«* *Und zu allem Überfluss ist lautes Plärren von Anton zu hören, weil Lukas ihm Sand in die Augen geworfen hat.*

In der Mittagspause ging es auch nicht, da traf ich immer zwei Kolleginnen. Die würden sich sehr wundern, wenn ich heute nicht mit ihnen essen würde. Zwischendurch mal schnell rausgehen und telefonieren kam auch nicht infrage. Herr Holle könnte das von seinem Fenster aus sehen. In letzter Zeit war er besonders streng mit uns, da er wiederholt Kolleginnen während der Arbeitszeit beim Spielen mit dem Handy erwischt hatte. Verstehen konnte ich es schon, schließlich trug er als Leiter die Verantwortung für das Wohl der Kinder.

Also wurde es heute auch nichts mit dem Anruf. Erst mal musste ich die Geburtstagsfeier von Tante Barbara überstehen. Da Mutter am Abend zu mir kommen wollte, um bei mir mitzufahren, und sie immer höchst pünktlich war, konnte ich ein Telefonat davor auch vergessen. Die Zeit würde gerade reichen, um kurz unter die Dusche zu springen.

Tatsächlich stand meine Mutter überpünktlich vor der Tür. Wir stiegen in mein Auto und fuhren zusammen nach Uhlenhorst. Dort wohnte meine Tante in einer Art Stadtvilla. Immer wenn ich dorthin kam, dachte ich, dass dies wirklich eine feine Gegend war. Ganz nah an der Alster mit beeindruckenden Häusern aus der Zeit um 1900, vornehmen Geschäften und Restaurants, in denen sich die Hamburger Schickeria traf. Ein bisschen hatte ich immer das Gefühl, als wäre ich in Eppendorf. Uhlenhorst grenzt an Winterhude, den Stadtteil, in dem Timo in seiner mietfreien Wohnung residierte. Residierte – was für ein Wort. In letzter Zeit neigte ich wirklich zum Sarkasmus, wenn ich an meinen Cousin dachte.

Letztendlich war die Feier nicht so schrecklich, wie ich erwartet hatte. Wir aßen die von meiner Tante zubereiteten Schnittchen – Dana hätte natürlich Kanapees gesagt – und tranken Sherry. Ich genehmigte mir nur einen, da ich ja noch fahren musste. Nach etwa einer Stunde tauchte auch mein Vater auf. Er kam direkt von der Arbeit und wirkte ein wenig abgespannt. Er überreichte Tante Barbara einen riesigen Blumenstrauß, über den sie in helle Freude ausbrach.

»Du bist der beste Bruder der Welt!«, rief sie etwa dreimal und drückte meinen Vater immer wieder.

Ich befürchtete ständig, Timo hätte es sich anders überlegt und tauchte doch mit Alex auf. Leider berichtete meine Tante erst am Schluss der Feier voller Stolz, dass ihr Sohn Timo schon morgens um sieben von Sylt aus angerufen habe, um ihr zum Geburtstag zu gratulieren.

Mir wäre es lieber gewesen, wenn sie gleich zu Beginn diese überaus spannende Begebenheit erwähnt hätte. Es hätte mich sehr beruhigt. Nur einmal kurz hatte ich an Nawin gedacht und mich gefragt, ob er schon ungeduldig auf meinen Anruf wartete.

Als ich nach Hause kam, war es schon spät. Umso mehr überraschte es mich, in der Küche Dana und Ulf vorzufinden. Was machte der hier?, fragte ich mich verwundert. Dana versuchte doch immer, ihn abzuhängen, und nun saß er hier in der Küche.

»Lasst euch nicht stören«, meinte ich und ging zum Geschirrschrank, um mir ein Glas zu holen.

»Ulf, es ist schon elf, ich brauche meinen Schlaf«, hörte ich Dana sagen.

Ich spitzte weiterhin die Ohren. Hatte sie mit ihm ein klärendes Gespräch geführt?

»Ich verstehe«, meinte Ulf. »Ich soll gehen. Aber es ist gerade zu schön. Es ist so anregend, sich mit dir zu unterhalten.«

»Ja, das haben wir ja nun auch«, meinte Dana. »Aber dabei sollten wir es belassen.«

Ulf stand auf. »Du bist immer so hart zu mir«, beklagte er sich.

»Was hast du mir versprochen?«, fragte Dana und etwas Drohendes lag in ihrer Stimme.

In diesem Augenblick kam sie mir wie eine strenge Lehrerin vor, die ihren Schüler ermahnte.

»Muss man sich denn an jedes Versprechen halten?«

»Ja, das muss man.«

Ich ging in mein Wohnzimmer und bekam mit, wie Dana ihren Gast verabschiedete.

Kurz darauf klopfte sie bei mir an.

»Was war das denn?«, fragte ich.

»Merkwürdige Geschichte«, meinte Dana. »Er rief mich heute an, weil er unbedingt mit jemandem reden müsste.«

»Worüber denn?«

»Seine Frau hat ihn vor einigen Monaten verlassen und er kommt nicht darüber hinweg.«

»Und was hast du damit zu tun?«

»Er glaubt, ich verstehe ihn.«

»Na, dann musst du natürlich zur Verfügung stehen.«

»Ja, nun nicht gleich ironisch werden. Die Sache ist die, er stand schon vor dem Haus.«

»Wie jetzt? In unserer Straße?«

»Ja, ich denke, er stalkt mich.«

»Oder er ist ein völlig verzweifelter Mann.«

»Oder beides.«

»Du nimmst an, er stalkt dich. Und da lädst du ihn ein?«, fragte ich erstaunt.

»Ich dachte, es hilft, wenn ich noch einmal an seine Vernunft appelliere.«

»Kapiere ich nicht.«

»Ich habe ihm zugehört, als er mir seine Beziehungsstory erzählt hat, und ihm anschließend klargemacht, dass ich als Ersatzfrau nicht zur Verfügung stehe.«

»Soviel ich weiß, sind Stalker nicht sonderlich vernünftig.«

»Da hast du recht«, sagte Dana. »Es war auch nur ein Versuch, die Angelegenheit sachlich zu klären.«

»Und wenn er morgen wieder mit dem Auto vor der Tür steht?«

»Dann wird es heikel und ich muss zu anderen Mitteln greifen.«

»Hoffen wir, dass es nicht so weit kommt.«

Plötzlich blitzten Danas Augen auf. »Ach ja, übrigens, hast du Nawin angerufen?«

»Nein«, antwortete ich, »aber morgen wird mich nichts mehr davon abhalten.«

* * *

Es war so weit. Der Arbeitstag war gelaufen und ich saß mit dem Telefon in der Hand auf dem Sofa. Vor mir lag der Zettel mit Nawins Handynummer. Wenn er nun gerade Gäste bedienen musste und überhaupt keine Zeit für mich hatte? Ich schaute im Internet nach den Öffnungszeiten des Restaurants. Aha, zwischen fünfzehn und achtzehn Uhr hatte es geschlossen. Jetzt war es siebzehn Uhr – also der ideale Zeitpunkt für einen Anruf.

Ich stand auf und lief ein bisschen hin und her, um mich zu beruhigen. Dann setzte ich mich wieder hin und griff zum Telefon.

Ich wählte seine Nummer und wartete.

Die Mailbox meldete sich: Hier ist Nawin Krosinsky. Im Moment kann ich nicht ans Telefon gehen. Bitte hinterlassen Sie mir nach dem Signalton eine Nachricht.

Erschrocken lauschte ich ins Telefon und legte dann auf. Ich hatte nicht mit einer Mailbox gerechnet. Und seine Stimme hatte so fremd und geschäftsmäßig geklungen. Was nun? Wie blöd, dass ich aufgelegt hatte. Ich wählte die Nummer erneut und hörte mir wieder seinen Spruch an. Doch diesmal sprach ich einfach drauflos: »Hallo, Nawin, hier ist Iris. Ich hatte neulich meinen Einkauf bei euch vergessen. Also, ich bin die Frau mit der blonden Kurzhaarfrisur. Erinnerst du dich? Wir haben uns unterhalten. Ruf doch mal zurück. Tschüss.«

O Mann, was für ein Durcheinander, beurteilte ich anschließend mein Gestammel. Aber das war mir jetzt gleichgültig.

Entweder meldete er sich oder er ließ es sein. Ich hatte es geschafft. Ich hatte ihn angerufen. Jetzt lag es an ihm, wie er darauf reagierte. Komischerweise fühlte ich mich erschöpft, aber auf eine angenehme Art. Es war so, als wäre eine schwere Last von mir gefallen.

Nach etwa fünf Minuten rief Nawin zurück.

»Ich habe mich sehr darüber gefreut, dass du dich gemeldet hast«, sagte er zur Begrüßung.

»Nun, ich dachte, wenn ich schon deine Nummer habe«, erklärte ich.

Nawin redete nicht lange drum herum. »Es wäre schön, wenn wir uns mal treffen könnten.«

»Ja doch.«

»Wir könnten essen gehen. Es muss ja nicht thailändisch sein«, betonte Nawin.

»Klar.«

»Mach du einen Vorschlag!«, forderte er mich auf.

Puh, was sollte ich jetzt sagen? Doch dann fiel mir das Portugiesenviertel ein, das sich in der Nähe von Nawins Restaurant befand. »Wie wäre es mit Portugiesisch?«, schlug ich vor. Es klang so, als ob ich mich bestens in dieser Küche auskannte.

»Ja, warum nicht.«

»Wir könnten uns im Viertel mit den vielen portugiesischen Lokalen am Hafen treffen.«

»Wunderbar, das ist eine gute Idee. Ich habe am Mittwoch frei«, meinte Nawin.

»Das geht bei mir auch«, erklärte ich.

»Dann sehen wir uns am Mittwoch, so gegen neunzehn Uhr. Ist das okay für dich?«

»Ja, vor dem Sépia«, sagte ich schnell, weil mir einfiel, dass wir keinen genauen Treffunkt ausgemacht hatten. »Das ist in der Dietmar-Koel-Straße.«

»Gut«, meinte Nawin. »Ich freue mich.«

»Ja, ich auch«, gestand ich.

»Ich werde Nawin treffen. Am Mittwoch sehe ich ihn«, murmelte ich vor mich hin, nachdem wir uns verabschiedet und aufgelegt hatten.

Was für ein wunderbares Gefühl. Noch wusste ich nur wenig über ihn. Aber das würde sich ja bald ändern. Sehr bald sogar.

-18-

Hendrik werkelte in der Küche herum. Wie versprochen, kochte er heute für uns. Micki und Brian hatten zweimal die Treppenhausreinigung übernommen. Deshalb hatte ich sie ebenfalls zum Essen eingeladen. Hendrik wusste Bescheid.

»Dann kaufe ich eben etwas mehr ein«, hatte er gemeint.

Damit er die Kosten für die Lebensmittel nicht allein tragen musste, hatten wir eine Schale auf die Anrichte im Flur gestellt. Im Vorbeigehen warfen Dana und ich manchmal einen Euro hinein. Hendrik nahm sich davon, was er so brauchte.

»Was gibt's denn?«, fragte ich und öffnete die Küchentür.

»Äh, ich mach Maultaschen, für unsere Nachbarn sind die ja neu.«

»Schon wieder Maultaschen?«, fragte ich erstaunt.

»Ja, aber diesmal mit Spinat, wie du es dir gewünscht hast.«

»Habe ich das wirklich? Ich kann mich nur daran erinnern, dass ich etwas von Tomatensoße gesagt habe.«

»Es wird dir schmecken«, versicherte Hendrik.

»Das hoffe ich doch«, sagte ich und lachte.

Eine Stunde später kamen unsere Gäste. Natürlich brachten sie Cooper mit, weil er so ungern allein war.

Hendrik servierte seine Maultaschen und unsere Nachbarn waren begeistert.

»Du musst mir unbedingt das Rezept aufschreiben«, meinte Micki zu Hendrik gewandt.

Dana war überaus glücklich, dass sie sich endlich mit Brian über Wales unterhalten konnte. Und ich dachte hin und wieder daran, wie mein Date mit Nawin wohl verlaufen würde.

»Seit wann wohnt ihr hier?«, fragte Dana unsere Gäste.

»Schon ein paar Jahre«, antwortete Brian.

»Eigentlich ist Lokstedt ja ein Stadtteil mit wenig Charme«, gab Dana ihre Meinung kund.

Da musste ich eingreifen. »Lokstedt war früher ein sehr idyllischer Stadtteil. Durch die vielen Hauptverkehrsstraßen, die gebaut wurden, ist er leider zerteilt worden. Davon erzählen meine Eltern immer. Wisst ihr, dass wir hier mitten im Zylinderviertel wohnen?«

»Zylinderviertel?«, fragte Micki.

»Früher wohnten hier die vornehmen und wohlhabenden Leute Hamburgs. Sie fuhren mit Pferd und Wagen umher und die Männer trugen alle Zylinder. Deshalb heißt das Viertel heute noch so. Die meisten Bewohner wissen das aber nicht mehr.«

»Habe ich auch noch nie gehört«, meinte Brian.

»Ja, jeder Stadtteil hat so seine Geschichte«, sagte Dana. »Früher waren das ja alles Dörfer, die nach und nach eingemeindet wurden.«

Hendrik füllte Maultaschen nach. »Freut mich, dass euer Appetit nicht nachlässt«, bemerkte er. »Ich habe auch noch Nachtisch gemacht.«

»Maultaschenpudding?«, fragte Dana.

Hendrik lachte. »Na, so ähnlich.«

Cooper lag unter dem Tisch und versuchte, jeden Einzelnen reihum zu hypnotisieren, damit er endlich auch einen Brocken bekam. Doch wir versuchten, standhaft zu bleiben.

Micki hatte versichert, dass Cooper schon genug zum Abendessen bekommen habe, und wir sollten uns auf keinen Fall von seinem bettelnden Blick erweichen lassen und ihn unterm Tisch füttern.

»Er ist wie ein kleines Kind«, erklärte Brian.

»Das kann ich mir vorstellen«, meinte Dana, die sich hin und wieder hinunterbeugte, um Cooper zu streicheln.

Ich war erstaunt, denn ich hatte Dana nicht als Hundefreundin eingeschätzt.

Der sogenannte Maultaschenpudding, mit dem Dana unseren Hendrik aufziehen wollte, entpuppte sich als exquisite Crème caramel, die uns allen fabelhaft schmeckte. Auch Brian und Micki, die uns gestanden, dass sie meistens nur von Fertiggerichten lebten, waren von Hendriks Dessert begeistert.

Ausgerechnet Dana fragte die beiden, warum sie denn nicht selbst kochen.

»Wir arbeiten beide in einer Bank«, meinte Brian. »Und vorher bringen wir Cooper noch zum Hundesitter. Nach Feierabend holen wir ihn dann wieder ab. Das alte Problem, wir haben keine Zeit.«

»Der Arme«, bemerkte Dana. »Den ganzen Tag beim Hundesitter.«

»Er liebt die anderen Hunde. Die verstehen sich alle ganz prächtig und spielen miteinander. Und abends freut er sich dann auf uns.«

»Klingt gar nicht so schlecht«, meinte ich.

»Trotzdem«, entgegnete Dana und griff nach ihrem Handy, weil plötzlich ihr Klingelton zu hören war.

»Daniela Seifert. Ja, Guten Abend. Ach ja, hm.«

Dana verließ mit ihrem Handy die Küche. Nach ein paar Minuten kam sie zurück.

»Jetzt will der Typ, dass ich einen Teil des Interviews wieder lösche.«

»Warum das?«, fragte ich, obwohl ich nichts Näheres über dieses Interview wusste.

»Ach, es wird immer schlimmer. Erst laden sie mich zum Gespräch ein, und dann wollen sie bis ins Detail bestimmen, worüber wir reden und was ich verwenden darf.«

»Wer sind sie?«, wollte Micki wissen.

»Ach, diese Schauspieler, denen die Eitelkeit aus den Ohren rauskommt.«

»Und was sollst du nun löschen?«, fragte ich.

»Er hat ein paar Dinge über seine Frau gesagt, die er jetzt wohl bereut.«

»Und nun?«, hakte ich nach.

»Ehe es anschließend großen Ärger gibt, werde ich die Passage über seine Frau rausschneiden. Was bleibt mir anderes übrig.«

»Abgesehen davon ist dein Beruf sehr interessant«, warf Brian ein.

Dana schüttelte den Kopf. »Nur am Anfang, nachher ist alles Gewohnheit, genau wie in jedem Beruf.«

»Aber du machst jeden Tag etwas anderes. So langweilig wie in einer Bank kann es nicht sein.«

»Bestimmte Abläufe sind auch gleich«, widersprach Dana. »Und bei den Gesprächen mit den Künstlern läuft auch vieles ähnlich ab. Wenn ich zum Beispiel Schauspieler danach frage, welche Rolle sie am liebsten gespielt haben, antworten alle das Gleiche.«

»Und was?«, fragte Hendrik.

»*Immer die, die ich gerade spiele.* Das antworten neunundneunzig Prozent. Sehr diplomatisch und sehr fantasielos. Will der Hörer eine Standardantwort? Nein, er möchte, dass sein Lieblingsdarsteller persönliche Meinungen äußert. Er möchte ihn oder sie näher kennenlernen. Stattdessen hört er stets nur blablabla.«

Dana hatte sich in Rage geredet.

»Das muss man wohl mit Humor nehmen«, schlug Micki vor und kraulte Cooper, der jetzt an ihrem Bein klebte.

»Wahrscheinlich sollte man das«, bemerkte Dana. »Aber ich bin gerade in einer Phase, in der mir das schwerfällt.«

»Das kenne ich auch«, schaltete sich Hendrik wieder ein.

Hoffentlich beschwerte er sich jetzt nicht ebenfalls über seinen Beruf. Am Ende jammerten wir alle einander etwas vor. Dabei hatte ich mir ein gemeinsames Essen gewünscht, bei dem es locker und heiter zuging. Doch obwohl sich keiner mehr über seinen Alltag beklagte, bekamen wir nicht mehr richtig die Kurve.

Kurz nach elf verabschiedeten sich Micki und Brian und lobten noch einmal überschwänglich Hendriks Kochkünste.

Wir drei saßen noch ein Viertelstündchen in der Küche und ließen den Abend bei einem weiteren Glas Wein ausklingen. Sogar Dana hatte sich überreden lassen, einen Minischluck von Hendriks mitgebrachtem Riesling zu probieren. Doch gegen zwölf Uhr war auch für uns Feierabend. Dana und ich gingen in unsere Zimmer. Nur Hendrik blieb noch auf, um die Küche aufzuräumen.

Der Arme, dachte ich, bevor ich einschlief. Vielleicht sollten Dana und ich mal für ihn kochen. Da wäre Hendrik sicher total überrascht. Verdient hätte er das nach seinen Anstrengungen allemal.

-19-

Nawin trug heute keine schwarze Hose, sondern Jeans genau wie ich. Selbstverständlich war ich seinem Wunsch nachgekommen und hatte sie zu unserem ersten Treffen angezogen. Ich erkannte ihn schon von Weitem. Er stand vor dem Restaurant, in dem wir uns verabredet hatten.

Ich wollte ihm zur Begrüßung die Hand reichen, doch er nahm mich in den Arm. Es war eine eher flüchtige Umarmung, und ich wünschte mir, sie hätte ein wenig länger gedauert.

»Stehst du schon lange hier?«, fragte ich, weil ich nicht wusste, was ich sagen sollte.

»Nur kurz«, antwortete Nawin.

»Warum hast du nicht drinnen auf mich gewartet? Es ist ziemlich kalt heute.«

»Ich hatte Angst, du könntest dann wieder gehen.«

»Also, ich wäre schon reingekommen, um nach dir Ausschau zu halten.«

»Das beruhigt mich.«

Wir betraten das Restaurant. Der Geruch von gebratenem Tintenfisch und Aiolicreme empfing uns. Nachdem wir einen größeren Raum durchquert hatten, steuerte Nawin auf einen gemütlich aussehenden Tisch im hinteren Bereich zu.

»Bist du einverstanden?«, fragte er und zog seine Jacke aus.

»Ja, der ist genau richtig«, antwortete ich.

»Wir müssen nur noch die Kerze anmachen.«

Ein Kellner, der uns hinterhergegangen war, zog eine Streichholzschachtel aus der Hosentasche und erledigte das umgehend. Anschließend reichte er uns zwei Speisekarten.

»Warst du schon oft Portugiesisch essen?«, fragte Nawin und schlug die erste Seite der Karte auf.

»Na ja, was heißt oft. Einige Male, glaube ich.«

»Ich habe es geahnt«, meinte er.

»Dass ich schon einige Male portugiesisch …?«

Mein Satz wurde von Nawins Lachen unterbrochen.

»Nein, ich meine, dass dir die Jeans super stehen.«

»Danke, freut mich«, sagte ich und versuchte, dabei möglichst gleichgültig zu klingen.

Nach ein paar Minuten kam der Kellner zurück und fragte nach unseren Wünschen. Ich entschied mich für gegrillte Sardinen und Nawin wählte die Reisplatte mit Meeresfrüchten.

»Reis muss also sein«, stellte ich fest.

»Ist nicht überlebenswichtig. Ich mag auch andere Beilagen.«

Wir schwiegen einen Augenblick. Dann beugte sich Nawin zu mir herüber. »Ich hoffe, es wirkte nicht zu aufdringlich.«

»Was meinst du jetzt?«

»Na, das mit meiner Nachricht.«

»Etwas überrascht war ich schon.«

»Ich wollte dich eben gern wiedersehen.«

»Und du wusstest nicht, wie du es anstellen solltest?«

Nawin sah mich nachdenklich an und nickte.

Sein Gesichtsausdruck rührte mich. »Die Idee war gar nicht so schlecht. Hat mich allerdings ein bisschen an meine Grundschulzeit erinnert.«

Es dauerte einen Augenblick, bis Nawin begriff. »Ach, du meinst die *Willst du mit mir gehen*-Zettel, auf denen drei Kästchen mit ›Ja‹, ›Nein‹ oder ›Vielleicht‹ standen.«

»Genau die.«

»So einen habe ich nie geschrieben. Aber dafür habe ich einen bekommen.«

»Und was hast du geantwortet?«

»Ja, bis zur nächsten Eisdiele.«

»Sehr schlau.«

»Aber es ist nie dazu gekommen.«

»Wie schade.«

»Ich will dir jetzt nicht diese berühmte Frage stellen«, meinte Nawin. »Dafür aber eine andere.«

Ich sah ihm erwartungsvoll in die Augen. »So, welche denn?«

Nawin legte die Hände kurz über seinen Mund. »Vielleicht warte ich lieber bis nach dem Essen damit.«

»Ist das jetzt eine Taktik von dir, um meine Neugier zu wecken?«

Nawin grinste. »Das habe ich nicht nötig. Ich taktiere nie.«

Der Kellner brachte das Essen und eine große Flasche Mineralwasser.

»Ach, das ist schön, sich auch einmal bedienen zu lassen«, seufzte Nawin.

»Wirst du demnächst wieder als Hotelfachmann arbeiten?«, fragte ich.

»Ich bin dabei, Bewerbungen zu schreiben.«

»Und euer Restaurant?«

»Meine Mutter muss jemanden einstellen. Auf die Dauer kann ich dort nicht aushelfen.«

»Dann wünsche ich dir viel Glück.«

»Das kann ich gebrauchen.«

Ich steckte mir eine gegrillte Sardine in den Mund. »Oh, die sind großartig. Willst du eine probieren?«

»Nur, wenn du eine Muschel von mir annimmst.«

Die Muschel, die Nawin mir rüberreichen wollte, rutschte ihm aus der Hand und landete auf der Tischdecke.

»Die hat sich selbstständig gemacht«, meinte ich und wir mussten beide lachen.

Im Gegenzug nahm sich Nawin eine Sardine.

Nach dem Essen gestand mir Nawin, dass er längere Zeit keine Beziehung gehabt habe. Seine zahlreichen Verpflichtungen hätten ihm dazu keine Zeit gelassen. In seiner Familie, so berichtete er, unterstütze man sich gegenseitig, wo es nur gehe.

Dann begann er von seinen Eltern zu erzählen. »Sie haben sich damals an der Nordsee kennengelernt.«

»An der Nordsee?«, fragte ich erstaunt.

»Meine Mutter hat einen Cousin in Sankt-Peter-Ording besucht, der im Ort einen Asia-Imbiss eröffnet hatte. Das war damals noch etwas Besonderes. Mein Vater machte dort Urlaub. Zwei Jahre zuvor war seine erste Frau an Krebs gestorben. Lange hatte ihn keine andere Frau interessiert. Aber als er meine Mutter traf, verliebte er sich sofort in sie. Immer wieder lud er sie ein. Doch sie war sehr zurückhaltend. Eines Tages stand er mit einem Strauß Orchideen vor der Tür. Zuerst wollte er Rosen für sie kaufen. Doch ihr Cousin hatte meinen Vater beraten. Thailänderinnen lieben Blumen aus ihrer Heimat, hatte er zu ihm gesagt. Mit Rosen sind sie nicht so vertraut. Auf jeden Fall müssen die Orchideen meine Mutter beeindruckt haben, denn danach ging sie mit ihm aus. Allerdings war beim ersten Treffen ihr Cousin dabei. Der saß zwar mit am Tisch, hielt sich sonst aber eher zurück. So kamen sich die beiden Stück für Stück näher. Später ist mein Vater zweimal nach Thailand gereist, damit sie sich noch besser kennenlernen konnten. Schließlich hat er bei ihrer Familie um ihre Hand angehalten. Und die hat gemeint, dass sie es sicher gut bei ihm haben würde. Die beiden haben dann auch bald geheiratet.«

»Das ist eine schöne Geschichte«, sagte ich. »Sie klingt sehr romantisch.«

»Das ist sie auch«, stimmte mir Nawin zu, und fast schien es, als ob er eine Träne im Auge hatte. »Und sie sind bis heute glücklich verheiratet. Echte Liebe währt eben ewig.« Nawin strich mir leicht über die Hand. »Siehst du das auch so?«

»Auf deine Eltern trifft das sicher zu«, bemerkte ich vorsichtig. »Aber nicht immer geht es so gut aus. Manchmal macht man sich auch ein falsches Bild von dem anderen.«

»Kann sein«, sagte Nawin und zog seine Hand weg. »Enttäuschungen kann es immer geben. Aber wenn man den einzig wahren Menschen gefunden hat, dann weiß man das einfach.«

Ich widersprach ihm nicht mehr. Er war wirklich sehr romantisch-verklärt. Andererseits sprach es ja nicht gegen ihn, dass seine Eltern sein großes Vorbild waren. Oder idealisierte er sie vielleicht zu sehr?

»Du wolltest mir noch eine Frage stellen?«, wechselte ich das Thema.

»Ja, stimmt, ich habe auch gerade daran gedacht.«

»Ich bin gespannt.«

»Willst du mich wiedersehen?«

»Was glaubst du?«

»Mit einer Gegenfrage zu antworten, ist nicht erlaubt.«

»Wo steht das?«

Nawin lächelte. »Soviel ich weiß, gibt es da einen Paragrafen.«

»Den du gerade erfunden hast. Aber gut, du bekommst deine Antwort.«

»Und die lautet?«

»Ich möchte dich sehr gern wiedersehen.«

Nawin strahlte. »Das habe ich mir gleich gedacht.«

»Du Angeber«, scherzte ich.

»Die Wahrheit ist … ich freue mich sehr darüber.«

»Das klingt schon viel besser.«

Wir verabredeten ein Treffen für die kommende Woche. Am liebsten hätte ich ihn gleich am nächsten Tag wiedergesehen, doch diesmal wollte ich nichts überstürzen. Auch ich war lernfähig. Außerdem … wenn wir uns ein paar Tage nicht sehen würden, dann konnten wir uns länger auf unser zweites Date freuen.

Vor dem Restaurant verabschiedeten wir uns. Nawin deutete wieder eine Umarmung an und gab mir einen Kuss auf die Wange. Als ich auf dem Weg zu meinem Auto war, drehte ich mich noch einmal um. Nawin stand noch immer an derselben Stelle und winkte mir zu. Das war wirklich ein schöner Abend, dachte ich und winkte zurück.

* * *

Als ich zu Hause ankam, war es fast Mitternacht. Deshalb wunderte ich mich, dass der Wagen von Ulf Groning vor unserer Tür stand. Das durfte doch nicht wahr sein. Saß der jetzt wieder mit Dana in der Küche? Weit gefehlt. Ulf Groning saß in seinem Auto und starrte auf die Fenster im ersten Stock. Ich parkte meinen Wagen und ging zu ihm. Ulf Groning ließ die Seitenscheibe ein Stück herunter.

»Was machen Sie hier?«, fragte ich.

»Ich war gerade in der Gegend.«

»Warten Sie auf Dana?«

»Kann sein.«

»Ich dachte, sie hätte neulich mit Ihnen geredet.«

»Frauen reden so manches daher.«

»Sie glauben also, Nein heißt nicht Nein.«

Ulf Groning zuckte mit den Schultern. »Wer weiß das schon.«

Er ließ den Motor an. »Grüßen Sie Dana, wenn Sie sie sehen. Sie ist übrigens noch nicht zu Hause.«

»Und das wissen Sie so genau, weil Sie hier bereits den ganzen Abend stehen.«

Ulf Groning antwortete nicht. Stattdessen schloss er die Scheibe und brauste mit quietschenden Reifen davon.

Was war das jetzt? Er stand hier den ganzen Abend vor der Tür und fand es anscheinend nicht mal seltsam.

Ich ging nach oben. Auf der Treppe begegnete mir Tiziana. Sie grüßte nur kurz und lief an mir vorbei, ohne mich eines Blickes zu würdigen.

Ich war irritiert. Hatte Hendrik nicht neulich behauptet, sie sei nicht seine Freundin. Und jetzt kam sie um diese Zeit aus der Wohnung?

Heute Abend war hier echt was los. Jetzt musste ich nur noch herausfinden, ob Dana wirklich nicht da war. Ich wollte wissen, ob Ulf Groning recht hatte.

Vorsichtig betrat ich die Wohnung. Aus Hendriks Zimmer drang leise Musik. Ich lauschte. Andere Geräusche waren nicht zu hören. In Danas Zimmer war kein Licht zu sehen. Ob sie schon schlief?

Ich ging in mein Wohnzimmer und setzte mich auf das Sofa. Schon des Öfteren war mir aufgefallen, dass Dana manchmal sehr spät nach Hause kam. Wo war sie so lange? Arbeitete sie noch? Ach was, nicht alles ließ sich mit ihrem Job erklären. Ich nahm mir vor, sie demnächst einfach danach zu fragen.

Leicht ermattet lehnte ich mich zurück und dachte an Nawin. Wie gut er ausgesehen hatte in seinem blauen Hemd mit den kleinen weißen Punkten. Er hatte sehr viel von seiner Familie erzählt und mich kaum etwas gefragt. Und das Erstaunliche war, dass mich dies nicht mal sonderlich gestört hatte. Ich hätte ihm noch stundenlang zuhören können. Das musste doch etwas bedeuten. Hatte ich mich tatsächlich verliebt? Das Drama mit Alex hinter mir gelassen? Ich spürte, wie mein Herz schneller schlug und es im Bauch leicht kribbelte. Waren dies bereits Anzeichen, die mir meine Frage beantworteten?

-20-

»Wann hörst du endlich auf damit?«, fragte mich Katja, als sie mich dabei erwischte, wie ich zum zwölften Mal auf mein Handy sah.

Ich fühlte mich ertappt und legte es zur Seite. »Schon gut, ich lass es.«

»Ich glaube nicht, dass er dir heute schon eine Nachricht schickt«, meinte meine Kollegin, der ich natürlich von meinem Date mit Nawin berichtet hatte.

»Ja, es wäre zu früh.«

»Ihr trefft euch doch nächste Woche wieder.«

Ich seufzte. »Aber die Zeit vergeht so langsam.«

»Wie alt bist du? Geduld ist wohl nicht deine Stärke.«

»Nein, aber ich bin verknallt.«

»Na und, auch dann muss man Geduld haben.«

»Kannst du überhaupt mitreden? Du siehst deinen Mann schließlich jeden Tag.«

»Ich bitte dich, das ist etwas vollkommen anderes. Außerdem hätte ich nichts dagegen, ihn mal nicht zu sehen.«

»Ehrlich?«

»Na ja«, gestand Katja, »das passiert immer dann, wenn gerade Stress angesagt ist. Wir befinden uns ja nicht mehr in der Verliebtheitsphase, sondern sind bereits im schnöden Alltag angekommen.«

»Das hört sich ja furchtbar an.«

»Man gewöhnt sich daran.«

»Nawin ist ein ausgesprochener Romantiker. Du hättest ihn hören sollen, wie er über seine Eltern redet. Sie sind auch nach mehr als dreißig Jahren noch glücklich. Es war Liebe auf den ersten Blick, hat er erzählt.«

»Das hat er gesagt? Hört sich sehr schön an. Vielleicht ist es bei ihm auch Liebe auf den ersten Blick gewesen.«

»Du meinst, als er mich gesehen hat?«

»Ja, kann doch sein.«

Den Rest des Arbeitstages versuchte ich, nicht an Nawin zu denken. Warum sollte er sich auch heute melden? Obwohl, über so einen kleinen Gruß von ihm hätte ich mich schon sehr gefreut.

Der kam aber erst am nächsten Tag. Ich hatte es gerade geschafft, Selin und Louisa das Farbenspiel zu erklären, als mein Handy einen Ton von sich gab. Ich zog es aus meiner Hosentasche. Tatsächlich, es war eine Nachricht von Nawin.

Ich denke an dich und freue mich auf unser nächstes Treffen, schrieb er.

Ich freue mich auch, wollte ich ihm spontan antworten. Doch ich besann mich und zog meine Finger von der Tastatur zurück. Er sollte nicht denken, dass ich die ganze Zeit auf so eine Nachricht gewartet hätte. Das übliche Spielchen, dem auch ich mich nicht entziehen konnte. Da waren wohl fast alle Verliebten wie fremdgesteuert. Wäre ja auch zu einfach, dem anderen direkt zu sagen, was man empfand. Aber ich würde es, nur eben nicht sofort. Ich legte mein Handy auf den Schreibtisch im Gruppenraum. Nawin würde wenigstens bis heute Abend auf eine Antwort warten müssen. Das war immer noch rechtzeitig genug.

* * *

Ich schickte mein *Ich freue mich auch* ab, nachdem ich zu Hause angekommen war. Danach zog mich ein leicht angebrannter Geruch in die Küche. Dana hatte ihre Eier aus dem Kühlschrank geholt und drei davon in die Pfanne gehauen.

»Verkohlte Spiegeleier?«, fragte ich. »Die sind bestimmt sehr bekömmlich.«

»Sie sind nicht verbrannt«, bestritt Dana. »Die riechen nur so.«

Dana versuchte mit einem Holzlöffel, die verkokelten Ränder der Spiegeleier abzutrennen. Den Rest ließ sie auf einen Teller gleiten.

»Na, dann guten Appetit.«

»Habe ich«, sagte Dana und setzte sich an den Küchentisch.

»Ach übrigens, was glaubst du, wer gestern um Mitternacht mit seinem Wagen vor unserem Haus stand?«

Dana zerteilte eines ihrer Spiegeleier. »Ulf, nehme ich an.«

»Und das regt dich gar nicht auf?«, wunderte ich mich.

»Doch, ich will mich nur nicht aufregen.«

»Er spioniert dir nach und es ist dir egal?«

»Was soll ich denn machen? Ich kann es ihm nicht verbieten, auf der Straße zu stehen.«

Ich setzte mich zu ihr an den Tisch und spielte mit dem Salzstreuer herum. »Du bist nicht so wehrlos, wie es scheint.«

Dana wurde neugierig. »Du meinst, was Ulfs Verhalten anbelangt.«

»Genau. Das nächste Mal, wenn er vor unserer Haustür steht, mache ich ein Foto von ihm. Er kann das ruhig merken. Anschließend teile ich ihm mit, dass ich jetzt immer aufschreibe, wann und wie lange er sich bei uns aufhält. Ich denke, das wird ihn verunsichern oder zumindest nerven.«

Dana war Feuer und Flamme. »Und das Foto, das du gemacht hast, schicke ich ihm mit der Bemerkung, dass es doch sicher was für seine nächste Ausstellung wäre.«

Ich freute mich diebisch. »Das ist eine Superidee, und man hat das Gefühl, etwas gegen ihn unternommen zu haben.«

Dana lachte. »Ich kann es kaum erwarten, den Plan durchzuziehen.«

»Ich stelle mir gerade sein Gesicht vor, wenn er sich das Foto ansieht und deinen Kommentar dazu liest.«

»Ob er dann noch Lust hat weiterzustalken?«, fragte Dana.

»Keine Ahnung«, antwortete ich. »So richtig kann ich mich in diese Spezies nicht hineinversetzen. Aber vielleicht hätte er nach unserer Aktion keine Freude mehr daran.«

»Auf seine Reaktion wäre ich auf jeden Fall gespannt«, meinte Dana.

»Und ich erst.«

Einen Moment starrten wir beide vor uns hin.

»Gut«, sagte Dana dann, »diesen Plan hätten wir besprochen. Was gibt's sonst noch?«

»Eigentlich nichts«, log ich. »Du warst gestern lange weg.«

»Stimmt.«

»Musstest du arbeiten?«

»Nein.«

»Wo bist du immer, wenn du so spät nach Hause kommst?«

»Ist Neugierde dein zweiter Vorname?«

Ich schmunzelte. »Mein zweiter Vorname lautet Anteilnahme.«

»Ach, so nennt man das jetzt.«

»Na gut«, meinte Dana und wischte sich mit einer Serviette den Mund ab. »Ich spiele Billard.«

»Wie jetzt? Billard?«

Meine Reaktion schien Dana zu amüsieren. »Na, so mit Kugeln, einem Tisch mit Decke und einem langen Stab.«

»Das brauchst du mir nicht zu erklären.«

»Ach nein.«

»Also, wie muss ich mir das vorstellen. Du gehst mit deinen High Heels in das Hinterzimmer einer verrauchten Kaschemme und spielst Billard.«

»Du hast zu viele schlechte Filme gesehen.«

Dana hatte jetzt ihre Spiegeleier aufgegessen. »Es gibt auch Billardsalons.«

»Und da spielst du?«

»Auch, aber nur zum Trainieren.«

»Wofür?«

»Damit ich gewinne, wenn ich in heruntergekommenen Spelunken spiele.« Dana lachte.

Ein merkwürdiger Gedanke kam mir in den Kopf. »Spielst du um Geld?«

»Wäre das so furchtbar?«

Ich überlegte. »Die Vorstellung ist ein wenig seltsam. Hast du das denn nötig?«

»Was heißt nötig. Es bringt Spaß zu gewinnen.«

»Irgendwie passt dieses Hobby nicht zu dir.«

»Du meinst, es passt nicht zu der Schublade, in die du mich gesteckt hast.«

Da war etwas dran. Ich konnte mir Dana beim besten Willen nicht am Billardtisch vorstellen.

»Mein Bruder hat es mir beigebracht«, verriet Dana. »Ich bin praktisch damit aufgewachsen.«

»Du hast mir nie erzählt, dass du einen Bruder hast.«

»Warum auch?«

»Manchmal bist du wirklich kurz angebunden.«

»Reden wir mal über dich. Du hattest dich doch mit diesem Thailänder getroffen.«

»Halbthailänder«, korrigierte ich sie.

»Oder so. Wie war dein Date?«

»Sehr schön«, antwortete ich. »Wir sehen uns bald wieder.«

»Na, das hört sich gut an. Vielleicht wird das ja was mit euch.«

»Ich weiß nicht, wie ich das meiner Mutter beibringen soll. Wenn sie was von Thailand hört, schrillen bei ihr alle Alarmglocken.«

»Wieso?«

»Na, sie denkt doch gleich, dass ich später mit ihm dort hinziehe, obwohl Thailand gar nicht seine Heimat ist.«

»Du musst dich mal von solchen Gedanken lösen. Es ist dein Leben und nicht das deiner Mutter.«

»Stimmt, bei den meisten Entscheidungen habe ich auch an sie gedacht.«

»Wie ist das bei dir und deinen Eltern?«, fragte ich Dana.

»Ich bin neununddreißig und habe mich schon lange freigeschwommen.«

»Warst du ein glückliches Kind?«

»Was für eine Frage. Mein Bruder und ich wurden unglaublich verwöhnt. Wir haben fast alles bekommen, was wir wollten. Meine Eltern haben uns auch immer gefördert. Ich hatte großes Glück mit ihnen.«

»Aber du besuchst sie doch kaum.«

»Och, das muss auch nicht sein. Wir telefonieren öfter mal.«

Bisher hatte ich das Gefühl gehabt, dass Dana sich nicht sonderlich viel aus ihren Eltern machte. Und jetzt erzählte sie davon, wie glücklich ihre Kindheit gewesen sei. Passte das zusammen? Vielleicht empfand sie diese Zeit nur in materieller Hinsicht als besonders gelungen, denn da ihre Eltern Zahnärzte waren, konnten sie es sich leisten, den Kindern jeden Wunsch zu erfüllen.

»Ich muss noch etwas vorbereiten«, meinte Dana plötzlich und verschwand in ihrem Zimmer.

So war das also. Dana spielte Billard in Salons und Kneipen. Mir war diese Sportart fremd. Mir fiel es sogar schwer, sie so zu nennen. Nun ja, mein Hobby, das Bogenschießen, war auch nicht alltäglich. Für die einen bedeutete dies, dass ich eine Art Kämpferin sein musste, für die anderen war es nur eine ungewöhnliche Freizeitaktivität. Und dann gab es noch die, die darin etwas Meditatives sahen. Sätze wie *Da ist man ganz bei sich selbst* oder *Entspannung im Hier und Jetzt* klangen mir in den Ohren.

Aber im Gegensatz zu Dana, die mit einem Stock bunte Kugeln in Löchern versenkte, spannte ich den Bogen nicht für Geld. Gab ihr das den besonderen Kick oder war sie einfach nur eine leidenschaftliche Spielerin?

Nawin fiel mir ein. Ob er auch eine geheime Leidenschaft hatte? Dafür fehlte ihm bestimmt die Zeit. Schließlich musste er sich um das Restaurant seiner Eltern kümmern und darüber hinaus nach einer Stelle in seinem Beruf Ausschau halten. Vielleicht würde ich ja seine Leidenschaft. Bei diesem Gedanken schmunzelte ich. Und wenn das so wäre, dann sollte die, bitte schön, alles andere als geheim bleiben.

-21-

Kräich, kräich, hallte der Ruf eines Graureihers über den Eppendorfer Mühlenteich. Nawin und ich saßen im *Café Marseille* und beobachteten das Treiben auf dem Teich. Gänse, Enten und andere Wasservögel schwammen umher. Ich vermisste allerdings die Schwäne, die in den Wintermonaten auf dem Teich ihre Bahnen zogen. Sie waren inzwischen wieder auf die Alster gebracht worden.

»Hier ist es sehr idyllisch«, sagte Nawin.

Es war unsere vierte Verabredung und inzwischen telefonierten wir fast jeden Tag miteinander. Mal rief er an und mal meldete ich mich bei ihm.

»Der Teich ist eigentlich ein künstlich aufgestauter kleiner See«, erklärte ich. »Denn es gibt ein Flüsschen, das hier in die Alster fließt.«

»Ja, und die Alster ist kein See, sondern ein Fluss.«

»Ach, ich hatte vergessen, dass du auch Hamburger bist.«

»Spiel ruhig weiter die Stadtführerin«, forderte mich Nawin auf. »Das gefällt mir gut.«

»Wollen wir noch einen Spaziergang durch das Eppendorfer Moor machen?«, fragte ich. »Dort können wir auch Graureiher beobachten.«

»Na, siehst du. Jetzt zeigst du mir doch etwas Neues.«

Nawin und ich gingen etwa einen Kilometer an dem Flüsschen namens Tarpenbek entlang und überquerten anschließend die Alsterkrugchaussee. Von dort aus war es nicht mehr weit bis zu dem einzigen Hamburger Moor, das mitten im Stadtgebiet liegt. In das Naturschutzgebiet kamen nicht nur Jogger und Hundebesitzer, sondern auch zahleiche Vogelfreunde und Naturliebhaber.

»Wie still es hier ist«, staunte Nawin.

Nur ab und zu begegneten uns Spaziergänger. Auch bei ihnen spürte man, dass die Moorlandschaft mit ihrer vielfältigen Pflanzenwelt sie berührte.

»Warst du oft in der Heimat deiner Mutter?«, fragte ich Nawin.

»Nur einmal.«

»Und?«

»Es ist so ganz anders. Alle sind sehr höflich. Meiner Mutter fällt es heute noch schwer, Menschen zu ertragen, die so direkt und manchmal sogar schroff sind.«

»Stimmt, mit Höflichkeit tun sich viele schwer.«

»Es heißt, dass man in Thailand niemals nach dem Weg fragen soll. Man wird immer eine Antwort bekommen, auch wenn sie falsch ist, denn einem Thai ist es peinlich, zuzugeben, dass er das Ziel nicht kennt.«

»Ach so, ich verstehe.«

»Das hat natürlich auch mit Gesichtsverlust zu tun. Genau wie viele andere Dinge. Man sollte zum Beispiel einen Thai niemals kritisieren, schon gar nicht vor anderen. Das ist eine Todsünde.«

»Davon habe ich mal gehört«, bemerkte ich.

»Aber eins finde ich besonders schön«, fuhr Nawin fort. »Alle sind darauf bedacht, dass sich andere in ihrer Gesellschaft wohlfühlen. Sie glauben, es strahlt auf sie zurück. Das ist eine wesentliche Philosophie in dem Heimatland meiner Mutter.«

Ich hörte gebannt zu. »Und du meinst, unsere Philosophie lautet: Hauptsache, mir geht es gut. Die anderen sind mir gleichgültig.«

»Das gilt nicht für alle und gleichgültig ist ein hartes Wort. Aber im Kern trifft dies zu. Hier lautet das Motto: *Jeder ist sich selbst der Nächste.*«

»Meinst du, deine Mutter geht später mal in ihre Heimat zurück?«

»Ich denke, jetzt nicht mehr.«

»War es für deinen Vater am Anfang schwer, deine Mutter zu verstehen?«

»Da prallten schon Kulturen aufeinander. Und die Sprache beherrschte sie damals auch noch nicht so richtig.«

»Da gab es sicher so manches Missverständnis.«

»Na, sie haben es ja geschafft. Ach übrigens, meinem Vater geht es wieder besser. Wenn es so bleibt, verreisen wir demnächst. Er möchte gern noch einmal in die Gegend seiner Kindheit zurück.«

»Und wo ist das?«

»Er ist im Riesengebirge geboren. Die Stadt, in der seine Eltern lebten, gehört heute zu Polen. Mit seiner Familie musste er nach dem Krieg flüchten. Mein Vater war zwar damals erst neun Jahre alt, trotzdem erinnert er sich noch an vieles in seiner damaligen Heimat.«

»Im Riesengebirge?«, rief ich aus. »Da kam auch meine Großmutter her. Allerdings lebte sie auf der tschechischen Seite des Riesengebirges.«

»Oh, was für ein Zufall. Mein Vater hat erzählt, dass die Grenze hoch oben in den Bergen verläuft.«

Ich war völlig aus dem Häuschen. Nawin und ich hatten Vorfahren, die aus derselben Region stammten, ganz gleich, zu welchem Land sie heute gehörte.

»Das wird sicher spannend für dich«, sagte ich.

»Ja, ich möchte sehr gern die Heimat meines Vaters kennenlernen.«

»Meine Oma hat viel über das Riesengebirge erzählt. Als junges Mädchen ist sie dort sogar Ski gefahren. Sie haben lange Wanderungen gemacht und sind in Bauden eingekehrt.«

»Bauden?«

»Ja, so nennt man dort die Berghütten.«

Nawin hatte den Arm um mich gelegt und drückte mich jetzt fest an sich. »Da weißt du ja mehr als ich.«

»Sie konnte wunderbare Serviettenknödel machen. Das ist dort eine Spezialität.«

»Serviettenknödel? Davon hat mein Vater nie erzählt.«

»Er war ja noch klein.«

»Du hast sehr an deiner Oma gehangen?«

»Ja, sie war so ganz anders als meine Mutter.«

»Ist deine Mutter so schrecklich?«

»Nein. Ich weiß, dass sie mich liebt. Aber eben auf ihre Art. Bei meiner Oma habe ich mich immer besonders geborgen gefühlt. Sie hat mich so geliebt, wie ich bin.«

»Ich habe nur meine Großmutter mütterlicherseits kennengelernt«, verriet Nawin. »Sie ist aber inzwischen auch gestorben.«

Wir spazierten immer weiter durch das Eppendorfer Moor. Auf einem Stein, der in einem Moorsee lag, hatte sich nach einem kreisenden Segelflug ein Mäusebussard niedergelassen. Für ein paar Minuten setzten wir uns auf eine Bank und beobachteten ihn und die Stockenten, die auf die im Wasser stehenden Weiden und Erlen zuschwammen. Der Mäusebussard ließ sich dadurch nicht stören. Er blieb unbeirrt auf seinem Stein sitzen.

»Hier soll es auch Fledermäuse geben«, sagte ich.

»Und bestimmt auch Moorfrösche«, ergänzte Nawin.

Wir gingen weiter, stiegen über umgestürzte Bäume, staunten über die schwarz glänzenden Tümpel am Wegesrand und kamen schließlich zu einer verträumten Kleingartenkolonie.

Nawin nahm mich wieder in den Arm. »Ich möchte dich für immer festhalten«, sagte er.

Ich gab mich dieser Umarmung hin und genoss den Augenblick. Und ich war glücklich.

Wir gingen den ganzen Weg durch das Moor zurück zum Mühlenteich. Dort verabschiedeten wir uns auf dem Parkplatz mit einem langen Kuss.

»Rufst du mich an?«, fragte Nawin. »Ich möchte wissen, ob du gut nach Hause gekommen bist.«

Ich winkte ab. »Was soll mir schon passieren.«

»Dann rufe *ich* dich eben an.«

Ich stieg in mein Auto. »Mal sehen, wer Erster ist beim großen Anrufwettbewerb.«

»Ja, mal sehen«, sagte Nawin und winkte mir zu, bis ich um die nächste Ecke fuhr.

* * *

Als ich mein Wohnzimmer betrat, sah ich, dass der Anrufbeantworter blinkte. Meine Mutter hatte eine Nachricht hinterlassen, obwohl sie es hasste, auf solche – wie sie es nannte – Maschinen zu sprechen. Aber sie hatte sich wohl überwunden.

Ein paar Sekunden später hörte ich ihre Stimme: »Du meldest dich so selten. Was ist denn los? Verrätst du mir mal, mit wem du dich immer triffst? Glaubst du, ich merke das nicht? Du wirst wohl mal ein bisschen Zeit für einen Anruf haben.«

Ich versuchte, meinen Ärger über diese Nachricht hinunterzuschlucken. Ich wollte mir diesen schönen Tag nicht verderben lassen.

Aber es stimmte, ich hatte meiner Mutter nichts von Nawin erzählt. Ich wollte verhindern, dass sie am Glück meiner gerade entstehenden Beziehung zweifelte. Bisher hatte sie das immer getan. Und, wie der Teufel es wollte, sogar recht behalten. Und bei Nawin würde sie garantiert zweifeln. *Was, sein Vater ist schon zweiundachtzig und er hat eine zwanzig Jahre jüngere Thailänderin geheiratet?*, hörte ich sie schon sagen. *Da kann doch etwas nicht stimmen. Was sind denn das für Verhältnisse. Schön und gut, sie haben ein Restaurant. Weißt du, was das bedeutet? Tag und Nacht arbeiten, auch am Wochenende. Willst du etwa als Bedienung enden? Was ist denn das für eine Zukunft?*

Und dann kam bestimmt wieder die Arie mit den geschickten Händen. Sie wollte unbedingt, dass ich einen handwerklich begabten Mann heiratete. Einen, der Regale andübeln, Schränke aufbauen und Wasserrohre auswechseln konnte. Am besten sollte er auch noch Elektriker sein und zudem Wände professionell anstreichen können.

Ich wusste nicht, woher sie das hatte. Vielleicht kam es daher, weil ihr Vater Maurer gewesen war und alles in ihrem Elternhaus reparieren konnte. Warum hatte sie denn keinen Baumeister mit handwerklichen Fähigkeiten geheiratet? Nun, mein Vater war Bauzeichner. Vielleicht hatte sie geglaubt, dies käme ihrem Ideal schon reichlich nahe. Doch in dieser Hinsicht hatte sie mein Vater enttäuscht.

Jedenfalls war ich nicht sicher, ob ich meiner Mutter reinen Wein einschenken sollte, und verzichtete erst einmal auf einen Rückruf.

Der Krimi, den ich neulich angefangen hatte, lag noch aufgeschlagen auf dem Tisch. Ich nahm ihn in die Hand und begann zu lesen.

Gerade als es nach etwa drei Seiten besonders spannend wurde, klopfte jemand an meine Tür.

»Komm rein!«, rief ich.

»Störe ich?«, fragte Dana.

»Ich glaube nicht«, sagte ich und zog die Mundwinkel leicht nach oben.

Dana setzte sich ohne Aufforderung in den Sessel. »Ich habe einen neuen Verehrer«, platzte sie heraus.

»Mal wieder einen Künstler, der demnächst vor unserem Haus wohnt?«

»Nein, kein Künstler und er wohnt schon im Haus.«

Ich schnellte vom Sofa hoch. »Wie soll ich das verstehen? Habe ich etwas verpasst?«

»Dann denk mal nach«, forderte mich Dana auf.

»Etwa Hendrik?« Jemand anderes wollte mir partout nicht einfallen.

»Ziemlich kalt.«

»Hätte mich auch gewundert.«

»Ich gebe dir noch einen Tipp«, meinte Dana. »Er hat braune Haare, einen kleinen Bierbauch und war vor Kurzem bei uns zu Besuch.«

»Er war bei uns? Brian war hier. Aber der ist dunkelblond und eher durchtrainiert.«

Dana konnte es nicht mehr für sich behalten. »Es ist sein Bruder. Du weißt schon, Andrew, der neulich hier übernachtet hat.«

»Andrew? Wie, was hat er gemacht?«

»Er besucht gerade mal wieder seinen Bruder, diesmal ohne Familienanhang. Und vorhin war er hier und wollte mit mir einen Wein trinken gehen.«

Ich schüttelte den Kopf. »Unglaublich. Was hast du gesagt?«

»Dass ich nicht mit verheirateten Männern ausgehe.«

»Bingo, die Antwort hatte er verdient.«

»Er meinte, es gehe nur um ein Glas Wein. Haha, da muss ich lachen. Was sich manche Männer so denken. Nur weil wir uns angeregt über Wales unterhalten haben, fange ich doch nichts mit ihm an.«

»Ob Brian weiß, was sein Bruder hier treibt?«

»Keine Ahnung.«

Einen Moment saßen wir uns schweigend gegenüber.

»Was ist mit Nawin?«, fragte Dana dann. »Läuft es gut mit ihm?«

»Ziemlich«, antwortete ich und schickte einen verlegenen Blick zur Decke.

»Willst du ihn nicht mal hierher einladen?«

»Das hatte ich vor. Vielleicht nächstes Wochenende.«

Gerade als ich anfangen wollte, von Nawin zu schwärmen, stand Dana abrupt auf. »Ich geh noch mal weg.«

»Zum Billard?«

Ehe Dana mein Zimmer verließ, drehte sie sich noch mal um. »Genau, vorgestern habe ich verloren, das muss ich heute wettmachen.«

»Dann wünsche ich dir Hals- und Beinbruch oder wie nennt man das bei euch?«

Dana versuchte, ein Glucksen zu unterdrücken. »Beim Billard heißt es ganz einfach *Gut Stoß*.«

Gut Stoß, was für ein merkwürdiger Gruß. Es befremdete mich immer noch, dass Dana eine leidenschaftliche Billardspielerin war, die sich nach Feierabend in irgendwelchen Kneipen herumdrückte.

Dann fiel mir ein, dass Nawin sich nicht gemeldet hatte. Deshalb rief ich ihn an. »Ich bin wunderbar nach Hause gekommen«, sagte ich.

»Das ist eine gute Nachricht«, meinte er.

»Ich habe auf deinen Anruf gewartet«, bemerkte ich.

»Och, ich wollte dir den Vortritt lassen.«

»Wie freundlich von dir.«

Nawin zögerte, bevor er den nächsten Satz aussprach. »In Wahrheit habe ich befürchtet, du könntest dich kontrolliert fühlen.«

»Wie kommst du auf die Idee?«, fragte ich.

»Ich weiß auch nicht. Manche Menschen fühlen sich kontrolliert, wenn man sie zu oft anruft.«

»Darüber muss ich mal nachdenken«, verkündete ich.

Dann versicherten wir uns noch einmal gegenseitig, wie schön wir diesen Tag fanden, und verabschiedeten uns mit unendlich vielen Telefonküsschen.

-22-

Nawin drehte sich im Schlaf um und riss die Bettdecke mit sich. Ich versuchte, ein Stück davon zurückzuerobern. Doch es war zwecklos. Mein Bett war wirklich zu schmal für zwei Personen, stellte ich fest. Deshalb ging ich ins Wohnzimmer und warf mich aufs Sofa. Schlaftrunken faltete ich die Decke, die über der Lehne hing, auseinander und legte sie über mich.

Ich sah auf die Uhr. Es war fünf Uhr morgens. Nein, jetzt aufzustehen kam nicht infrage. Ich wälzte mich hin und her und schlief schließlich noch einmal ein.

Durch einen lauten Knall wurde ich wieder geweckt. Ich schleuderte die Decke von mir. Was war das? Ich hörte Geräusche aus der Küche. Inzwischen war es sieben Uhr.

Die Tür ging auf und Nawin kam mit einem Tablett herein. »Guten Morgen, schöne Frau«, begrüßte er mich. »Ich bringe das Frühstück.«

»Was hat da so geknallt?«, fragte ich.

»Leider ist mir eure Teekanne aus der Hand gefallen«, gestand Nawin.

Ich winkte ab. »Die konnte ich sowieso nicht leiden.«

Nawin stellte das Tablett ab, auf dem zwei Scheiben Toast, Butter und Honig lagen.

»Was anderes habe ich nicht gefunden. Der Kaffee kommt auch gleich.«

»Und du?«, fragte ich.

»Ich muss ins Restaurant«, antwortete Nawin. »Wir öffnen um zwölf. Da gibt es noch einiges vorzubereiten.«

»Manchmal vergesse ich, dass Restaurants auch am Sonntag geöffnet haben«, sagte ich.

Nawin gab mir einen Kuss auf die Wange. »Tut mir leid, dass ich wieder das gesamte Bett belegt habe«, entschuldigte er sich.

»Schon gut, Liebling, es gibt ja noch das Sofa.«

Nawin holte den Kaffee aus der Küche und stellte ihn auf den Tisch.

»Mach dir einen schönen Tag«, forderte er mich auf und umarmte mich zum Abschied. Dann verließ er die Wohnung.

Zu dumm, dass er heute arbeiten musste, dachte ich und griff nach einem Toast, den ich mit einem Löffel Honig verzierte.

Kaum war ich mit dem Frühstück fertig, rief meine Mutter an. Ich hatte ihr inzwischen von Nawin erzählt, und sie hatte ganz anders reagiert, als ich befürchtet hatte.

»Kind«, hatte sie gesagt. »Wenn er dein Glück ist, ist es gleich, woher er kommt.«

»Aber er ist Hamburger«, hatte ich entgegnet.

»Na, so ein echter wohl kaum.«

Dabei hatte sie es dann belassen. Nur hin und wieder fragte sie, ob wir noch zusammen seien.

»Ist denn dein Freund auch da?«, fragte meine Mutter bei unserem heutigen Gespräch.

»Er muss arbeiten.«

»Das ist ja ein fleißiger Mann«, meinte sie.

Und ich freute mich, dass ihr Nawin anscheinend imponierte, auch wenn er kein Handwerker war.

»Du musst ihn mir bald einmal vorstellen.«

Ich druckste herum. »Ach, Mama, lass uns damit noch warten. Er denkt sonst gleich, ich will ihn heiraten.«

»Nun übertreibst du.«

»Übrigens ist er eigentlich Hotelfachmann«, klärte ich meine Mutter auf.

»Hotelfachmann! Da ist er sicher in der Welt herumgekommen.«

»Dazu hatte er bisher noch keine Gelegenheit.«

»Er könnte doch überall arbeiten.«

»Ja sicher, könnte er«, pflichtete ich ihr bei.

Nach dem Gespräch stellte ich fest, dass der Toast mit Honig ein flaues Gefühl in der Magengegend verursacht hatte. Mit dem Tablett in der Hand ging ich in die Küche und begegnete dort Hendrik, der im Kühlschrank wühlte.

»Ist noch etwas Essbares vorhanden?«, fragte ich.

»Nur Eier und ein paar Scheiben Käse«, sagte er. »Frische Brötchen habe ich schon geholt.«

»Erwartest du jemanden?«, fragte ich.

»Tiziana wollte vielleicht vorbeikommen.«

»Vielleicht?«

»Bei ihr bin ich mir nie sicher.«

»Was ist das denn nun mit Tiziana?«

Hendrik drehte sich um und seufzte. Ich sah zu ihm hoch. Er hatte sich einen Dreitagebart wachsen lassen, der seinem Gesicht etwas Verwegenes gab.

»Was ist?«, hakte ich nach.

»Sie weiß nicht, was sie will.«

»Aber du weißt es?«

»Ja.«

Ich sah ihm in die Augen. »Verliebt?«

Hendrik sah verlegen zur Seite. »So ähnlich jedenfalls.«

»O Mann, was redest du drumherum.«

Es klingelte und Hendrik stürmte aus der Küche. Ich hatte Glück, dass er mich dabei nicht umrannte.

Er fraß ihr also schon aus der Hand. Wie sollte das nur enden. Diese Frau wusste bestimmt nicht, was sie an ihm hatte.

Hendrik kam mit einer mürrischen Miene in die Küche zurück. »Es ist für dich«, sagte er.

»Für mich?«

Im Flur stand Timo.

»Du?«, fragte ich erstaunt.

»Ja, ich. Bist du immer noch sauer?«

»Sauer, was für ein blöder Ausdruck. Meinst du etwa wegen Alex? Den habe ich schon lange vergessen.«

»Das ist gut«, sagte Timo. »Wir haben Schluss gemacht.«

»Ach nee, und da kommst du zu mir.«

»Ich will mich nicht bei dir ausweinen.«

»Komm schon rein!«, sagte ich und öffnete meine Wohnzimmertür.

»Ich wünsche mir, dass zwischen uns alles wieder so wird, wie es früher mal war«, eröffnete mir mein Cousin.

»Wie war es denn?«

»Das weißt du genau.«

»Ach ja.«

»Hör mal auf. Du warst immer wie eine Schwester für mich.«

»Sag bloß.«

»Nur eins noch zu Alex. Weder hat er mich noch habe ich ihn verlassen. Wir haben gemeinsam beschlossen, uns zu trennen. Es passte einfach nicht.«

»Wie gesagt, interessiert mich nicht mehr.«

»Willst du jetzt für immer schmollen?«

»Keine Ahnung«, sagte ich und lauschte, denn im Flur waren Stimmen zu hören. Tiziana war anscheinend doch noch gekommen. Das freute mich für Hendrik.

»Gut, ich lasse dir Zeit«, meinte Timo. »Du kannst mich jederzeit anrufen.«

»Oh, was für ein großzügiges Angebot.«

»Dann gehe ich jetzt wieder«, kündigte Timo an.

Ich nickte.

Timo verließ mein Zimmer, und kurz darauf hörte ich, wie die Wohnungstür ins Schloss fiel.

Insgeheim war ich froh, dass Timo gekommen war. Und ich merkte, dass ich jetzt auch bereit war, mich mit ihm zu versöhnen. Doch ein bisschen wollte ich ihn noch schmoren lassen.

Ich räumte auf und schmökerte anschließend in meinem Krimi. Draußen schien die Sonne, und ich nahm mir vor, einen kleinen Spaziergang zu machen. Auf der Treppe traf ich Dana.

»Da mach ich mit«, beschloss sie, als ich ihr von meinem Vorhaben erzählte. »Ein wenig frische Luft tut mir bestimmt auch gut. Ich muss aber noch einmal in die Wohnung, um mir andere Schuhe anzuziehen.«

Sie kam in weißen Turnschuhen zurück.

»Ich wusste nicht, dass du so etwas besitzt«, staunte ich.

»Wenn mir die Füße wehtun, trage ich sie sogar zum Billard.«

Wir schafften es bis nach Eimsbüttel und blieben in der Osterstraße vor den Schaufenstern der Boutiquen stehen, die alle halbe Jahre ihre Besitzer wechselten.

»Sehr lukrativ ist es anscheinend nicht, hier eine Boutique aufzumachen«, stellte Dana fest. »Aber Respekt, sie versuchen es immer wieder.«

»Jeder denkt, er kann es besser als der Vorgänger.«

»Ich fahre nachher in die *Spätschicht*«, sagte Dana.

»Äh, du hast Spätschicht?«

»Ach was, das ist eine Bar in St. Pauli. Ich weiß, du nennst so was ja Kaschemme.«

»Billard?«

»Genau.«

»*Spätschicht* klingt wirklich nach Kaschemme.«

Auf einmal packte mich die Neugier. »Kann ich mal mitkommen?«

Dana überlegte einen Augenblick. »Von mir aus.«

Wir gingen zur Wohnung zurück. Dana verschwand in ihrem Zimmer und ich machte mich ein wenig frisch.

»Bist du fertig?«, rief Dana nach etwa zehn Minuten. Sie trug sogar noch ihre Turnschuhe, obwohl die nicht zu ihrer sonstigen Aufmachung passten. Aber das war wohl egal, wenn man in eine Bar namens *Spätschicht* ging.

Wir fuhren nach St. Pauli und betraten das Lokal über den Hinterhof. Überall standen Bierkästen, und fast wäre ich über eine leere Flasche gestolpert, die am Boden lag.

Drinnen war es dunkel. Nur hinter der Theke funkelten Lichter, die eine reichhaltige Auswahl an alkoholischen Getränken sichtbar machten.

»Hallo, Dana«, sagte der Mann hinter der Theke, der ein kariertes Hemd trug, das sich über seinen vorgewölbten Bauch spannte. »Mal wieder im Lande?«

»Grüß dich, Josch«, erwiderte Dana. »Ich habe heute meine Mitbewohnerin dabei.«

»Wollt ihr einen portugiesischen Brandy?«, fragte Josch, ohne weiter Notiz von mir zu nehmen. »Habe ich gerade neu reinbekommen.«

»Na, du weißt doch, dass ich nicht trinke.«

»Immer noch nicht?«

»Das ist übrigens der Wirt«, flüsterte mir Dana zu.

Endlich nahm Josch mich wahr. »Und du?«

»Ja, warum nicht«, sagte ich und erschrak im selben Augenblick über meine Antwort.

Josch stellte ein Whiskyglas auf die Theke und füllte es halbvoll mit einer orange schimmernden Flüssigkeit.

Oh, mein Gott, was hatte ich mir da eingebrockt.

»Das ist kein Flop, rin in Kopp«, forderte mich Josch auf.

Meine Finger zitterten leicht, als ich das Glas in die Hand nahm und vorsichtig daraus trank.

Josch sah mich erwartungsvoll an. »Naaa?«

»Hmm.« Ich nickte ihm zu. »Nicht übel.«

Der Brandy brannte mir in der Kehle, und ich überlegte krampfhaft, wie und wo ich den restlichen Inhalt des Glases entsorgen könnte.

»Gib mir ein Mineralwasser«, forderte Dana den Wirt auf.

»Wie langweilig«, sagte Josch.

»Ich will ja noch spielen«, meinte Dana.

Josch zeigte auf einen schmalen Flur. »Theo und Viktor sind da drüben.«

»Ah ja.« Dana nahm ihr Mineralwasser und signalisierte mir, ihr zu folgen. Wir gingen den Flur entlang und kamen zu einem Raum, in dem eine Horde Jugendlicher Dartpfeile durch die Gegend warf. Gleich um die Ecke befand sich ein weiterer Raum mit zwei Billardtischen. An einem der Tische standen zwei Männer, die beide einen Vollbart und schwarze Westen trugen. Das mussten Theo und Viktor sein. Sie sahen sich erstaunlich ähnlich. Nur dass der eine lange Haare und der andere eine Glatze hatte.

»Hau rein«, begrüßte der mit den langen Haaren uns lautstark.

»Alles schick, Theo?«, fragte Dana und mir blieb fast der Mund offen stehen. Wo war ich hier bloß hingeraten?

»Klar«, meinte Theo. »Machen wir ein Spiel?«

»Deshalb bin ich hier«, bemerkte Dana.

Sie nahm einen der langen Stöcke in die Hand und kam zu mir. »Das Ding nennt man Queue«, erklärte sie.

»Aha«, sagte ich. »Wieder was dazugelernt.«

»Billard ist ein anspruchsvoller Sport, bei dem es auf die Koordination von Augen und Händen ankommt«, belehrte mich nun auch noch der Mann mit der Glatze. »Vom Schwierigkeitsgrad kommt er gleich nach Golf.«

»Schon gut«, sagte ich. »Fangt doch einfach an zu spielen. An einem Abend lerne ich das ohnehin nicht.«

Der Glatzkopf schwieg. Doch Dana hörte nicht auf, mich zu belehren. Sie nahm eine Kugel in die Hand, hob sie hoch und erklärte, dass dies eine Weiße sei.

»Ich sehe, dass die Kugel weiß ist«, erwiderte ich.

»Und mit dieser Kugel stößt man die anderen in die Taschen«, fuhr sie fort.

»Ach, Taschen nennt man die seitlichen Löcher.«

»Löcher sind das nicht«, empörte sich Theo.

Der Mann mit der Glatze, der nach meiner Einschätzung Viktor sein musste, drapierte die farbigen Kugeln auf dem Billardtisch.

»Ihr könnt loslegen«, verkündete er.

Dana begann. Sie legte das sogenannte Queue zwischen Zeige- und Mittelfinger und visierte die weiße Kugel an. Schließlich stieß Dana zu und traf sie genau in der Mitte. Die weiße Kugel schoss auf die anderen zu und wirbelte sie durcheinander.

»Ein schöner Stoß«, meinte Theo.

Kurz darauf versenkte Dana eine Kugel nach der anderen.

Jedes Mal sagte sie an, welche Kugel sie jetzt in welche Tasche befördern würde. Das war anscheinend wichtig.

Und das sollte wie Golf sein? Irgendwie war das kein Sport für mich. Aber Dana schien richtig gut darin zu sein.

Einmal hatte ich sie gefragt, warum sie denn in Bars und Kneipen spiele. Billardhallen seien ihr zu steril, hatte sie darauf geantwortet. Außerdem könne man dort nicht so gut um Geld spielen. Ob es jetzt auch darum ging? Theo und Viktor sahen nicht unbedingt so aus, als ob sie es sich leisten konnten, ein paar Scheine zu verlieren. Beim weiteren Zuschauen stellte ich jedoch fest, dass es heute nicht um Geld ging.

Mir fiel ein, dass ich meinen Brandy entsorgen wollte. Ich ging zur Toilette und goss die orange schimmernde Flüssigkeit ins Waschbecken. Auf dem Rückweg sah ich den Jugendlichen ein wenig beim Dartspielen zu. Das war auch nicht mein Ding, stellte ich fest, obwohl mich als Bogenschützin exaktes Zielen eigentlich fesseln müsste.

Dana hatte inzwischen das Spiel gewonnen. Jetzt war Viktor ihr Gegner.

»Gut Stoß!«, rief ich und Dana konnte sich ein Grinsen nicht verkneifen.

Natürlich gewann sie auch gegen Viktor, der nach dem Spiel vor sich hin fluchte.

Anschließend probierte ich es selbst einmal aus. Ich hielt das Queue so, wie ich es bei Dana gesehen hatte, und stieß zu. Mehrere Kugeln fielen in die Taschen.

»Ich glaube, du bist ein Naturtalent«, witzelte Theo.

Und als ich alle Kugeln innerhalb von fünf Minuten versenkt hatte, verstand ich schon eher, warum Dana von diesem Spiel so fasziniert war.

* * *

Wir waren fast zu Hause, als wir auf der Straße Brian erkannten, der uns aufgeregt zuwinkte.

»Was ist denn mit dem los?«, fragte Dana. »Moment, irgendwas stimmt nicht.«

Sie fuhr an den Straßenrand und ließ die Scheibe herunter.

Brian lief auf uns zu. »Ich suche Micki«, rief er. »Sie ist mit dem Typ weggegangen, der dir immer hinterhersteigt.«

»Ulf Groning?«, fragte Dana.

Völlig außer Atem beugte er sich zu uns herunter. »Wie auch immer. Vor einer Stunde stand er vor dem Haus und hat ständig gehupt. Micki ist runtergegangen, um ihn zu beruhigen. Etwas später sah ich, dass der Typ ausstieg und mit ihr die Straße entlangging.«

»Sie ist mit ihm mitgegangen?«, wunderte sich Dana.

»Ja, ich mache mir Sorgen«, sagte Brian.

Dana und ich stiegen aus.

»Zu Fuß können sie nicht weit gekommen sein«, meinte Dana.

»Aber wer weiß, was er mit ihr vorhat.« Brian schnappte nach Luft.

Dana schloss den Wagen ab. »Also umgebracht hat er bis jetzt niemanden.«

»Das ist sehr beruhigend«, sagte Brian verärgert.

»Lass uns überlegen«, schlug Dana vor. »In der Seitenstraße dort hinten gibt es eine Bierkneipe. Vielleicht sind sie da.«

»Was soll Micki mit diesem Typen in einer Bierkneipe?«, wehrte Brian ab.

Dennoch kam er mit, als wir uns auf den Weg machten.

Aus der Kneipe drang laute Musik. Dana schritt voran und riss die Tür auf. Eine Rauchwolke kam uns entgegen.

»Vielleicht gibt's hier auch einen Billardtisch«, sagte ich zu Dana und erntete einen bitterbösen Blick.

Brian stürzte sich todesmutig ins Getümmel und kam kurz darauf enttäuscht wieder aus der Kneipe heraus. »Nichts. Ich habe ja gleich gesagt, dass Micki nicht hier ist.«

»Der Italiener«, sagte ich. »Vielleicht sind sie dort.«

»Aber der ist noch hinter dem Einkaufscenter«, bemerkte Brian.

»Na und«, sagte ich, »das ist doch höchstens einen Kilometer entfernt.«

»Lass uns den Wagen nehmen«, schlug Dana vor.

Ein paar Minuten später hielten wir vor dem Einkaufscenter. Brian und ich stiegen aus und machten uns auf den Weg zu dem italienischen Restaurant, in dem wir Micki und Ulf Groning vermuteten.

Wir gingen hinein und schauten uns um. Und tatsächlich, am Ende des Lokals saßen Micki und Ulf an einem Tisch direkt vor dem Fenster und schienen in ein angeregtes Gespräch vertieft zu sein.

Brian war jetzt nicht mehr zu halten. Er stürmte auf die beiden zu. »Was fällt dir eigentlich ein?«, fuhr er Micki an, die erschrocken hochfuhr.

»Es ist alles meine Schuld«, hörte ich Ulf Groning sagen.

»Halten Sie sich da raus!«, brüllte Brian ihn an.

»Ist ja gut, wir haben nur geredet«, versuchte Micki, ihren Mann zu beschwichtigen.

»Gar nichts ist gut. Ich mache mir große Sorgen um dich und du sitzt hier seelenruhig und isst Pizza mit diesem Typen.«

»Passen Sie auf, was Sie sagen«, warnte Ulf Groning.

»Schnapp dir deine Jacke und komm!«, forderte Brian seine Frau auf.

»Und wenn nicht?«, fragte Micki und sah Brian herausfordernd an.

»Dann, dann ...«

»Na was?«

Brian ballte die Fäuste. Sein Gesicht war hochrot. »Dann lass es doch.«

Wutentbrannt rannte er zum Ausgang.

»Warum willst du nicht mitkommen?«, fragte ich Micki.

»Erkläre ich dir ein anderes Mal«, sagte sie und versuchte, mit den Händen ihre hektischen Flecken im Gesicht zu verbergen.

Ich verließ ebenfalls das Restaurant und lief zum Auto. Brian war schon eingestiegen und regte sich immer noch auf.

»Ich glaube das einfach nicht. Da läuft sie mit einem Fremden davon und behandelt mich wie Dreck, wenn ich ihr helfen will.«

»Was heißt helfen«, meinte Dana. »Der Ulf hat sie ja wohl nicht bedroht. Sie saß ja anscheinend freiwillig dort.«

»Sie hat noch nicht mal Bescheid gesagt«, regte sich Brian weiter auf. »Will sie jetzt was mit dem Kerl anfangen?«

Dana startete den Motor. »Das müsst ihr unter euch regeln. Wir wissen nun, dass es ihr gut geht. Mehr können wir nicht tun.«

»Ist denn zwischen euch alles in Ordnung?«, fragte ich und wartete gespannt auf seine Antwort.

Doch Brian schwieg, und langsam stieg der Verdacht in mir hoch, dass die beiden nicht so glücklich miteinander waren, wie ich immer gedacht hatte.

»Ich brauch jetzt einen Eierlikör«, sagte Dana.

Trotz der angespannten Atmosphäre im Auto musste ich lauthals lachen. »So ein Wunsch kommt von dir?«

»Ja«, sagte Dana, »darüber wundere ich mich auch.«

-23-

Kinder mit bunt bemalten Gesichtern kamen mir entgegen, als ich über die Wiese mit den verschiedenen Ständen ging. Aha, die waren schon beim Schminken. Vor dem Kasperletheater blieb ich einen Moment stehen und sah zu, wie der Polizist mit dem Räuber kämpfte.

Auf der anderen Seite bepinselten einige Kinder kleine Blumentöpfe, die sie anschließend mit Erde und Blumensamen befüllten. An mindestens drei Ständen gab es Kuchen und andere Leckereien sowie jede Menge Bastelangebote.

Herr Holle kam auf mich zu. »Ich glaube, unser diesjähriges Frühlingsfest kommt bei allen großartig an«, sagte er gut gelaunt. »Sie haben doch das Festkomitee geleitet. Das war ausgezeichnete Arbeit. Vielen Dank, Frau Naumann, für Ihren engagierten Einsatz.«

»Ja«, sagte ich, »es muss alles nur rechtzeitig geplant werden. Das ist nicht immer so einfach. Ich bin froh, dass das Wetter mitspielt. Regen wäre eine Katastrophe gewesen.«

»Petrus war uns wohlgesinnt«, meinte Herr Holle und setzte seinen Weg fort.

Ich freute mich über die anerkennenden Worte meines Chefs und natürlich auch über dieses gelungene Frühlingsfest.

»Warst du schon beim Kinderflohmarkt?«, fragte mich Katja, die plötzlich neben mir stand.

»Von dort bin ich geflüchtet«, antwortete ich. »Da waren mir zu viele Eltern. Und über den Entwicklungsstand ihrer Kleinen möchte ich mich heute ausnahmsweise nicht unterhalten.«

»Denk daran«, ermahnte mich Katja, »um drei müssen wir Frau Bräker und Herrn Finke beim Kuchenverkauf ablösen.«

»Schon klar, ich bin froh, dass wir in diesem Jahr kein Theaterstück aufführen. Kuchen verkaufen ist dagegen ja absolut easy«, erwiderte ich.

Während ich noch mit Katja redete, sah ich weit hinten eine Frau kommen, die anscheinend Schwierigkeiten hatte, sich auf der Wiese fortzubewegen. Das war doch nicht wirklich Dana?

Ich hatte sie und Hendrik gefragt, ob sie nicht beim Frühlingsfest vorbeikommen wollten.

»Ich muss arbeiten«, hatte Hendrik gesagt.

Doch Dana hatte auf meine Einladung »mal sehen« geantwortet. Und jetzt stakste sie tatsächlich mit ihren High Heels über die Wiese.

»Das hättest du mir sagen müssen«, meinte sie, als sie mich endlich erreicht hatte.

»Was? Dass wir draußen keinen Parkettfußboden haben?«

»So sieht also ein Frühlingsfest deiner Kita aus«, sagte Dana und blickte auf das Treiben um uns herum.

»Du kannst beim Kuchenverkauf helfen«, bot ich ihr an.

»Na, wenn ich schon mal hier bin«, antwortete Dana.

»Katja könnte dann einige Kinder aus der Gruppe bei ihrem Rundgang begleiten.«

Dana zuckte mit den Schultern. »Wunderbar, freut mich, wenn ich euch unterstützen kann.«

»Du bist ja extrem nett heute«, staunte ich.

»Bin ich sonst auch«, behauptete Dana.

»Sie übernehmen meine Schicht, das ist super«, bedankte sich Katja.

Wir gingen zum Kuchenstand, der zum Glück für Dana auf einem festen Untergrund aufgebaut war.

»Dass ich hier heute Kuchen anbiete, habe ich mir auch nicht träumen lassen«, meinte sie.

»Und ich hätte nicht gedacht, dass du wirklich kommst.«

»Ich wollte mal sehen, wie es bei euch zugeht. Du erzählst ja so viel von deiner Gruppe und den Kolleginnen.«

Hin und wieder brachten einige Eltern neuen Kuchen. Ich bedankte mich und teilte die Kuchen mit dem Messer in kleine Stücke.

»Sind die alle selbst gebacken?«, fragte Dana.

»Was denkst du denn. Die Mütter würden doch gegenseitig ihre Hausfrauenehre infrage stellen, wenn sie hier mit gekauften Kuchen ankämen.«

Dana verzog das Gesicht. »So ein Unsinn. Was heißt schon Hausfrauenehre?«

»So was gibt es auch heute noch«, sagte ich.

»Anscheinend.« Dana verteilte einige Kuchenstücke auf die Pappteller. »Wenn gleich der große Ansturm beginnt, stehen die schon mal bereit.«

Auf einmal hörte ich, wie jemand sagte: »Ach, haben wir eine neue Kollegin?«

Ich drehte mich in die Richtung, aus der die Stimme kam, und entdeckte Herrn Holle, der Dana von oben bis unten musterte.

»Das ist meine Mitbewohnerin, Frau Seifert«, stellte ich Dana meinem Chef vor. »Sie hilft uns ein bisschen.«

»Das ist aber freundlich von Ihnen«, sagte Herr Holle und reichte Dana die Hand.

»Das ist mein Chef«, sagte ich zu Dana.

»Habe ich mir schon gedacht.«

Dana lächelte Herrn Holle an, als ob sie eine Bewerberin wäre, die dringend auf eine Stelle in der Kita angewiesen sei.

»Wir haben Apfel-, Pflaumen- und Erdbeerkuchen«, stellte sie unsere Auswahl vor.

»Dann nehme ich mal Erdbeer«, sagte Herr Holle und taxierte meine momentane Hilfskraft weiterhin.

Dana schob ihm den Teller mit dem Erdbeerkuchen hin. »Der wird Ihnen schmecken.«

»Sie sind doch bestimmt keine Erzieherin«, meinte Herr Holle.

Das war aber schwer zu erraten, dachte ich und rollte mit den Augen.

»Bisher noch nicht«, meinte Dana und lächelte ihn weiterhin an.

Was sollte das? Flirteten die beiden etwa miteinander?

Es dauerte nur ein paar Minuten, bis ich darauf eine Antwort erhielt.

»Du hast mir nie erzählt, wie gut dein Chef aussieht«, sagte Dana, als Herr Holle weitergegangen war.

»Ach, findest du?«

»Er hat ein fein geschnittenes Gesicht und so unergründliche blaue Augen.«

»Was ist an denen unergründlich?«

»Wie zwei tiefe Bergseen.«

Fast hätte ich losgelacht. »Hat dich gerade die Romantikfee geküsst, oder was ist los?«

»Du siehst ihn eben ausschließlich als Chef.«

»Tiefe Bergseen«, spottete ich. »Wird's noch schlimmer?«

»Ich weiß, du meinst, so ein Ausdruck passt nicht zu mir.«

»Eben.«

»Ich sage nur Schublade«, murmelte Dana.

»Er ist übrigens verheiratet«, teilte ich ihr mit.

»Soso«, sagte sie und verteilte weiterhin Kuchen auf die Pappteller.

Nach etwa einer Stunde tauchte Katja auf und löste Dana ab, die wieder in ihre Redaktion fahren wollte.

Unser Frühlingsfest neigte sich langsam dem Ende entgegen.

»Jetzt kommt noch die große Aufräumaktion und dann sind wir frei«, frohlockte Katja.

Ich seufzte. »Ja, dann haben wir auch das überstanden.«

Hoffentlich ging es schnell, denn ich freute mich schon auf Nawin, mit dem ich heute verabredet war.

* * *

Es war bereits kurz nach sieben, als ich auf dem Parkplatz vor dem *Café Marseille* eintraf.

Ich hielt nach Nawin Wagen Ausschau und entdeckte ihn ein paar Reihen weiter. Ich beeilte mich.

Nawin strahlte, als er mich sah, und begrüßte mich mit einer Umarmung.

»Was für ein anstrengender Tag«, stöhnte ich und bestellte mir einen Cappuccino.

»Sonst geht es dir gut?«

»Aber ja, besonders wenn ich dich sehe.«

»Du bist eine Schmeichlerin«, witzelte er.

Ich nahm seine Hand. »Nein, das ist wirklich so.«

Nawin hörte aufmerksam zu, als ich von den Ereignissen des Tages berichtete.

»Ich rede nur von mir«, verkündete ich schließlich. »Was gibt es bei dir Neues?«

»Meinem Vater geht es besser«, begann er. »Bald fahren wir los.«

»Wie los?«, fragte ich

»Na, unsere Reise.«

»Ach ja, ihr wolltet ja ins Riesengebirge.«

»Ich arbeite gerade meine Vertretung ein.«

»Wie lange verreist ihr?«

»Zehn Tage.«

»Wie furchtbar, zehn Tage ohne dich«, sagte ich und sah Nawin schmachtend an.

»Du wirst es überleben«, meinte er. »Außerdem können wir telefonieren.«

»Das tröstet mich«, erklärte ich und zwinkerte ihm zu. »Ich weiß doch, dass du ununterbrochen an mich denken wirst.«

»Ununterbrochen, na klar. Was auch sonst?«, ging Nawin auf meinen Scherz ein.

Nach dem Besuch im Café spazierten wir wieder zu unserem Moorsee und warteten darauf, dass der Mäusebussard sich zeigen würde. Leider tat er uns nicht den Gefallen.

Ich kuschelte mich an Nawin und bemerkte kaum, dass die Dämmerung einsetzte.

»Es ist bestimmt gespenstisch hier, wenn es dunkel ist«, sagte ich.

»Auch wenn du dabei in meinen Armen liegst?«

Ich schloss für einen Moment die Augen. »Nein«, sagte ich. »Dann ist es einfach nur schön.«

-24-

Bingo, ich hatte direkt vor dem Haus einen Parkplatz gefunden. Wieder hatte ich einen aufregenden Tag in der Kita hinter mich gebracht und freute mich auf einen gemütlichen Abend auf meiner Couch.

Im Treppenhaus kamen mir Micki und Cooper entgegen.

»Ich muss noch mal kurz mit ihm Gassi gehen«, sagte sie und wickelte sich dabei Coopers Leine ums Handgelenk.

Ich blieb stehen. »Hast du nicht Lust, nachher mal vorbeizukommen?«, fragte ich sie.

Micki spielte weiter an der Leine herum. »Du meinst, ich schulde dir noch eine Erklärung.«

»Na ja, von schulden kann keine Rede sein.«

»Ich finde schon. Schließlich hast du bei der Suche neulich auch geholfen. Habt ihr wirklich gedacht, dieser Ulf hat mich entführt?«

Ich druckste herum. »Na ja, entführt klingt jetzt übertrieben, aber komisch fanden wir es schon, dass du mit ihm weggegangen bist.«

»Okay«, versprach Micki, »ich komme nachher vorbei.«

Als ich die Wohnungstür öffnete, drang laute Musik aus Hendriks Zimmer. Ob er Besuch hatte?

Ich las ein wenig in meinem Krimi, der mich allmählich langweilte. Warum mussten manche Autoren jedes kleinste Detail beschreiben? Was interessierte mich das Blümchen auf dem Mauervorsprung, wenn es darum ging, einen Mörder zu fassen?

Es klingelte. Das musste Micki sein. Was sie mir zu erzählen hatte, war sicher spannender als mein Kriminalroman, den ich umgehend aus der Hand legte.

»Cooper habe ich in die Wohnung gebracht«, sagte Micki. »Er benimmt sich heute so merkwürdig.«

»Was hat er denn?«, fragte ich.

»Ich glaube, irgendwas ist mit seiner Pfote. Vielleicht muss ich mal mit ihm zum Tierarzt. Nur morgen geht es nicht, da haben wir ein wichtiges Meeting in der Bank.«

Ich überlegte. »Wenn du keine Zeit hast, könnte ich mit ihm dahin gehen. Ich bummle morgen ein paar Überstunden ab.«

»Würdest du das wirklich machen?«

»Natürlich. Dem armen Cooper muss doch geholfen werden.«

»Danke, Iris, das wäre super. Du müsstest ihn allerdings vom Hundesitter in Eimsbüttel abholen.«

»Kein Problem. Der wohnt ja in der Nähe der Kita.«

Ich bat Micki herein und bot ihr ein Glas Wein an.

Dummerweise sagte sie Ja zu meinem Angebot. Nun musste ich in der Küche nachsehen, ob ich dort auch welchen fand. In einer Ecke standen zwei Flaschen Riesling, die wohl Hendrik gehörten.

Ich klopfte bei ihm an, um zu fragen, ob ich mir eine Flasche ausleihen könnte. Ich vernahm weder ein freundliches noch ein ärgerliches Herein. Sicher hörte er es nicht, weil die Musik so laut war. Vorsichtig öffnete ich die Tür. Ich warf einen Blick

179

ins Zimmer und war mehr als erstaunt. Hendrik saß an seinem Schreibtisch und vor ihm lagen gefühlte tausend Puzzleteile.

»Hendrik!«, rief ich.

Erschrocken drehte er sich um. »Ich mache die Musik leiser«, sagte er dann.

»Deswegen bin ich nicht hier.«

»Ach so, was ist denn?«

»Kannst du eine Flasche von dem Wein in der Küche entbehren?«

»Ja, nimm ruhig«, sagte Hendrik und verschob die Puzzleteile auf seinem Schreibtisch.

»Danke«, sagte ich und schloss die Tür zu seinem Zimmer wieder.

Einen erwachsenen Mann, der ein Bild zusammenpuzzelte, hatte ich noch nie erlebt. Ob er in einer Art Kindergartenphase stecken geblieben war?

Auf jeden Fall konnte ich jetzt zusammen mit Micki ein Glas Wein trinken. Über Hendrik würde ich mir später Gedanken machen.

»Ich muss jetzt ein bisschen ausholen«, verriet Micki.

»Das macht nichts«, meinte ich.

»Neulich abends wollte ich, dass Ulf mit dem Hupkonzert vor unserem Haus aufhört. Ich bin also runtergegangen und habe versucht, ihn zur Vernunft zu bringen. Dabei bin ich möglichst freundlich geblieben. Erstaunlicherweise ging er sofort auf meine Bitte ein und hat sich sogar entschuldigt. Dann hat er mich gefragt, ob ich mit ihm eine Pizza essen gehen würde.«

»Und du hast Ja gesagt. Aber warum?«

»Ich bin so lange nicht mehr ausgegangen«, sagte Micki.

»Wie bitte?«

Sie atmete tief durch. »Brian will immer nur zu Hause sitzen und fernsehen. Wenn ich ihm einen Vorschlag mache, winkt er sofort ab. Und dabei möchte ich mit ihm manchmal nur irgendwo sitzen und etwas trinken. Oder ins Theater gehen, einen Tanzkurs belegen, ein gemütliches Lokal entdecken oder oder oder.«

»So habe ich Brian gar nicht eingeschätzt«, sagte ich.

»Das hat sich auch erst mit der Zeit so entwickelt«, erklärte Micki. »Früher war er ganz anders.«

»Und wie ging es weiter?«

»Ich wusste doch, dass Brian uns beobachtete. Wir hatten das sogar abgesprochen. Ich gebe zu, dass ich Brian ein bisschen ärgern wollte, als ich Ulfs Einladung annahm. Außerdem war es eine gute Gelegenheit, endlich mal wieder einen Abend woanders zu verbringen. Und überhaupt, ich esse gern Pizza«, schloss Micki ihren Vortrag.

Ich war baff. Das also steckte hinter ihrem Verhalten an jenem Tag. Sie war wütend auf Brian und zeigte es ihm auf diese Art.

»Ich habe ihm hundert Mal gesagt, dass ich gern öfter etwas unternehmen möchte. Aber er hat immer auf Durchzug geschaltet. Da habe ich es aufgegeben, ihn darauf anzusprechen.«

»Ja, das kann ich verstehen«, sagte ich. »Aber willst du es nicht noch einmal versuchen? Vielleicht begreift er nach diesem Vorfall endlich, wie wichtig dir das ist.«

»Er sagt immer nur, wir können Cooper nicht allein lassen. Dabei ist er einfach nur zu bequem.«

»Also, Cooper können wir auch mal übernehmen«, bot ich an.

»Ja danke, aber das ist nicht der Punkt.«

»Hm, ja, stimmt.«

Micki trank den letzten Schluck aus dem Weinglas. »Euer Riesling ist wirklich süffig.«

»Hendrik kauft den immer«, verriet ich.

»Kam das psychedelische Getöse aus seinem Zimmer?«

181

Erst jetzt fiel mir auf, wie still es in der Wohnung geworden war. »Ja, das ist sonst gar nicht seine Art.«

»Mich hat es nicht gestört.«

Mir brannte noch eine Frage auf den Nägeln. »Worüber hast du dich denn mit Ulf Groning unterhalten?«

Micki juchzte auf. »Als Erstes habe ich ihm gesagt, wie unmöglich ich es finde, dass er unser Haus belagert. Er hat sich das angehört, ist aber nicht weiter darauf eingegangen. Danach ging es um seine geschiedene Frau. Er hat die ganze Zeit nur erzählt, wie unglücklich er über die Trennung sei. Und dann meinte er, wie gut es ihm tue, sich aussprechen zu können.«

»So was Ähnliches hat er zu Dana auch gesagt.«

»Ich glaube, als Frau habe ich ihn nicht wirklich interessiert. Allerdings habe ich ihm gleich gesagt, dass ich verheiratet bin«, erklärte Micki.

»Das hat ihn vielleicht von weiteren Annäherungsversuchen abgehalten«, mutmaßte ich.

»Er hat ja Brian anschließend kennengelernt, und das nicht gerade von einer angenehmen Seite.«

»Ich habe das Bild noch vor Augen«, sagte ich.

»Wenn ich daran denke«, meinte Micki, »fand ich die Szene ganz amüsant.«

»Ja, im Nachhinein erscheint vieles in einem ganz anderen Licht.«

»Und ich habe gemerkt, dass ich Brian noch etwas bedeute.«

»Dann hat die Aktion etwas gebracht.«

»Auf jeden Fall«, bestätigte Micki. »Aber ob er sich nun deswegen ändert?«

»Warten wir es ab.«

Ich ließ mir die Geschichte noch einmal durch den Kopf gehen. »Gut, dass du nicht zu Ulf in den Wagen gestiegen bist«, bemerkte ich dann.

»Das hätte ich niemals gemacht«, sagte Micki.

Als meine Nachbarin sich nach zwei Stunden verabschiedete, schlug ich vor, dass wir mal zusammen etwas unternehmen könnten. Das sei doch allemal besser, als mit einem Stalker, der nur über seine Ex redete, in die nächstbeste Pizzeria zu marschieren.

Als ich erschöpft ins Bett fiel, kam mir wieder das Bild von Hendrik mit seinen unzähligen Puzzleteilen in den Sinn. Es war schon seltsam gewesen, ihn so zu sehen. Und dazu auch noch die laute Musik. Hatte er sich einfach nur ablenken wollen, oder welches Problem hatte mein Mitbewohner, der es liebte, Maultaschen zuzubereiten und uns mit Crème caramel zu verwöhnen?

-25-

Am nächsten Tag rief mich Nawin in der Kita an. Er klang aufgeregt. »Sag mal, kannst du dir kurzfristig Urlaub nehmen?«

»Warum denn das?«, fragte ich erstaunt.

»Mein Vater kann nun doch nicht mit mir verreisen. Es geht ihm gesundheitlich wieder schlechter. Aber die Zimmer im Riesengebirge sind bereits gebucht. Er meinte, ich soll mit meinem Onkel fahren. Den kenne ich aber nur von einigen kurzen Besuchen. Willst du nicht mitkommen? Das wäre einfach phänomenal.«

»Und dein Onkel kommt auch dorthin?«

»Ja, wir müssten ihn abholen. Er wohnt in Görlitz und war schon öfter in seiner früheren Heimat. Er kann mir zeigen, wo die Familie gelebt hat.«

»Ich weiß nicht, störe ich da nicht?«

»Unsinn, im Gegenteil. Es bringt ihm bestimmt Spaß, wenn du mit dabei bist. Wir teilen uns ein Zimmer und mein Onkel bekommt das andere. Tagsüber fahren wir dann mit ihm in der Gegend herum.«

»Klingt ganz gut«, sagte ich. »Das wäre dann unser erster gemeinsamer Urlaub. Aber ich weiß nicht, ob ich freibekommen kann.«

»Und außerdem könnten wir auch an den Ort fahren, aus dem deine Großmutter stammt«, versuchte mich Nawin weiterhin zu überreden.

»Schon gut«, erklärte ich, »ich frage meinen Chef.«

»Ja, mach das«, meinte Nawin. »Grüß ihn und sag, dass es sehr wichtig ist.«

»Das werde ich ganz sicher nicht tun.«

»Hauptsache, er lässt dich fahren.«

»Wann wäre das denn?«

»In vierzehn Tagen.«

Nawin gab mir die genauen Daten durch und nahm mir das Versprechen ab, ihn sofort zu informieren, wenn ich mehr wüsste.

Nun lag es an mir, Herrn Holle zu überzeugen. Die Gelegenheit bot sich schneller, als ich gedacht hatte. Am Vortag hatte Sandro den viel kleineren Milan geschlagen. Dieser war mit einem Kratzer im Gesicht nach Hause gekommen, über den sich seine Eltern sehr aufgeregt hatten. Sie redeten aber nicht mit mir darüber, sondern riefen gleich die Kitaleitung an, um zu erfahren, wie es dazu gekommen war.

Herr Holle bestellte mich daraufhin ins Büro. »Ich weiß«, sagte er, »Eltern sind immer besorgt um ihre Kinder. Wie groß ist denn dieser Kratzer?«

»Sehr klein«, sagte ich.

»Ich habe versucht, die Eltern zu beruhigen. Aber ihr Sohn hat ihnen wohl erzählt, dass er schon öfter von Sandro geschlagen wurde. Sie verlangen jetzt, dass er in eine andere Gruppe kommt.«

»Das stimmt nicht«, sagte ich. »Die beiden sind eigentlich Freunde. Sie hatten sich eben gestritten. Es wäre schade, die beiden zu trennen.«

»Vielleicht sollten wir gemeinsam mit den Eltern darüber sprechen«, schlug mein Chef vor.

Wir suchten nach einem Termin, den wir den Eltern vorschlagen könnten, und fanden einen in der kommenden Woche. Jetzt oder nie, dachte ich.

»Ach, Herr Holle«, begann ich, »ich habe eine große Bitte.«

Mein Chef, der sich gerade den anvisierten Termin in seinem Kalender notierte, sah auf.

»Ja, was ist?«

Er hatte wirklich sehr blaue Augen, stellte ich fest und dachte an Dana.

»Also, ich müsste kurzfristig verreisen. Könnte ich Urlaub bekommen?«

Die blauen Augen guckten skeptisch. »Das kommt aber überraschend.«

»Ja, ich weiß«, sagte ich. »Aber es ist wichtig.«

Herr Holle runzelte seine Stirn, und ich wusste nicht, was Dana an diesem Gesicht feinsinnig fand. »Das sagt jeder«, erklärte er.

Schließlich holte er seinen Plan heraus und blätterte darin herum. »Wann genau?«

»In vierzehn Tagen.«

»Und wie lange?«

»Zehn Tage.«

»Das sieht schlecht aus«, meinte mein Chef. »Aber ich prüfe das und sage Ihnen dann Bescheid.«

Ich wankte aus seinem Büro. Mist, es wäre auch zu schön gewesen.

Ich rief sofort Nawin an und teilte ihm mit, dass mein Chef nicht sonderlich begeistert von meinem Urlaubsantrag gewesen war.

»Aber es gibt noch Hoffnung?«, fragte er.

»Eine sehr geringe.«

»Schade, dann müsste ich doch mit meinem Onkel allein fahren.«

»Ja, was soll ich machen. Ich hatte mich auch schon gefreut.«

Den ganzen Tag über war ich niedergeschlagen. Es sollte wohl nicht sein, dachte ich. Doch wer wusste schon, wozu es gut war. Ich versuchte mich immer mit diesem Spruch zu trösten, wenn etwas nicht klappte.

Am Abend erzählte ich Dana davon, als ich sie in der Küche traf. Sie wuselte in ihren roten Haaren herum und sagte dann betont lässig etwas, was mich völlig aus der Fassung brachte.

»Soll *ich* mal mit Robert reden?«

»Robert? Hast du wirklich Robert gesagt?«

»Ja, so heißt doch dein Chef.«

»Das stimmt, Robert Holle. Woher weißt du das?«

»Weil er es mir gesagt hat.«

Ich war verblüfft und begriff immer noch nicht. »Wann? Ich meine wieso? Warum?«

»Auf dem Frühlingsfest.«

»Aber da war ich doch dabei.«

»Ich bin nicht gleich in die Redaktion gefahren, sondern zum Grillplatz gegangen. Dort stand dein Chef und wir haben uns unterhalten.«

»Und da hat er dir erzählt, dass er Robert heißt?«

»Warum nicht.«

»Schon merkwürdig.«

»Na, und dann habe ich ihn in der *Perle* getroffen.«

Mir wurde leicht schwindlig.

»Du hast was?«

»*Perle,* das ist ein Nobelrestaurant am Hafen.«

»Ja, ich weiß«, krächzte ich, »jeder Hamburger kennt das. Wie soll ich das jetzt verstehen? Du hast dich mit meinem Chef verabredet?«

»Ja und?«, sagte Dana völlig unberührt. »Was ist denn dabei?«

»Was? Du willst doch nicht was mit ihm anfangen?«

»Ist schon passiert.«

»Das darf nicht wahr sein. Robert Holle und du.«

»Mmm, er ist sehr charmant. Und zum Glück auch kein Künstler.«

»Ich denke, du fängst nichts mit verheirateten Männern an.«

»Die beiden haben eine Auszeit vereinbart. Er wohnt auch nicht mehr mit ihr zusammen«, erklärte Dana.

Das stimmte. Herr Holle hatte sogar mir gegenüber mal so was erwähnt. Aber ich hatte immer gedacht, es handelte sich um eine vorübergehende Krise.

»Die beiden kommen bestimmt wieder zusammen. Ich weiß, wie sehr er an seiner Frau hängt.«

»War vielleicht mal so«, sagte Dana.

»Wie kalt bist du eigentlich?«, fuhr ich sie an. »Tauchst einfach auf und zerstörst eine Ehe.«

»So sehe ich das nicht. Die war schon vorher am Ende.«

»Sie haben auch Kinder.«

»Na, das ist natürlich ein Grund, sofort die Finger von ihm zu lassen«, meinte Dana.

Ich wurde immer wütender. »Das solltest du auch. Was fällt dir eigentlich ein?«

»Ach, er darf nicht machen, was er will, und ich auch nicht?«

»Von mir aus kannst du alles machen, nur nicht mit meinem Chef.«

»Gehört er dir und keiner darf ihn anrühren?«, fragte Dana.

Trotz meiner Wut wurde mir bewusst, dass die Diskussion allmählich in unlogischen Bahnen verlief. »Willst du das nicht verstehen?«, fuhr ich fort. »Zum einen glaube ich, dass er zu seiner Frau gehört, und zum anderen …«

»Was? Was zum anderen?«

»Zum anderen ist es mir unangenehm.«

»Wie? Meinst du peinlich?«

»Mein Chef muss nicht wissen, wie ich lebe oder was ich so treibe.«

»Wir reden nicht über dich.«

»Ja, jetzt noch nicht.«

»Ach, hältst du dich für den Mittelpunkt der Welt?«

»Schwachsinn«, erwiderte ich. »Aber das eine oder andere wirst du sicher erzählen.«

»Nimm dich nicht so wichtig.«

Ich war selbst schuld, jammerte ich innerlich, warum hatte ich Dana zum Frühlingsfest eingeladen? Die beiden wären sich nie begegnet.

»Ich treffe ihn übrigens morgen Abend«, sagte Dana.

»Ach, wie schön für dich. Warst du auch schon bei ihm zu Hause?«

»Selbstverständlich«, erwiderte Dana. »Was denkst du denn?«

»Du hast mir nichts davon erzählt.«

»Habe ich doch gerade getan.«

Nun hatte ich genug. Ich lief in mein Zimmer und warf mich aufs Sofa. Diese Frau hätte nie bei mir einziehen dürfen, fluchte ich. Sie überschritt Grenzen – so empfand ich es jedenfalls. Sie war … mir fiel kein geeignetes Wort ein. Ich fluchte weiter vor mich hin. Dana und mein Chef! Ich konnte es einfach nicht fassen.

* * *

Das Bild der beiden hatte ich auch vor Augen, als ich am nächsten Tag zur Arbeit fuhr. Wie sollte ich meinem Chef in Zukunft unbefangen gegenübertreten? Ständig musste ich daran denken, dass Dana und er jetzt ein Paar waren. Oder sollte ich lieber sagen: Sie hatten ein Verhältnis miteinander?

»Du sollst ins Büro kommen«, teilte mir Katja mit, als ich in der Kita ankam.

Ein Schauer lief mir über den Rücken. Hatte Dana ihn noch gestern Abend angerufen und von unserem Streit erzählt, bei dem es um ihn gegangen war? O nein, jetzt konnte ich mir nie mehr sicher sein, über was er alles informiert wurde.

Was erwartete mich? Ich ging ins Büro.

»Hier liegt das Formular«, empfing mich Herr Holle.

»Welches Formular?«

»Na, Ihr Urlaubsantrag. Das war Ihnen doch so wichtig.«

»Wieso Antrag?«

»Also, Sie müssen den schon ausfüllen, wenn Sie Urlaub haben möchten.«

»Wie jetzt? Ich bekomme doch Urlaub?«

Herr Holle suchte etwas in der Schreibtischschublade. »Ja, ich habe noch mal darüber nachgedacht.«

Verunsichert blieb ich stehen. »Hat Dana Sie etwa ...« Ich beendete den Satz nicht.

Herr Holle blickte jetzt auf. »Ach so, nein, mit Dana hat das nichts zu tun. Ich habe mir den Arbeitsplan genau angesehen. Also, es würde gehen. Das mit dem Urlaub, meine ich.«

»Ja, vielen Dank«, sagte ich und blieb immer noch stehen.

»Am besten, Sie füllen den Antrag sofort aus«, sagte mein Chef.

»Ich bringe ihn gleich zurück«, versprach ich und schnappte mir den Zettel.

Jetzt wusste er, dass ich es wusste. Und anscheinend machte ihm das nichts aus. Oder tat er nur so? Es musste ihm doch unangenehm sein. Dann wurde mir langsam bewusst, dass ich mit Nawin wegfahren konnte. Juchhu, ich hatte die Urlaubserlaubnis. Hatte ich das vielleicht doch Dana zu verdanken? Hatte sie bei ihm ein gutes Wort für mich eingelegt?

Aber unser Streit gestern Abend – eigentlich müsste sie doch beleidigt sein.

Ich ging auf die Toilette und rief Nawin an. Solange niemand hereinkam, war ich dort ungestört. Es dauerte etwas, bis Nawin sich meldete. »Stell dir vor, ich bekomme Urlaub. Ich kann jetzt mitfahren«, sagte ich.

»Oh, das ist eine gute Nachricht. Das ist super«, meinte Nawin. »Lass uns das nachher feiern.«

»O ja.«

»Ich bin im Restaurant«, sagte er dann, »und muss leider weiter bedienen.«

»Dann will ich dich nicht von der Arbeit abhalten. Ich wollte dir nur die Neuigkeit mitteilen.«

»Bis heute Abend«, verabschiedete sich Nawin. »Ich komm bei dir vorbei.«

»Bis dann«, sagte ich und steckte das Handy in die Tasche meiner Strickjacke.

Unglaublich, dass Herr Holle doch noch bereit gewesen war, den Urlaub zu genehmigen. Und eigentlich war es auch einerlei, ob Dana dahintersteckte oder nicht. Ich konnte mit Nawin ins Riesengebirge fahren. Das allein war wichtig.

Ich machte mich auf den Weg zu meiner Gruppe, wo Katja und die Kinder bereits auf mich warteten.

»Den muss ich schnell ausfüllen«, sagte ich zu meiner Kollegin und wedelte mit dem Formular vor ihrer Nase herum.

»Was ist das?«, fragte sie.

»Mein Schlüssel für die Freiheit«, sagte ich und deutete einen Luftsprung an.

Katja wirkte irritiert. »Deine Kündigung?«

»Woran du nun wieder denkst. Diese Freiheit dauert nur zehn Tage. Ich verreise mit Nawin. Und ich wette, es wird der beste Urlaub, den ich je hatte.«

-26-

»Görlitz ist eine geteilte Stadt«, erklärte mir Nawin, als wir auf dem Weg dorthin waren, um seinen Onkel abzuholen. »Ein Teil gehört zu Deutschland und der andere zu Polen.«

»Davon habe ich gehört. Die Neiße ist die Grenze. Und außerdem nennen sie es Görliwood, weil Hollywood die Stadt als idealen Drehort entdeckt hat.«

»Oh, da hat sich wohl jemand vorher informiert.«

»Mache ich immer, wenn ich verreise«, verriet ich.

»Es soll dort tatsächlich viele gut erhaltene Bauten aus verschiedenen Zeitepochen geben. Das hat mir mein Vater mal erzählt. Der telefoniert ja öfter mit meinem Onkel.«

»Und das zieht die Filmleute an«, ergänzte ich Nawins Vortrag.

»Lebt dein Onkel gern dort?«, fragte ich.

»Ich denke schon. Aber wie gesagt, ich hatte nie so viel Kontakt zu ihm. Deshalb bin ich auch froh, dass du dabei bist.«

»Nur deshalb?«

»Natürlich nicht nur«, sagte Nawin und streichelte meinen Arm. »Das weißt du doch.«

»Nimm lieber beide Hände zum Fahren«, ermahnte ich ihn.

»Aber nachher, wenn du mich abgelöst hast, darf ich doch weiterstreicheln?«

»Dann bin ich ja wehrlos«, scherzte ich.

Am späten Nachmittag kamen wir in Görlitz an. Sein Onkel stand schon mit seinem Koffer vor der Tür, weil wir ihn von unterwegs benachrichtigt hatten.

Nawin begrüßte seinen Onkel relativ kühl. Er umarmte ihn nicht, sondern gab ihm nur die Hand.

»Jetzt sind es noch etwa achtzig Kilometer bis Jelenia Góra«, sagte Nawin und beförderte das Gepäck seines Onkels in den Kofferraum.

»Für mich ist das immer noch Hirschberg«, meinte der Onkel. Dann kam er zu mir und stellte sich vor: »Ich bin Ludwig.«

»Und ich bin Iris«, sagte ich.

»Es freut mich sehr, die Freundin meines Neffen kennenzulernen. Sie sind doch seine Freundin?«

»Das hoffe ich doch«, sagte ich und lächelte ihn an.

»Ich bin bereit, wir können starten«, sagte Onkel Ludwig.

»Setzen Sie sich doch bitte nach vorn«, bot ich an. Ich gehe auf die Rückbank.«

»Das ist sehr freundlich. Mir wird nämlich manchmal übel, wenn ich hinten sitze.«

»Kein Problem.«

Nawin startete den Motor. »Dann wollen wir mal die Gegend unsicher machen«, scherzte er.

»Und das in meinem Alter«, meinte Onkel Ludwig.

»Du bist doch erst achtundsiebzig. Da ist man noch nicht alt«, versuchte Nawin zu widersprechen.

»Na ja, von meinen Leiden hier und da möchte ich euch lieber nichts berichten.«

Nachdem wir die Grenze passiert hatten, begann Onkel Ludwig, von seiner Jugendzeit zu erzählen.

»Carl und ich sind ja nach der Flucht in Lübeck aufgewachsen«, begann er. »Dein Vater ist später nach Hamburg gegangen und ich fand Arbeit in Bremen. Dort habe ich dann meine spätere Frau kennengelernt. Ein paar Jahre nach dem Mauerfall sind wir nach Görlitz gezogen, weil ihre Eltern dort wohnten.«

»Wie? Sie haben Ihre Frau in Bremen kennengelernt und deren Eltern lebten in der DDR?«, schaltete ich mich ein.

»Ja«, sagte Onkel Ludwig, »das war so eine Sache. Sie hatte immer ein schlechtes Gewissen, weil sie meinte, dass sie ihre Eltern im Stich gelassen habe. Sie ist seinerzeit bei Nacht und Nebel geflohen. Ihr damaliger Westfreund, der öfter zu Besuch bei Nachbarn war und in den sie sich verliebt hatte, hat sie im Kofferraum rausgeschleust. Eine gefährliche Angelegenheit. Ich glaube, sie war sich gar nicht bewusst, wie gefährlich das war. Aber es hat geklappt. Später hat sie sich dann von diesem Freund getrennt.«

»Und dann verliebte sie sich in dich?«, fragte Nawin.

»Wir waren das ideale Paar«, schwärmte Onkel Ludwig. »Aber nun bin ich allein. Doch ich habe mich inzwischen an mein Leben als Witwer gewöhnt, obwohl ich meine Bärbel immer noch vermisse. Wir haben früher manchmal einen Ausflug nach Hirschberg gemacht, und Carl, dein Vater, hat mir genau beschrieben, wo wir gewohnt haben. Ich hatte ja keine Erinnerungen mehr, da ich erst fünf Jahre alt war, als wir nach Lübeck geflüchtet sind. Carl hatte sich vieles von unseren Eltern beschreiben lassen. Sie hatten ja auch bis zuletzt in Hamburg gelebt.«

»Schon interessant, dass du wieder in der Nähe deiner alten Heimat gelandet bist«, meinte Nawin.

»Das finde ich auch. Und es gefällt mir hier sehr gut.«

Onkel Ludwig drehte sich zu mir um. »Was meinen Sie, wollen wir uns nicht duzen?«

»Ja natürlich«, sagte ich. »Darf ich Onkel Ludwig zu Ihnen sagen?«

»Aber gern. Aber bitte das *du* dabei nicht vergessen.«

»Ich werde mich bemühen«, versprach ich.

Gegen Abend erreichten wir unser Hotel, das am Stadtrand von Hirschberg lag. Bevor wir hineingingen, blieb Onkel Ludwig einen Moment stehen und zeigte in die Ferne.

»Siehst du da? Das ist die Schneekoppe, der höchste Berg im Riesengebirge.«

»Das Bild ist beeindruckend«, sagte ich. »Gibt es eine Seilbahn, die hinauffährt?«

»Sicher doch«, sagte Onkel Ludwig.

Wir checkten ein und gingen auf unsere Zimmer, die nicht besonders geräumig und sehr einfach eingerichtet waren.

»Hier werden wir uns sowieso nicht oft aufhalten«, meinte Nawin. »Die meiste Zeit sind wir unterwegs.«

»Ich kann es kaum erwarten«, sagte ich.

Schon bald nach dem Abendessen legte sich Onkel Ludwig hin.

»Wir haben viel vor in den nächsten Tagen, da muss ich ausgeruht sein«, meinte er.

Nawin und ich gingen hinunter an die Bar und tranken ein Glas Weißwein. Am Nachbartisch saßen zwei Paare, von denen ich annahm, dass ihre Eltern oder Großeltern ebenfalls aus dieser Gegend stammten. Sie lachten und scherzten und tranken Wodka.

Irgendwann fielen wir müde ins Bett, und ich träumte davon, mit Nawin durch das Gebirge zu wandern und dort Rübezahl, dem berühmten Berggeist, zu begegnen, von dem meine Großmutter so viel erzählt hatte.

* * *

Die Innenstadt von Hirschberg lag nur zehn Gehminuten entfernt, stellten wir am nächsten Tag fest. Onkel Ludwig spielte den Fremdenführer.

»Ihr werdet begeistert sein von dem Marktplatz. Er ist von Laubengängen umgeben. Ihr müsst wissen, dass Hirschberg früher eine reiche Tuchmacherstadt war«, erzählte er auf dem Weg ins Zentrum.

Und tatsächlich, der Marktplatz war eine Überraschung. Überall unter den Arkaden, von denen Onkel Ludwig berichtet hatte, befanden sich kleine Geschäfte, Restaurants und Cafés.

Auch Nawin war beeindruckt. »So habe ich es mir nicht vorgestellt«, sagte er. »Hier seid ihr also geboren, mein Vater und du.«

»Und getauft wurden wir hier ebenfalls. Ich zeige dir nachher die Kirche, die ist ganz in der Nähe.«

Nach einem kleinen Rundgang gönnten wir uns einen Kaffee unter den Laubengängen und beobachteten die Menschen, die an uns vorüberflanierten.

»Morgen fahren wir ins Gebirge«, machte Onkel Ludwig weitere Pläne. »Und ihr beide könnt dann den Sessellift auf die Schneekoppe nehmen. Ich traue mich nicht mehr, in dieses Ding einzusteigen.«

Wir erkundeten noch eine Weile die Stadt und fuhren dann nach Krummhübel, das heute Karpacz heißt, um die Kirche Wang zu besichtigen.

»Das ist eine mittelalterliche Stabholzkirche mit vielen Schnitzereien, die früher einmal in Norwegen stand«, verriet uns Onkel Ludwig. »Die sollte man unbedingt gesehen haben.«

* * *

Am darauf folgenden Tag mussten wir einsehen, dass es nichts mit der Schneekoppe wurde, weil der Lift an diesem Tag streikte. Er müsse repariert werden, teilte man uns mit, und das könne dauern.

»Schade«, sagte ich, »jetzt werde ich nie erfahren, wie der Blick von dort oben ist.«

Nawin schlug vor, dass wir stattdessen zur Elbquelle wandern könnten, allerdings befand die sich auf der tschechischen Seite des Riesengebirges.

»Das macht ihr mal allein«, meinte Onkel Ludwig. »Der Weg ist mir zu weit.«

»Wie kommt man dahin?«, fragte ich.

»Ich schaue im Handy nach«, sagte Nawin.

Und Onkel Ludwig lachte. »Wir hatten immer die guten, alten Karten, damit gelangten wir auch ans Ziel.«

»Die Dinge ändern sich«, meinte Nawin und tippte auf seinem Handy herum.

»Also«, sagte er dann, »wir müssen zu einem Ort fahren, der auf halber Höhe liegt, und dann einige Kilometer zu Fuß nach oben laufen. Dann kommen wir zur Elbquelle.«

»Da in der Nähe hat meine Oma gewohnt«, bemerkte ich. »Sie hat öfter von Spindlermühle erzählt. Die Elbe floss auch durch den Ort. In Tschechien heißt sie Labe. Wenn man die Buchstaben verdreht, kommt dabei unter anderem Elba heraus.«

»Unsere Eltern konnten es sich damals nicht leisten, einen Ausflug in die Tschechoslowakei zu machen«, bemerkte Onkel Ludwig. »Sie hatten kein Geld dafür. Dabei wären sie auch gern mal nach Prag gefahren.«

»O ja, Prag«, bemerkte Nawin, »das ist gar nicht so weit weg.«

Onkel Ludwig ließ nicht locker. »Für unsere Eltern seinerzeit schon.«

Wir brachen unseren Ausflug zur Schneekoppe ab und fuhren stattdessen zum Gerhart-Hauptmann-Haus nach Agnetendorf, in dem der Schriftsteller und Literaturnobelpreisträger bis zu seinem Tod im Jahr 1946 gelebt hatte.

Onkel Ludwig schwelgte weiterhin in Erinnerungen. »Hier war ich zweimal mit meiner Frau«, erklärte er. »Ach, wenn sie doch jetzt hier wäre.«

Auf der Rückfahrt zum Hotel machten wir halt bei einem Schloss und besichtigten es. Und Onkel Ludwig behauptete anschließend, dass nirgends in Europa so viele Schlösser und Burgen auf engstem Raum beieinanderstehen würden, wie es im Hirschberger Tal der Fall sei.

-27-

Die Straße schlängelte sich kurvenreich am Berg entlang.

»O Mann, mir wird gleich schwindlig«, kündigte ich an.

Wir waren auf dem Weg nach Spindlermühle. Onkel Ludwig hatte vorgeschlagen, dass wir ohne ihn nach Tschechien fahren sollten. Er wollte noch einmal einen Stadtrundgang machen und anschließend ein Museum besuchen.

Und jetzt saß ich neben Nawin und blätterte in einer Karte, die ich auf Rat des Onkels gekauft hatte.

»Der Ort heißt auf Tschechisch so ähnlich wie auf Deutsch, allerdings mit einigen Sonderzeichen über den Buchstaben«, stellte ich fest.

Nawin lachte. »Das kann ich mir vorstellen.«

Endlich kamen wir an. Uns empfing ein idyllischer Bergort, der bei Touristen anscheinend sehr beliebt war, denn zwischen den malerischen Häusern entdeckten wir auch etliche Hotels. Und mitten durch den Ort floss die Elbe, die hier noch sehr flach und schmal war.

»Im Winter ist in dieser Region bestimmt noch mehr los«, meinte Nawin. »Das ist ein Paradies für Skifahrer.«

Ich dachte an meine Oma. Wie es wohl für sie gewesen war, hier zu leben? Damals, als es in Spindlermühle noch keine großen Hotels, sondern höchstens ein paar kleine Pensionen gegeben hatte.

In einer Gaststätte mit Blick auf die schmale Elbe tranken wir einen Kaffee.

»Schade, dass meine Oma nicht mehr sehen kann, wie sich ihr Dorf entwickelt hat.«

»Vielleicht würde sie sich heute hier fremd fühlen«, wandte Nawin ein.

Das könnte sein, dachte ich. Sicher war vieles von dem, das ihr vertraut gewesen war, nicht mehr vorhanden. Aber bestimmt hätte sie Freude an der Landschaft gehabt, denn die hatte sich ja kaum verändert. Natürlich wurden neue Straßen gebaut und neue Wege geschaffen, Bäume gefällt, Skianlagen errichtet und vieles mehr. Doch das Gebirge mit seinen Schluchten und dunklen Wäldern, von dem sie so oft erzählt hatte, gab es noch.

Auf derselben Straße, die uns hinauf nach Spindlermühle geführt hatte, fuhren wir ins Tal zurück. Von dort aus machten wir uns auf den Weg in Richtung Elbquelle.

Auf einem Parkplatz in der Nähe der Ortschaft Horní Mísečky mussten wir unseren Wagen abstellen. Die Straße, die hinauf in Richtung Elbquelle führte, durfte nicht von Privatfahrzeugen benutzt werden. Deshalb ging es für uns nur noch zu Fuß weiter. Auf einem schmalen Pfad stiegen wir immer weiter nach oben, bis wir auf etwa 1400 Metern ein Hochplateau erreichten, das einen beeindruckenden Rundumblick bot. Inzwischen hatten sich weitere Wanderer eingefunden, deren Ziel ebenfalls die Elbquelle war.

Plötzlich zogen von Weitem dunkle Wolken auf.

»Hoffentlich schaffen wir es noch«, meinte ein Mann, der mit seiner Frau und zwei Kindern an uns vorbeizog.

»Im Gebirge kann sich das Wetter sehr schnell ändern«, erklärte ich. »Das hat meine Großmutter immer erzählt.«

»Hm, sie könnte recht behalten. Als wir losgingen, war noch strahlender Sonnenschein.«

Leichter Nieselregen setzte ein, und alle, die vor und hinter uns gingen, strebten auf ein architektonisches Monstrum zu, in dem sich eine Gaststätte und ein Hotel befinden sollten. Doch bis dorthin schafften wir es nicht mehr. Von einem Moment zum anderen schüttete es vom Himmel und Blitze zuckten auf. Viele der Wanderer suchten Schutz unter den kniehohen Gewächsen, die überall neben dem Weg standen.

Nawin und ich hockten uns ebenfalls hin und hofften darauf, dass die kleinen Büsche uns ein wenig schützen würden. Einige Minuten lang prasselte der Regen auf uns herab. In der Ferne hörten wir den Donner grollen. Dann waren die dunklen Wolken vorübergezogen und es tröpfelte nur noch leicht. Pitschnass kamen wir aus unserem Versteck. Am liebsten hätten wir unsere Kleider erst einmal ausgewrungen, denn sie klebten unangenehm am Körper. Da dies leider nicht möglich war, marschierten wir tapfer in unseren nassen Sachen weiter auf den Betonklotz zu, der so gar nicht in diese Gegend passte. Wir mussten uns beeilen, denn am Horizont tauchten erneut dunkle Wolken auf.

In der Gaststätte des Hotels trafen wir all die Wanderer wieder, die mit uns den Weg hinaufgegangen und ebenso wie wir vom Gewitter überrascht worden waren.

Auf der Toilette der Gaststätte zog ich meine Jacke und mein nasses T-Shirt aus und streifte einen Pullover über, den ich in meinem Rucksack mitgenommen hatte. Jetzt musste nur noch meine Hose trocknen.

Wir bestellten heißen Tee und sahen aus dem Fenster. Inzwischen schüttete es erneut wie aus Eimern. Im Gastraum machten sich die Leute darüber Gedanken, wie sie hier wieder wegkommen könnten.

Wir bekamen mit, wie sich zwei Paare ein Zimmer im Hotel nahmen.

»Die haben es gut«, sagte ich. »Die stellen sich jetzt gleich unter die heiße Dusche.«

»Wir warten noch ein bisschen«, schlug Nawin vor, »vielleicht hört es doch noch auf zu regnen.«

Dann sahen wir, dass sich etliche Taxis näherten. Immer mehr Menschen verließen die Gaststätte und stiegen in die vorgefahrenen Wagen.

»Das machen wir auch«, meinte Nawin. »Wir bestellen ein Taxi.«

Er fragte am Tresen nach und erfuhr, dass in absehbarer Zeit keine weiteren Taxis zur Verfügung standen.

»Mist«, grummelte ich und nahm einen Schluck von dem heißen Tee. »Wir kommen hier nicht weg.«

Dann merkte ich, dass Nawin anfing zu zittern.

»Du musst unbedingt aus den nassen Klamotten raus.«

Nawin antwortete nicht, sprang stattdessen auf und lief auf den Flur hinaus. Nach einer Weile kam er mit einem Sweatshirt zurück, auf dem groß die Aufschrift *Krkonoše* prangte.

»Das habe ich im Souvenirshop gekauft«, sagte er stolz.

»Krkonoše heißt übersetzt Riesengebirge.«

»Na, da haben wir ja ein echtes Andenken an diesen Tag.«

Wir sahen, wie ein Lieferwagen vor dem Haus vorfuhr.

»Und ich habe noch eine Idee«, meinte Nawin und ging nach draußen, wo jetzt nur noch vereinzelt Tropfen fielen.

Durch das Fenster beobachtete ich, wie er mit dem Fahrer des Wagens redete. Dann winkte er mir zu. Ich ahnte, was er mit dem Fahrer besprochen hatte, und nahm unsere Sachen, um schnell zu den beiden zu gehen.

»Wenn er die Kisten abgeladen hat, nimmt er uns mit nach unten«, teilte mir Nawin mit.

»Oh, das ist großartig«, freute ich mich. »Es regnet zwar nicht mehr so stark, doch den langen Weg so durchnässt zurückgehen, nee, das wäre ein Albtraum.«

»Der ist jetzt auch total matschig«, meinte Nawin, der trotz seines warmen Sweatshirts immer noch fröstelte.

Nach einigen Minuten stiegen wir in den Lieferwagen und der Fahrer fuhr vorsichtig nach unten.

Ich war sehr froh, dass wir gleich mit unserem Auto ins Hotel fahren konnten, wo es warm und trocken war. Dennoch war ich etwas betrübt, weil wir es nicht bis zur Elbquelle geschafft hatten.

»Wenn wir noch mal in der Gegend sind, versuchen wir es wieder«, tröstete mich Nawin.

»Oh, wann wird das sein?«, fragte ich.

Als wir auf dem großen Parkplatz ankamen, bedankten wir uns überschwänglich bei dem Fahrer. Nawin wollte dem hilfsbereiten Mann als Dankeschön einen Zehn-Euro-Schein zustecken.

Doch der lehnte empört ab. »Rettung«, sagte er, »ich Retter, nicht Räuber.«

Er zeigte uns einen Ausweis, dem wir aufgrund des Logos entnehmen konnten, dass er zur Bergrettung gehörte.

»Dann ist das eine Spende für euch, äh, für die Bergrettung«, sagte Nawin.

Zögernd nahm der Mann das Geld an.

»Ein stolzer Retter«, sagte Nawin, nachdem wir endlich in unserem Wagen saßen.

»Stimmt, aber nun haben wir noch eine Stunde Fahrt vor uns.«

»Das werden wir jetzt auch noch überstehen«, erklärte Nawin und setzte sich auf den Beifahrersitz.

* * *

Im Hotel machten wir uns frisch und wechselten unsere Sachen. Onkel Ludwig erwartete uns bereits.

»Ja, das ist schade, dass ihr nicht ans Ziel gekommen seid«, meinte er. Dann berichtete er von seiner Wanderung zur Elbquelle, die er vor Jahren mit seiner Frau unternommen hatte.

»Dort oben gibt es einen gemauerten Ring mit Zu- und Abflüssen. Er symbolisiert das Zusammenfließen verschiedener Rinnsale, aus denen schließlich die Elbe entsteht. Drumherum sind auf einer Steinwand die Wappen aller Städte zu sehen, durch die sie fließt. Die richtige Quelle ist übrigens noch dreihundert Meter weiter oben auf den Elbwiesen. Da darf aber keiner hin, weil es ein Naturschutzgebiet ist.«

Nawin schmunzelte. »Das hätte ich gern gesehen, aber bei Gewitter in den Bergen klitschnass hinter einem kleinen Busch zu liegen, das ist auch ein Erlebnis.«

Ich ging mit meinem Handy in den Flur, weil ich meine Mutter anrufen wollte. Ich hatte ihr versprochen, mich alle drei Tage zu melden.

»Kind«, sagte sie, »dass du mir bloß wieder heil nach Hause kommst. Und pass bitte auf, dass du beim Klettern nicht abrutschst.«

»Aber Mama«, widersprach ich, »wir klettern doch gar nicht. Wir wandern nur ein bisschen oder gehen spazieren.«

»Ach, ich weiß nicht, es gibt so viele Gefahren.«

»Das ganze Leben ist gefährlich«, sagte ich in scharfem Ton. »Wenn es nach dir ginge, sollte ich nur zwischen Lokstedt und Eimsbüttel hin und her pendeln.«

»Sei nicht ungerecht«, forderte meine Mutter mich auf.

»Ich melde mich wieder, wenn wir zu Hause sind«, erklärte ich, um eine Verabschiedung einzuleiten.

»Aber Kind, ich wollte dir erzählen, dass …«

Ich unterbrach sie. »Gespräche aus dem Ausland sind sehr teuer. Tschüss, bis bald.«

»Ja, verstehe«, hörte ich meine Mutter noch murmeln. Dann legte sie auf.

Sofort hatte ich wieder einmal ein schlechtes Gewissen. Sie machte sich doch nur Sorgen. Warum fühlte ich mich deshalb gegängelt?

* * *

Die Tage flogen nur so dahin. Zu dritt erkundeten wir weitere Orte in der Umgebung. Onkel Ludwig konnte fast zu jedem eine Geschichte erzählen. Entweder kannte er diese von seinem Vater oder er hatte sie zusammen mit seiner Frau erlebt. Für ihn war der Urlaub wirklich eine Reise in die Vergangenheit. Nawin fragte sich manchmal, wie seinem Vater das alles gefallen hätte. Also machte er so viele Fotos, wie er nur konnte, damit er ihm zeigen konnte, wo er überall gewesen war.

Am letzten Abend vor unserer Abreise beschlossen wir, noch einmal die Hotelbar aufzusuchen. Wieder saß eines der Paare, die wir am Ankunftstag gesehen hatten, an unserem Nebentisch.

»Fahren Sie auch morgen ab?«, fragte uns die Frau, die ich auf Ende fünfzig schätzte.

Nawin und ich nickten.

»Eine zu schöne Gegend«, sagte die Frau und rückte immer näher. »Es ist die Heimat meiner Eltern.«

»Ach, Ihrer auch«, sagte Nawin.

»Ist der Herr Ihr Vater?«, fragte die Frau und deutete auf Onkel Ludwig.

»Mein Onkel«, verbesserte Nawin sie.

»Er ist hier geboren und mein Vater auch. Beide waren noch Kinder, als sie ihre Heimat verlassen mussten.«

»Oh, meine Mutter war schon dreiunddreißig. Sie hat immer viel von Hirschberg erzählt.«

»Dürfen wir Sie zu einem Wodka einladen?«, fragte jetzt ihr Mann.

»Also eigentlich …«, begann ich.

»Ja gern«, sagte plötzlich Onkel Ludwig, »lasst uns einen Wodka trinken.«

Das Paar kam an unseren Tisch und orderte Wodka für alle.

Während Nawin und ich vorsichtig daran nippten, trank Onkel Ludwig seinen Wodka in einem Zug aus und verkündete, dass er die nächste Runde ausgeben würde.

Ehe wir uns versahen, stand schon wieder ein Glas mit Hochprozentigem vor uns. Wie gern hätte ich ihn gegen ein Glas Wein ausgetauscht, doch dies war ja leider nicht möglich.

Während Nawin und ich krampfhaft vermieden, das erste Glas auszutrinken, schütteten Onkel Ludwig und das Paar an unserem Tisch den zweiten Wodka in sich hinein.

Die drei vertieften sich in ein Gespräch. Nawin deutete auf eine Blumenvase, die hinter uns stand. Und ich nickte. In einem günstigen Moment nahm Nawin unsere Gläser und goss den Inhalt dort hinein.

Kurz darauf wandte sich Onkel Ludwig an uns. Das Pärchen musste ihm wohl gerade ihre Kennenlerngeschichte erzählt haben, denn er fragte, wo wir uns denn begegnet seien.

»Bestimmt haben Sie sich übers Internet kennengelernt«, behauptete die Frau. »Das ist doch heute so bei den jungen Leuten.«

»Bei uns nicht«, sagte ich.

Onkel Ludwig lachte scheppernd. »Na, nun seid nicht so schüchtern. Das muss euch doch nicht unangenehm sein.«

Zu seinem Neffen gewandt, fuhr er fort: »Dein Vater hat ja auch Unterstützung gehabt.«

»Wie jetzt? Was heißt Unterstützung?«, fragte Nawin.

»Na, bei seiner Suche nach einer Frau.«

Nawin beugte sich vor. »Ich verstehe nicht, was du meinst.«

»Deine Mutter ist ihm ja nicht durch Zufall über den Weg gelaufen.«

Das Pärchen bestellte nun bereits die dritte Runde Wodka.

»Für uns nicht mehr«, versuchte ich sie zu bremsen.

Nawin starrte seinen Onkel an. »Wie, nicht durch Zufall?«

»Ach, Junge, weißt du das denn nicht? Sie sind durch einen Landsmann deiner Mutter zusammengekommen.«

»Ja, durch ihren Cousin.«

»Nennen wir ihn doch einfach so«, meinte Onkel Ludwig.

»Wieso habe ich das Gefühl, dass hier etwas nicht stimmt?«, fragte Nawin.

»Das weiß ich nicht«, sagte der Onkel. »Hast du diesen angeblichen Cousin jemals kennengelernt?«

»Nein, er ist nach Thailand zurückgegangen.«

Dem Paar, das sich zu uns gesellt hatte, gefiel es anscheinend nicht, dass die Stimmung gekippt war, denn plötzlich sprachen sie von großer Müdigkeit und verabschiedeten sich abrupt.

»Das will ich jetzt klären«, forderte Nawin.

»Da gibt es nicht viel zu klären«, meinte der Onkel. »Ein Thai hat ihm deine Mutter vermittelt.«

»Vermittelt?«

»Dein Vater hat sich damals sehr einsam gefühlt. Und er fand keine neue Frau. Dieser Mann hat ihm von einer Frau in Thailand erzählt, die gern nach Europa kommen würde. Er kannte ihre Familie gut.«

»Und diese Frau war meine Mutter?«

»Carl ist dann nach Thailand geflogen, um sie näher kennenzulernen.«

Nawin schüttelte den Kopf. »Nein, nein, das war ganz anders. Die beiden haben sich in Sankt-Peter-Ording kennengelernt.«

Onkel Ludwig sah seinen Neffen nachdenklich an. »Ich weiß ja nicht, was man dir erzählt hat. Aber dies wäre mir völlig neu.«

»Woher willst du das denn alles wissen?«

»Na, dein Vater hat ja seinerzeit viel mit mir telefoniert. Er war sehr niedergeschlagen nach dem Tod seiner ersten Frau.«

»Du meinst also«, fuhr Nawin fort, »es war so eine Art arrangierte Ehe.«

»Nenn es, wie du willst. Die beiden haben sich ja verstanden, das ist die Hauptsache.«

Nawin stützte seinen Kopf in beide Hände. »Das kann doch nicht sein. Warum nur haben sie ...«

»Vielleicht hätte ich dir das nicht erzählen sollen«, erklärte Onkel Ludwig, der endlich merkte, was er angerichtet hatte.

»Ich verstehe das nicht«, murmelte Nawin vor sich hin.

»Sag deinem Vater nicht, was ich ausgeplaudert habe«, bat Onkel Ludwig.

Nawin richtete sich auf. »Den Teufel werde ich tun. Natürlich stelle ich ihn zur Rede. Mir eine solche Geschichte aufzutischen, das ist doch unglaublich.«

Onkel Ludwig schwieg betroffen. »Na, ich dachte, du weißt das«, sagte er dann.

»Das macht es auch nicht besser!«, schrie Nawin den Onkel an.

»Junge, beruhige dich. Deine Eltern haben kein Verbrechen begangen.«

Ich hielt mich zurück. Jetzt nur nichts Falsches sagen, dachte ich, denn ich wusste ja, wie euphorisch Nawin über die Beziehung seiner Eltern gesprochen und wie romantisch verklärt er ihre ersten Begegnungen beschrieben hatte. Und nun erfuhr er, dass dies alles nicht stimmte.

»Jetzt fehlt nur noch, dass er meine Mutter gekauft hat«, sagte er.

»Nein, nein«, versuchte der Onkel ihn zu besänftigen. »Von gekauft kann keine Rede sein. Vielleicht hat er ihre Familie ein bisschen unterstützt, also am Anfang. Aber das ist doch ganz normal.«

Nawin sprang auf, lief zur Theke und bestellte sich lautstark einen Wodka, den er auf ex trank, wie es zuvor der Onkel gemacht hatte.

Ich ging zu ihm und legte einen Arm um seine Schulter. »Hör auf, Nawin, das hat doch keinen Sinn.«

»Nordsee, Cousin, Orchideen, alles Blödsinn!«, rief er.

»Rede mit deinen Eltern. Sie hatten bestimmt einen Grund, dir diese Geschichte zu erzählen«, sagte ich.

»Es macht mich krank, dass sie mich angelogen haben.«

»Okay, verstehe ich. Aber jetzt komm wieder runter.«

»Leichter gesagt als getan«, meinte Nawin und seine Stimme klang schon etwas gedämpfter.

»Deine Eltern sind seit vielen Jahren verheiratet. Ist es da nicht egal, wie sie sich kennengelernt haben?«

Nawin nahm meine Hand. »Du hast ja recht, ich bin nur so enttäuscht.«

Wir gingen zu Onkel Ludwig zurück, der wie versteinert auf seinem Sessel saß.

»Lass uns zusammen nach oben gehen«, sagte ich. »Wir müssen früh raus.«

Onkel Ludwig erhob sich. »Ich bin auch müde«, meinte er. »Weckt ihr mich morgen?«

»Machen wir«, versprach ich. »Morgen sieht die Welt schon wieder anders aus.«

-28-

Auf der Heimfahrt nach Hamburg schwiegen wir die meiste Zeit. In Görlitz hatten wir bei Onkel Ludwig noch einen Kaffee getrunken. Er wollte uns unbedingt seine Wohnung zeigen, von der er einen großartigen Blick auf die klassizistischen Häuser der Altstadt hatte.

»Kann ich bei dir übernachten?«, fragte Nawin, als wir uns der Hansestadt näherten. »Ich kann jetzt nicht zu meinen Eltern fahren.«

»Ja, natürlich«, sagte ich.

Nur wenige Schritte von meiner Wohnung entfernt fanden wir einen Parkplatz. Während ich nach den Schlüsseln suchte, nahm Nawin unsere Koffer und ging voraus. Im Treppenhaus begegneten wir Micki und Brian.

»Ach, ihr seid wieder da«, begrüßte uns Brian. »Herzlich willkommen.«

»Wir gehen in ein Konzert!«, rief uns Micki zu, während sie an uns vorbeischlüpfte.

»O schön«, sagte ich und sah, dass sie mir zuzwinkerte.

Ich schloss die Wohnungstür auf. »Oh, sie unternehmen etwas«, bemerkte ich.

»Ich bin hundemüde«, gestand Nawin und warf sich aufs Sofa.

»Kein Wunder, du hast ja auch die meiste Zeit am Steuer gesessen.«

Es dauerte keine zehn Minuten und Nawin war eingeschlafen. Ich legte eine Decke über ihn und ging in die Küche, um etwas Essbares zu suchen.

Im Kühlschrank fand ich einige Eier, die bestimmt Dana gehörten. Das war mir aber jetzt egal. Ich haute drei davon in die Pfanne. Natürlich waren Nawin und ich nicht mehr zum Einkaufen gekommen. Gleich morgen früh musste ich unbedingt ein paar Dinge besorgen. Was für ein Glück, dass ich noch frei hatte.

Nachdem ich die Eier mit Heißhunger vertilgt hatte, schleppte ich mich ins Bad und anschließend ins Bett. Ich träumte von einem Sessellift, der auf dem Weg zur Elbquelle über einer Schlucht stehen blieb. Und während um mich herum ein Gewitter tobte und ich vor Angst und Kälte zitterte, hangelte sich an den Seilen ein Mann zu mir herüber und sagte: »Ich kein Räuber, ich dein Retter.«

* * *

Als ich am nächsten Morgen aufwachte, stand Nawin schon unter der Dusche.

»Ich hole uns etwas zum Frühstück!«, rief ich durch die Badezimmertür.«

»Das brauchst du nicht«, erwiderte er. »Ich muss gleich ins Restaurant.«

Ich kochte Kaffee und wartete, bis Nawin aus dem Bad kam. Er hatte ein Handtuch um die Hüften gewickelt und lächelte mich an.

»Musst du wirklich schon gehen?«, fragte ich.

»Tut mir leid«, sagte er und gab mir einen Kuss.

Ich schlang meinen Arm um seine Taille und zog ihn zu mir heran.

Nawin umarmte mich und ich schmiegte mich an ihn.

»Ich würde ja lieber bei dir bleiben«, gestand er. »Wir waren Tag und Nacht zusammen. Das wird mir jetzt fehlen.«

»Mir auch«, sagte ich.

Nawin setzte sich hin. »Einen Tee würde ich noch trinken«, meinte er dann.

Ich stand auf und warf den Wasserkocher an. Bei Nawin wusste man nie, ob er morgens lieber Kaffee oder Tee trank.

»Ist gleich fertig«, versprach ich.

Noch immer leicht verschlafen, rieb Nawin sich die Augen. »Zu dumm, dass ich heute schon arbeiten muss.«

»Das finde ich auch.«

Ich servierte Nawin den Tee und goss mir noch etwas Kaffee ein. »Wirst du gleich, äh … ich meine, redest du nachher mit deinen Eltern?«

»Am liebsten sofort, aber ich werde auf einen geeigneten Moment warten.«

»Denk dran«, ermahnte ich ihn, »dein Vater ist herzkrank.«

Nawin trank einen Schluck von dem Tee. »Das könnte jetzt meine Mutter gesagt haben. Aber keine Angst, ich werde ihn nicht aufregen.«

»Es war eine schöne Reise«, wechselte ich das Thema.

»Ja, das war es. Und ich habe so viel Neues erfahren.«

Meinte er das, was ich dachte? Sein ironischer Unterton war mir nicht entgangen.

»Lass uns telefonieren«, sagte Nawin, bevor er ging.

Und als die Tür ins Schloss fiel, überkam mich eine seltsame Melancholie.

Ich verbrachte den Tag damit, Wäsche zu waschen und meine Gedanken zu ordnen. Wie würden Nawins Eltern reagieren, wenn er sie mit Onkel Ludwigs Erzählungen konfrontierte?

Was war mit Dana? Heiratete sie demnächst meinen Chef? War Katja mit der Vorschulgruppe allein zurechtgekommen? Hoffentlich hatte Herr Holle eine Vertretung für mich gefunden. Hatte er nicht etwas in dieser Richtung geäußert? Ich hatte Katja von unterwegs eine Nachricht geschickt und sie gefragt, ob alles gut läuft. Doch ich hatte keine Antwort bekommen.

Am späten Nachmittag rief Leonie an. »Wie wars denn?«, fragte sie.

»Ein toller Urlaub«, schwärmte ich. »Ich habe sogar den Ort besucht, in dem meine Großmutter früher gelebt hat.«

»Und mit deinem Freund?«

»Einfach gut. Als er heute Morgen ging, war das richtig komisch.«

»So ein merkwürdiges Gefühl in der Bauchgegend?«

»Vielleicht eher in der Herzgegend.«

Leonie kicherte. »Ich glaube, dann liebst du ihn tatsächlich.«

»Meinst du wirklich?«

»Alles, was du mir erzählst, und vor allem, wie du es erzählst, deutet darauf hin.«

»Darüber muss ich mal nachdenken«, sagte ich.

»Über Liebe muss man nicht nachdenken, die ist da oder auch nicht.«

»Natürlich, war doch nur ein Scherz. Aber da wir gerade beim Thema sind: Wie geht es deinem Liebsten?«

»Ihm geht es gut«, versicherte Leonie. »Aber manchmal frage ich mich, ob wir nicht zu schnell zusammengezogen sind.«

»Oh«, sagte ich, »das klingt nach Problemen.«

»Na ja«, meinte Leonie, »das mit den Kompromissen, daran müssen Sven und ich noch arbeiten.«

»Warum muss man an allem arbeiten, sogar an der Liebe?«, fragte ich.

»Ja, das Leben kann schwierig sein. Besonders wenn der andere die eigene Meinung nicht teilt.«

»Wie wahr«, sagte ich, »dann wird es so richtig kompliziert. Bei Nawin und mir hält sich das bis jetzt noch in Grenzen.«

»Na, wart mal ab«, meinte Leonie.

Am Ende des Gesprächs lachten wir über unsere vermeintlich so tiefgründigen Erkenntnisse, die wir über das Leben und die Liebe angestellt hatten, und ich versprach, sie bald einmal in Lüneburg zu besuchen.

* * *

Gegen Abend kam Dana nach Hause. Seltsamerweise umarmte sie mich zur Begrüßung. Das hatte sie bisher noch nie gemacht.

»Ist etwas passiert?«, fragte ich verblüfft.

»Wieso, was soll sein?«, erwiderte sie. »Erzähl lieber, wie dein Urlaub war.«

»Sehr ereignisreich.«

»Und, mögt ihr euch noch?«

»Was für eine Frage«, sagte ich

»Na, im Urlaub lernt man sich doch erst richtig kennen. Viele Paare trennen sich danach.«

»Und du?«, fragte ich. »Bist du immer noch glücklich mit Robert Holle?«

»Pah, was heißt glücklich? So weit ist es nicht gekommen.«

»Wie meinst du das?«

Dana ging in die Küche und holte die Eier aus dem Kühlschrank, die ich ihr gestern Abend übrig gelassen hatte.

Ich folgte ihr.

»Wie soll ich das meinen? Es gibt gute Nachrichten für dich. Er ist wieder mit seiner Frau zusammen. Das wolltest du doch.«

Obwohl ich erleichtert war, tat Dana mir auf einmal leid. »Was heißt, ich wollte das?«, sagte ich. »Ich habe dich nur darauf aufmerksam gemacht, dass er verheiratet ist.«

»Ja, ja, du hast mich gewarnt.«

»Hat es dich sehr getroffen?«, fragte ich. »Ich meine, dass er sich für seine Frau entschieden hat.«

Dana winkte ab. »Es sollte ohnehin nur eine Affäre sein.«

»Na dann, auf zu neuen Ufern«, sagte ich übertrieben fröhlich.

»Ach übrigens«, meinte Dana, »ich habe Ulf Groning auf einer Vernissage getroffen. Er habe über vieles nachgedacht, hat er mir gesagt. Und er werde mich jetzt in Ruhe lassen.«

»Oh«, staunte ich, »da ist ihm anscheinend einiges klar geworden. Vielleicht hat ja auch Micki ihren Teil dazu beigetragen. Unser Plan mit dem Foto wäre damit wohl hinfällig.«

»Ja, dabei war das eine so schöne Idee«, sagte Dana und schlug zwei Eier in die Pfanne. »Aber es wäre natürlich besser, wenn sich die Angelegenheit auf diese Weise erledigt hätte.«

»Was ist mit Hendrik? Hat er mal wieder seine schwäbische Spezialität angeboten?« Ich versuchte, die Unterhaltung mit einem neuen Thema in Gang zu halten.

»Hendrik! Ich weiß nicht, was mit dem los ist. Der sitzt nur in seinem Zimmer und hört diese grässliche Musik.«

»Neulich habe ich gesehen, dass er Puzzleteile zusammensetzt«, sagte ich.

»Solange er seine Puzzlebilder nicht in der Küche oder im Flur aufhängt, ist mir das einerlei«, meinte Dana.

»Ja, aber irgendwas stimmt da nicht.«

Dana ging nicht weiter auf meine Bemerkung ein. Stattdessen sprach sie davon, dass sie etwas recherchieren müsse, und verzog sich samt Spiegeleiern in ihr Zimmer.

Kurz darauf klingelte es. Meine Mutter stand vor der Tür. Sie brachte mir einige Lebensmittel. »Du bist sicher noch nicht zum Einkaufen gekommen«, meinte sie.

»Ich wollte gerade losgehen«, schwindelte ich.

Sie stellte die Tasche mit den Vorräten in die Küche.

Kaum waren wir im Wohnzimmer, überhäufte sie mich mit Fragen. »Wie war das mit dem Nawin? Habt ihr euch gut verstanden? Was ist denn der Onkel für ein Typ? Und warst du auf der Schneekoppe, von der die Oma so viel erzählt hat?«

»Stopp«, sagte ich. »Also, zunächst mal, Nawin und ich werden nicht gleich morgen heiraten.«

»Na, sooo habe ich das nicht gemeint.«

»Sein Onkel ist sehr nett und der Lift auf die Schneekoppe ist ausgefallen. Ansonsten war alles wunderbar.«

»Ach so, wunderbar. Und deinem Freund hat es ebenfalls gefallen?«

»Natürlich«, sagte ich. »Wie du siehst, bin ich auch gesund und munter zurückgekommen.«

»Darüber bin ich sehr froh«, sagte meine Mutter. »Aber jetzt musst du uns deinen Freund endlich vorstellen.«

»Seine Familie kennt mich auch noch nicht.«

»Immerhin kennst du bereits seinen Onkel.«

»Och nee«, sagte ich, »nun reitest du darauf herum.«

Nach einer halben Stunde ging meine Mutter wieder, und ich sichtete die mitgebrachten Lebensmittel, die noch immer in der Küche standen.

Sie hatte wirklich an alles gedacht. Brot, Aufschnitt, frisches Obst und sogar ein paar Eier, die ich gleich an Dana weitergeben konnte. Ob ich auch mal so eine Mutter werden würde? Ich zweifelte daran. Andererseits ähnelte ich ihr, wenn es um meine Gruppe in der Kita ging. Da war ich zuverlässig und dachte ebenfalls an alles, was gebraucht wurde. Und manchmal benahm ich mich sogar wie eine Glucke, auch wenn ich neulich Alina auf dem Spielplatz vergessen hatte.

-29-

Katja war überglücklich, als sie mich sah. »Gut, dass du wieder da bist«, empfing sie mich.

Die Kinder wuselten um mich herum und einige riefen: »Frau Naumann, Frau Naumann, wo warst du so lange?«

Ich beugte mich zu ihnen hinunter: »Aber das habe ich euch doch erzählt.«

Sie zeigten mir ihre Bilder, die sie in der Zwischenzeit gemalt hatten, und wurden auch nicht müde, ihre Bastelarbeiten heranzuschleppen, damit ich sie gebührend bewundern konnte.

Es tat gut, so herzlich empfangen zu werden. Katja berichtete, dass es Herr Holle sogar geschafft hatte, vorübergehend eine Vertretung für mich zu bekommen.

»Bei dem Mangel an Erzieherinnen«, staunte ich. »Da hat er sicher viel herumtelefoniert.«

»Sie war nur für ein paar Tage hier«, sagte Katja. »Aber das war schon eine große Hilfe.«

»Ab jetzt läuft wieder alles ganz normal«, versprach ich und begann, die Stühle für unseren Morgenkreis aufzustellen.

Ein paar Stunden später kam Robert Holle in unsere Gruppe und winkte mir zu. Es war schön, ihm wieder in die Augen sehen zu können, ohne dabei an Dana denken zu müssen.

* * *

Nach Feierabend hatte ich mich mit Nawin in unserem Lieblingscafé am Mühlenteich verabredet.

Ich stellte mir vor, dass wir noch einmal über die Stationen unserer Reise sprechen würden. Sich gemeinsam an etwas erinnern und vielleicht darüber lachen – so was verbindet, dachte ich. Doch Nawin wirkte leicht abwesend und redete über seine Bewerbungen, die er im Laufe des Tages geschrieben hatte.

»Der Ersatz für mich fängt nächsten Monat im Restaurant an. Es wird Zeit, dass ich eine Arbeit in meinem Beruf finde.«

Ich beobachtete, wie Nawin die Stirn in Falten zog, und allmählich wurde mir klar, warum er nicht über unseren Urlaub sprechen wollte. Damit verbunden war ja auch die Enthüllung seines Onkels. Und daran wollte er sich anscheinend nicht gern erinnern. Ich beschloss, darauf keine Rücksicht zu nehmen.

»Was ist mit deinen Eltern?«, fragte ich ihn. »Hast du mit ihnen geredet?«

Fast wirkte Nawin erleichtert, dass ich das Thema ansprach. War mein erster Eindruck falsch gewesen?

»Ja, erst mit meiner Mutter. Sie hat überhaupt nicht verstanden, was ich eigentlich wollte. Es sei doch alles so lange her, hat sie gemeint. Dann bin ich zu meinem Vater gegangen.«

Nawin fuhr sich mit der Hand durchs Haar und seufzte. »Ich wusste nicht, wie ich anfangen sollte.«

»Und?«, fragte ich.

»Erst habe ich ihm Fotos gezeigt, die ich auf der Reise gemacht habe. Er war ganz begeistert. Auf einem Foto war Onkel Ludwig zu sehen. Da habe ich dann eingehakt. Nawin nahm seine Kaffeetasse in beide Hände. »Ich habe ihm erzählt, was Onkel Ludwig gesagt hat. Und mein Vater fragte mich, ob ich das glaube. Sag du mir, wie es war, habe ich ihn dann aufgefordert.«

»Das ist ja richtig spannend«, entfuhr es mir.

»Schließlich hat er zugegeben, dass es so war, wie sein Bruder behauptet hatte.«

»Das ist ihm bestimmt schwergefallen«, sagte ich.

»Die Menschen haben so viele Vorurteile, was die Heirat zwischen einem Deutschen und einer Thai betrifft, hat mein Vater gemeint. Besonders wenn es da auch noch einen größeren Altersunterschied gibt. Deshalb wollte er mir nicht sagen, wie es wirklich war.«

»Kann ich verstehen«, erklärte ich. »Aber Respekt, dein Vater hat sich eine schöne Geschichte ausgedacht. Er muss viel Fantasie haben.«

Nawin sah nun entspannter aus als zu Beginn unserer Unterhaltung. »In Sankt-Peter-Ording hat er tatsächlich öfter Urlaub gemacht. Und Orchideen hat er meiner Mutter auch geschenkt.«

»Etwas Wahres steckt in jeder Geschichte«, bemerkte ich.

Nawin nahm meine Hand. »Mein Vater hat noch etwas gesagt.«

Ich ließ meine Finger über Nawins Hand hüpfen. »Na, was denn?«

»Er meinte, auch wenn es keine Liebe auf den ersten Blick war, so sei doch mit der Zeit eine tiefe Zuneigung zwischen ihm und meiner Mutter entstanden. Er bereue keinen Tag, den er mit ihr verbracht hat.«

»Oh«, sagte ich, »das hört sich wunderschön an. Wie viele Paare, die schon seit Jahrzehnten zusammen sind, können das von sich behaupten?«

»Das habe ich auch gedacht«, sagte Nawin. »Ich muss ständig an das Gespräch denken. Und inzwischen glaube ich, dass es nicht wichtig ist, wie man sich kennenlernt, sondern was man daraus macht.«

»Ich bin sehr froh, dass du das jetzt so siehst«, sagte ich. »Am Anfang hatte es dich doch sehr getroffen.«

»Ja, das hat es«, meinte Nawin. »Und nun lass uns über etwas anderes reden. Eigentlich wollte ich dich gar nicht mehr damit belasten.«

»Wieso belasten, natürlich wollte ich wissen, wie das Ganze ausgegangen ist.«

Es war spät geworden. Nawin winkte den Kellner heran und bezahlte unsere Rechnung.

»Gehen wir heute nicht zum Moorsee?«, fragte ich, als wir das Café verließen.

»Das machen wir das nächste Mal«, meinte Nawin.

»Ja, darauf freue ich mich schon jetzt«, erwiderte ich und spürte, wie er seine Arme um mich legte, bevor er mich an sich zog und küsste.

* * *

Als ich die Wohnungstür aufschloss, stieg mir der Geruch von gebratenen Zwiebeln in die Nase. In der Küche stand Hendrik und rührte in der Pfanne herum.

»Gibt es Maultaschen?«, fragte ich.

Hendrik drehte sich um. »Ausnahmsweise nicht. Es gibt ein typisches WG-Essen.«

»Ach, du kannst noch etwas anderes kochen?«

»Spaghetti bolognese. Das kann jeder.«

»Es riecht gut«, sagte ich.

»Ich habe geahnt, dass jemand von euch auftaucht«, meinte Hendrik, der jetzt das Hackfleisch in der Pfanne verteilte. »Du kannst also gern mitessen, es ist genug da.«

Ich sah ihm dabei zu, wie er die Tomatensoße anrührte. »Was war mit dir los in der letzten Zeit?«, fragte ich ihn ohne Vorwarnung.

Hendrik ließ sich nicht beirren. »Das frage ich mich auch.«

»Wie jetzt?«

»Ich habe mich an der Nase herumführen lassen.«

»Von wem?«

»Tiziana. Ich Trottel habe mich auf ihr Spiel eingelassen.«
Hendrik legte zwei Servietten auf den Tisch.

»Das musst du mir näher erklären«, sagte ich.

»Na ja, sie hatte noch einen zweiten Freund und wusste nicht, ob sie sich für mich oder den anderen entscheiden sollte. Statt sie gleich in die Wüste zu schicken, habe ich treu und brav abgewartet.«

»Und sie hat sich für den anderen entschieden.«

»Genau. Verdammt, es ist immer der andere.«

»Du hast das schon öfter erlebt?«

»Na ja, öfter wäre übertrieben.« Hendrik nahm zwei Teller und füllte sie mit Spaghetti. Dann holte er einen großen Löffel aus der Schublade und legte ihn neben die Pfanne. »Nimm dir von der Soße, so viel du willst«, forderte er mich auf.

Das ließ ich mir nicht zweimal sagen. »Weißt du eigentlich, dass man in Bologna das Gericht anders nennt? Dort spricht man von Ragù«, merkte ich an. »Und es wird meistens nicht mit Spaghetti, sondern mit anderen Pastasorten serviert.«

Diese Information schien Hendrik nicht sonderlich zu interessieren. »Hauptsache, es schmeckt«, erwiderte er mit vollem Mund.

Ich setzte mich an den Küchentisch und versuchte, die Spaghetti ebenso geschickt um die Gabel zu wickeln, wie Hendrik es tat. »Das konnte ich noch nie besonders gut«, sagte ich und quälte mich weiter damit herum.

»Ach übrigens«, meinte Hendrik, »bestimmt hast du dich neulich gewundert.«

Ich sah auf. Was meinte er jetzt?

»Wegen der lauten Musik?«, fragte ich.

»Ja, und weil ich riesige Puzzle zusammensetze.«

»Stimmt, warum machst du das?«

»Das ist meine Art, mich zu entspannen.«

»Na ja«, sagte ich, »andere machen Yoga. Und warum die psychedelischen Klänge?«

»Das gehört dazu«, antwortete Hendrik.

Ich nahm mir eine Serviette und wischte mir den Mund ab. »Hat es geholfen?«

»Kann man so sagen. Das Kapitel Tiziana ist für mich abgeschlossen.«

»Gratuliere.«

Hendriks Augen begannen zu leuchten. »Und wer weiß, vielleicht gibt es bald ein neues Kapitel.«

»Oh, wer ist es?«

»Eine Kollegin«, sagte Hendrik. »Aber das Kapitel ist erst im Entstehen.«

»Ah ja. Dann kann man nur hoffen, dass ein Buch daraus wird.«

Hendrik lachte. »Am liebsten ein total schönes Buch.«

»Ich freue mich schon auf die Veröffentlichung«, meinte ich und schaufelte noch einen Löffel von der würzigen Hackfleisch-Tomaten-Soße auf meinen Teller.

-30-

Wir waren gerade dabei, einen neuen Buchstaben einzuführen, als mein Handy klingelte. O nein, ich hatte wieder vergessen, es auszuschalten. Schnell lief ich zu meinem Rucksack, um dies nachzuholen. Doch ich war auch neugierig, wer mich während der Arbeit unbedingt erreichen wollte. Ich sah, dass es Nawin war. Was war so wichtig?, fragte ich mich und nahm mir vor, ihn demnächst zurückzurufen. Eine halbe Stunde später begannen die Kinder mit ihrer Frühstückspause. Ich meldete mich bei Katja ab, ging auf den Flur und rief Nawin an.

»Ist etwas passiert?«, fragte ich.

»Kann man so sagen«, antwortete Nawin. »Ich muss unbedingt mit dir sprechen. Kann ich heute Abend vorbeikommen?«

Obwohl Nawin ganz munter klang, bekam ich einen Schreck. »Es ist doch nichts mit deinem Vater.«

»Nein, nein«, sagte Nawin, »es ist eher etwas Positives.«

»Etwas Positives? Nun sag schon, du hast mich neugierig gemacht.«

»Also, meine Bewerbungen, äh, ich habe eine Antwort bekommen.«

»Super! Und wie lautet die?«

»Ich soll schon nächsten Monat bei denen anfangen. Das würde mir gut passen.«

»Herzlichen Glückwunsch, das freut mich.«

Kaum hatte ich das gesagt, stutzte ich. »Wie? Wo überhaupt? Was genau heißt ›bei denen‹? Hast du dich denn schon vorgestellt?«

Nawin antwortete nur auf meine letzte Frage. »Ich habe über Skype mit dem Hotelchef gesprochen.«

»Aha«, sagte ich. »Das geht natürlich auch.«

»Er ist davon überzeugt, dass ich der richtige Mann für das Hotel bin. In ein paar Tagen stelle ich mich persönlich vor. Es gibt da nur einen kleinen Haken.«

»Haken?«

»Eigentlich wollte ich dir das erst heute Abend sagen. Also, äh, das Hotel, äh, es ist in der Schweiz, in St. Moritz.«

»In der Schweiz? In St. Moritz? So weit weg hast du dich beworben?«

»Was soll ich denn machen? In Hamburg habe ich nichts gefunden.«

»Aber es gibt so viele Hotels. Da muss es doch etwas geben.«

»Kann sein, aber eben nicht in nächster Zeit.«

Ich konnte es nicht fassen. »Und wenn du noch wartest?«

»Mir wäre es auch lieber, wenn das Hotel in der Nähe wäre.«

»St. Moritz«, stammelte ich. »Das darf nicht wahr sein.«

»Lass uns nachher darüber reden«, schlug Nawin vor.

»Gut, ich muss auch in die Gruppe zurück.«

»Bis später«, sagte Nawin.

Vor meinen Augen flackerte es, als ich auf dem Weg in den Gruppenraum war. Was würde aus uns werden, wenn Nawin in die Schweiz ging?

»Du bist ja ganz blass«, sagte Katja, als ich zur Tür hereinkam. »Geht es dir nicht gut?«

»Nawin hat sich in St. Moritz beworben«, murmelte ich. »Und wahrscheinlich bekommt er die Stelle.«

»Was!«, rief Katja. »Das ist verdammt weit weg. Da kann man ja noch nicht mal von einer Wochenendbeziehung sprechen.«

»Du sagst es. Ich glaube, das ist das Ende.«

»Du spinnst«, sagte Katja. »Das wird sich alles regeln.«

»Was soll sich da regeln?«, flüsterte ich, damit mich die Kinder nicht verstehen konnten.

»Und was sagt Nawin?«

»Na, er freut sich, dass er in seinem Beruf arbeiten kann. Wer weiß, vielleicht wollte er schon immer weit weg. Und nun ist es ihm gelungen.«

»Unsinn«, protestierte Katja. »So ist das bestimmt nicht.«

Yelda kam angelaufen und wollte von mir getröstet werden, weil sie sich den Zeh gestoßen hatte. Ich nahm sie in den Arm und merkte, wie mir die Tränen über das Gesicht liefen.

»Nicht weinen, Frau Naumann«, sagte Yelda. »Mein Fußfinger tut nicht mehr weh.«

»Ich bin aber trotzdem traurig«, erklärte ich.

Yelda strich mir mit der Hand über die Wange.

Reiß dich zusammen, forderte ich mich selbst auf. Und gleichzeitig war ich wütend, weil mich Nawin extra angerufen hatte, um mir diese Hiobsbotschaft mitzuteilen. Er hätte wirklich bis heute Abend warten können. Es war das erste Mal, dass ich wegen Nawin Tränen vergoss.

* * *

Im Laufe des Tages fing ich mich wieder. Zwischendurch warf ich mir sogar vor, egoistisch zu sein. Ich musste mich doch darüber freuen, dass Nawin eine Arbeit gefunden hatte, und durfte nicht nur an mich denken. Und was hieß *nur an mich*. Sicher fiel ihm die Trennung ebenso schwer wie mir. Auch als ich nach Hause fuhr, gingen mir unzählige Gedanken durch den Kopf.

Dann stand Nawin vor der Tür und wir fielen uns in die Arme.

»Es wäre doch nicht für immer«, erklärte er, als wir im Wohnzimmer saßen. »Ich arbeite eine Zeit lang in der Schweiz und danach stehen mir alle Türen offen. Schließlich habe ich dann bereits Erfahrungen gesammelt.«

»Oder du verliebst dich in eine andere Frau«, sagte ich. »In irgendeine, die in dem Hotel gerade Urlaub macht.«

Nawin zog eine Augenbraue hoch. »Das glaubst du doch selbst nicht. Außerdem reisen die meisten mit ihren Ehemännern an. Meinst du, ich will mich mit denen anlegen?«

»Jetzt machst du noch Scherze«, erwiderte ich. »Aber manchmal kommt so was schneller, als man denkt.«

Nawin wurde ernst. »Was ist mit Vertrauen?«

»Es ist nur«, sagte ich, »na, du bist so weit weg. Und mal eben an einem freien Tag nach Hamburg rüberfliegen ist ja wohl nicht drin.«

»Das ist kaum möglich«, stimmte Nawin mir zu. »Aber ich habe auch mal Urlaub. Außerdem kannst du mich besuchen.«

»Tolle Aussichten, dann sitze ich da herum und du musst arbeiten.«

»Da kann man viel unternehmen. Die Gegend ist sehr schön.«

»Ohne dich?«

»Nun ja.«

»Und wenn du nachkommst?«, fragte Nawin.

»Wie, wenn ich nachkomme?«

»Auch in der Schweiz werden Erzieherinnen gesucht.«

Ich sah Nawin ungläubig an. »Ich soll dort arbeiten?«

»Ja, zum Beispiel.«

»Ich weiß gar nicht, ob mein Abschluss in der Schweiz anerkannt wird. Und außerdem kann ich das meinen Eltern nicht antun.«

»Ich verlasse ja auch meine Eltern«, sagte Nawin. »Gern mache ich das nicht. Besonders, weil mein Vater krank ist. Aber ich bin erwachsen und muss meinen eigenen Weg finden.«

»Hmm«, sagte ich, »da ist etwas dran.«

In Gedanken spielte ich die Szenerie durch. Ich müsste meine Stelle aufgeben, um in ein fremdes Land zu gehen, von dem ich nicht wusste, was mich dort erwartete. Hier in Hamburg hatte ich einen sicheren Arbeitsplatz. Ich konnte nicht so schnell gekündigt werden. Sollte ich diese Sicherheit so ohne Weiteres aufgeben? Außerdem liebte ich meine Heimatstadt, die für mich die schönste Stadt der Welt war. Ich liebte sie sogar dann, wenn es tagelang regnete.

Die Schweiz war bestimmt schön. Aber wollte ich dort wirklich leben? Und dann fiel mir die Sache mit Wien ein. Schon einmal war ich einem Mann gefolgt und es war schiefgegangen. Was wäre, wenn dies noch einmal passieren würde. Ich hätte meine Arbeit in Hamburg verloren und stünde am Ende mit leeren Händen da. Obwohl der Vergleich hinkte. Zu meinem Freund aus Wien war ich übereilt und aus Abenteuerlust gezogen. Bei Nawin hingegen war ich sicher, dass wir beide uns aufrichtig liebten. Außerdem war ich ja nun auch einige Jahre älter.

»Es wird eine Lösung geben«, meinte Nawin. Und es schien, als ob er für einen Moment all meine Bedenken zerstreut hätte.

»Alles wird gut, wenn wir es nur wollen«, sagte ich und Nawin drückte mich lange und fest an sich.

-31-

Ich stieg in den Zug, der mich nach Lüneburg bringen sollte. Leonie hatte nicht lockergelassen.

»Du hast mir versprochen, dass du mich besuchen wirst«, hatte sie gesagt.

Und nun war ich dabei, dieses Versprechen einzulösen. Wie viel lieber hätte ich mich an diesem Sonnabend auf der Couch gerekelt und in meinem neuen Krimi geschmökert oder eine Dokumentation im Fernsehen angeschaut. Das war eine Vorliebe, die ich erst kürzlich entdeckt hatte. Am liebsten waren mir solche, die von fernen Ländern oder geheimnisvollen Orten handelten.

Nawin war dieses Wochenende in St. Moritz. Er sollte die Örtlichkeiten und das Team des Hotels kennenlernen, hatte es geheißen. Und es war klar, dass das sogenannte Team auch ihn näher unter die Lupe nehmen wollte.

Vielleicht entschieden sie sich doch für einen anderen Bewerber, dachte ich während der Fahrt. Oder Nawin hatte etwas an dem Hotel oder den Arbeitsbedingungen auszusetzen. Noch war das letzte Wort ja nicht gesprochen.

Ich lehnte mich zurück. Wie gut, dass ich nicht das Auto genommen hatte. So konnte ich mich entspannen und die Staus auf der Autobahn blieben mir erspart.

Leonie holte mich vom Bahnhof ab. »Wir gehen erst mal in die Altstadt und essen dort eine Kleinigkeit«, schlug sie vor.

»Gern«, antwortete ich. Auf schmalen Kopfsteinpflasterwegen schlenderten wir ins Zentrum. Das hier wäre nichts für Dana, dachte ich und musste schmunzeln.

»Was grinst du vor dich hin?«, fragte Leonie.

»Ach nichts«, sagte ich, »ich musste nur an meine Mitbewohnerin denken.«

»Wieso?«

»Dieses Pflaster wäre nichts für sie. Sie trägt meistens High Heels.«

»Damit würde sie es hier schwer haben«, erwiderte Leonie.

Auf dem historischen Marktplatz angekommen, gingen wir in ein Café und aßen Buchweizenpfannkuchen.

»Hast du dich inzwischen daran gewöhnt, in einer Kleinstadt zu wohnen?«, fragte ich.

»Ja doch«, meinte Leonie, »weil es viele Studenten gibt, ist das Kultur- und Gastronomieangebot gar nicht schlecht.«

Ich erzählte ihr, dass ich mich jetzt wieder mit Timo versöhnt habe und wir demnächst sogar eine gemeinsame Fahrradtour planten.

»Ja«, sagte Leonie, »irgendwann muss man verzeihen.«

Und ich fragte mich rückblickend, ob es in diesem Fall überhaupt etwas zu verzeihen gab.

Nach dem Essen bewunderte ich die Altstadt mit ihren Fachwerkhäusern und dem alten Kran am Hafen, der seit jeher als Wahrzeichen Lüneburgs galt.

Dann machten wir uns auf den Weg zu Leonies Wohnung. Sie lag in einer ruhigen Gegend am Rande des Zentrums.

»Und hier haust du jetzt mit Sven?«, fragte ich, als wir die drei Stockwerke hinaufstiegen.

»Sozusagen«, meinte Leonie.

Als ich ihr Wohnzimmer betrat, erschrak ich. O Gott, das sah nach Gelsenkirchener Barock aus. Wie kamen die beiden nur darauf?

»Sven hat die meisten Sachen mitgebracht,«, sagte Leonie, und es klang, als ob sie sich für den Einrichtungsstil entschuldigen wollte.

Dann fiel mir ein, dass einige Leute es cool fanden, sich solche Möbel in die Wohnung zu stellen. Wahrscheinlich gehörte Sven dazu und Leonie hatte es einfach hingenommen.

Zur Feier des Tages tranken wir ein Gläschen Sekt, und ich sagte Leonie, wie schade es doch sei, dass sie bei mir ausgezogen ist. Ich hatte das Gefühl, dass sie so etwas in der Art gern hören würde.

»Also, wenn Hendrik mal auszieht und du genug von Sven hast, kannst du jederzeit wieder einziehen«, meinte ich.

»Ich weiß nicht, ob ich mit dieser Dana zurechtkäme«, erwiderte Leonie.

»Sie ist zickig und nett zugleich«, bemerkte ich. »Das bedeutet also, man kann sie ertragen.«

»Das war schon ein starkes Stück, dass sie sich deinen Chef gekrallt hat«, erklärte Leonie.

»Total schräg«, bestätigte ich.

Dann begann Leonie über eine Frau Friese herzuziehen, die ganz furchtbar sei. Ich hörte nur mit halbem Ohr zu und begriff irgendwann, dass diese Frau Friese die Kita leitete, in der Leonie jetzt arbeitete.

Da hatte ich es mit meinem Herrn Holle besser getroffen, auch wenn er sich vorübergehend auf Dana eingelassen hatte.

Leonie redete und redete, und ich überlegte die ganze Zeit, wie ich das Thema Nawin aufs Tapet bringen könnte.

Schließlich ging sie in die Küche, um Knabberzeug für uns zu holen. Das war meine Chance. Als Leonie mit kleinen

Schälchen in der Hand zurückkam, stellte ich die entscheidende Frage: »Würdest du deinem Freund in die Schweiz folgen?«

Leonie hielt augenblicklich inne. »Wie kommst du denn plötzlich darauf?«

Und schon waren wir bei dem Thema, über das ich gerne sprechen wollte. »Na ja, Nawin arbeitet wahrscheinlich demnächst in einem Fünf-Sterne-Hotel in St. Moritz.«

»Oh, St. Moritz«, sagte Leonie und schickte einen Blick an die Decke, als würde irgendwo da oben der bekannte Wintersportort liegen.

»Na, so sensationell ist das nun auch wieder nicht«, erklärte ich.

»Die Promis machen dort immer Skiurlaub«, sagte Leonie.

»Und wenn schon.«

»Aber überleg mal: Ein Fünf-Sterne-Hotel – das ist für deinen Nawin bestimmt eine super Karrierechance.«

»Hm, mag sein. Er hat vorgeschlagen, dass ich mit ihm komme.«

»Das würde ich mir allerdings gründlich überlegen«, bemerkte Leonie. »Wenn es schiefläuft, musst du in Hamburg neu anfangen. Andererseits könntest du viele neue Erfahrungen sammeln und natürlich in der Nähe deines Freundes sein.«

»Pro und kontra – das alte Spiel«, bemerkte ich.

Den Rest des Nachmittags tauschten wir gemeinsame Erinnerungen aus. Wir dachten an die Seminare, die wir geschwänzt hatten, und wie wir es geschafft hatten, am Ende doch noch einen Schein dafür zu erhalten.

»Und du«, sagte ich, »wolltest immer an einer Sonderschule arbeiten, weil du dann nachmittags frei hättest.«

»Wie naiv von mir, die meisten davon sind heute Ganztagsschulen«, meinte Leonie.

Gegen Abend brachte mich Leonie zum Bahnhof. Ich stieg in den Zug und suchte mir einen Fensterplatz.

Leonie winkte mir vom Bahnsteig aus zu und rief: »Besuch mich bald mal wieder!«

Ich nickte mehrmals und winkte zurück. Die Türen schlossen sich und der Zug fuhr los.

Ich blätterte in einer Zeitschrift, die jemand auf dem Sitzplatz gegenüber liegen gelassen hatte, und ärgerte mich, dass ich meinen Krimi nicht dabei hatte. Dann holte ich mein Handy aus der Tasche, weil ich sehen wollte, ob mir Nawin eine Nachricht geschickt hatte. Gefühlt hatte ich das heute bereits zum dreißigsten Mal getan. So langsam wurde ich ungeduldig. War er so sehr im Stress, dass er nicht einmal dafür Zeit hatte?

Der Zug hielt in einem kleinen Ort, den ich nicht kannte. Nur wenige Menschen stiegen aus. Vielleicht waren es Pendler, die hier wohnten und in Lüneburg arbeiteten. Dann fiel mir ein, dass heute ja Sonnabend war.

Ich träumte vor mich hin. Als ich wieder aus dem Fenster sah, hatten wir bereits Winsen erreicht, ein Städtchen, das an einem Fluss namens Luhe lag. Bald wäre ich zu Hause. Doch nach zehn Minuten stand der Zug noch immer im Bahnhof. Warum ging es nicht weiter? Unruhig beobachtete ich die Leute, die auf dem Bahnsteig hin und her liefen. Dann ertönte eine Durchsage: *Wir bitten alle Fahrgäste, den Zug zu verlassen.*

Wie bitte, meinten die wirklich unseren Zug, überlegte ich. *Bitte verlassen Sie umgehend den Zug,* ertönte eine weitere Durchsage.

»Was soll das?«, sagte eine Frau, die bei mir in der Nähe saß. »Sollen wir tatsächlich aussteigen?«

»Anscheinend«, meinte ich und griff nach meiner Tasche.

Im nächsten Moment betraten zwei Polizisten unser Abteil und forderten uns noch einmal auf, den Zug zu verlassen.

»Schon gut«, sagte ich, »so langsam haben wir es verstanden.«

Auf dem Bahnsteig traf ich auf die anderen Fahrgäste, die wild darüber spekulierten, was denn los sei.

»Wieso ist die Polizei hier?«, fragte ein Mann.

Und ein anderer antwortete: »Es gab eine Bombendrohung.«

Zwei Frauen schrien auf, als sie diese Bemerkung hörten, und rannten voller Panik ins Bahnhofsgebäude.

»Mit der Weiterfahrt wird das heute nichts mehr«, stellte nun ein älterer Herr fest und folgte den beiden Frauen.

Ich ging ebenfalls ins Bahnhofsgebäude. Überall standen die Leute herum und telefonierten.

»Wie wär's mit Schienenersatzverkehr?«, forderte ein Typ mit reichlich Gel in den Haaren.

»Das kann dauern«, antwortete ich.

Dann griff ich selbst zum Telefon. Doch wen sollte ich anrufen? Nawin war in der Schweiz. Meine Eltern wollte ich nicht benachrichtigen, die würden sich zu sehr aufregen. Vielleicht war Dana erreichbar? Ich wählte ihre Nummer und sie meldete sich.

»Ich sitze in Winsen fest«, teilte ich ihr mit.

»Wie? Was ist?«

»Der Zug, eine Bombe, ich komme nicht weiter.«

»Wieso Bombe?«

»Das weiß ich doch auch nicht«, sagte ich schroff.

»Ach so«, meinte Dana, und mir kam es so vor, als ob sie überhaupt nichts begriffen hatte.

»Kannst du mich hier abholen?«, fragte ich.

Dana schien doch etwas von meinem Gestammel verstanden zu haben.

»In deinem Zug suchen sie nach einer Bombe, und du weißt nicht, wie du nach Hause kommst«, analysierte sie meine Situation.

»So ist es«, erwiderte ich.

»Wo genau bist du?«

»Im Bahnhof von Winsen an der Luhe.«

»Gut, ich komme«, hörte ich sie sagen. »Bleib da, wo du jetzt bist.«

Ich atmete auf. Jemand würde kommen und mich holen. Jetzt musste ich nur noch auf Dana warten. Ich sah mich um. Es gab hier weder eine Gaststätte noch ein Café, nur einen kleinen Kiosk. Dort kaufte ich ein Mineralwasser und ließ mich auf der Bank nieder, die vor dem Kiosk stand.

Ich merkte, dass mein Mund trocken war, und trank die Flasche mit dem Wasser halb leer.

Erneut sah ich aufs Handy. Und tatsächlich, Nawin hatte mir inzwischen eine Nachricht geschickt. Fantastisches Hotel, alles mega, schrieb er. Und darunter war ein großes Herz zu sehen, in dem Ich liebe dich stand.

Ich liebe dich auch, dachte ich und fuhr mit der Hand über das Display. Sitze gerade auf einer Bombe, schrieb ich zurück.

Drei Polizisten stürmten durch die Halle. Einer von ihnen hatte einen Hund bei sich.

»Ein Spürhund«, sagte der Kioskbesitzer, der die Szenerie in der Halle aufmerksam beobachtete.

»Hm«, grummelte ich. »Hoffentlich ist es nur ein Fehlalarm.«

»Vielleicht wollte da einer die Polizei ärgern«, erklärte der Mann vom Kiosk

»Kann schon sein«, meinte ich. »Und das in der Weltstadt Winsen.«

»Na, hier hat der Zug ja nur angehalten«, versuchte der Kioskbesitzer sein kleines Städtchen zu verteidigen.

Na klar, die braven Bürger von Winsen an der Luhe machten so etwas nicht.

Mein Handy piepte. Was ist los? Wieso Bombe?, schrieb Nawin. Ich schickte ihm eine kurze Erklärung und einen grinsenden Smiley. Pass auf dich auf, schrieb er zurück.

Eine halbe Stunde war vergangen. Wie lange Dana wohl brauchte, um hierherzukommen? Vielleicht eine Stunde? Aber das hing natürlich auch davon ab, wann genau sie losgefahren war.

Letztendlich wartete ich anderthalb Stunden auf Dana. Als sie zur Bahnhofshalle hereinkam, wäre ich ihr am liebsten um den Hals gefallen.

»Na, was machst du denn für Sachen?«, begrüßte sie mich.

»Ich ja wohl eher nicht. Das habe ich mir nun wirklich nicht ausgesucht.«

»Das glaube ich dir gern«, sagte Dana. »Aber jetzt ist ja dein persönlicher Fahrdienst da und wird dich nach Hause bringen.«

Wir gingen schweigend zu ihrem Wagen.

»Das ist sehr nett von dir, dass du gekommen bist«, meinte ich, als ich einstieg. »Und sag jetzt nicht, nett ist die kleine Schwester ... na, du kennst den Spruch sicher.«

Dana konnte sich ein Kichern nicht verkneifen. »Verstehe, du findest es einfach ultrasouverän.«

»So in etwa«, bestätigte ich.

»Schon gut«, meinte Dana, »manchmal bin ich eben auch so richtig nett.«

»Wichtigtuerin.«

Dana versetzte mir einen leichten Stoß.

»Warum knuffst du mich«, fragte ich.

»Weil du eine dumme Kuh bist«, sagte sie.

Und aus Danas Mund klang das fast wie ein Kompliment.

-32-

Zwei Tage später las ich im Internet, dass es tatsächlich ein Fehlalarm gewesen war.

»Ein Spinner, der die Polizei auf Trab bringen wollte«, meinte Katja.

Ich erinnerte mich daran, dass der Kioskbesitzer im Bahnhof etwas Ähnliches gesagt hatte.

»Und Dana hat dich abgeholt?«, fragte meine Kollegin. »Das finde ich aber großartig.«

»Ja, das war es«, stimmte ich ihr zu.

»Da hattest du ja ein aufregendes Wochenende. Meins war wesentlich langweiliger.«

»Ich hätte darauf verzichten können«, sagte ich und ging zum Schreibtisch, um mein Handy zu holen.

»Nicht während der Arbeitszeit«, mahnte mich Katja.

»Nun sei nicht so kleinlich, Herr Holle ist heute nicht da.«

»Soso«, sagte sie, »kaum ist die Katze aus dem Haus ...«

»... kommen alle raus«, beendete ich ihren Satz.

»Das hat meine Mutter früher immer gesagt«, erklärte Katja. »Allerdings hieß es bei ihr *tanzen die Mäuse auf dem Tisch.*«

»Das reimt sich ja gar nicht«, sagte ich und sah, dass Nawin mir eine Nachricht geschickt hatte: Komme heute Abend. Alles Weitere dann. Kuss Nawin.

»Nawin kommt heute zurück«, teilte ich Katja mit.

»Oh, nehmen sie ihn?«

»Das hat er nicht geschrieben. Aber ich glaube schon.«

»Unsere Praktikantin ist mit den Kids allein draußen. Ist besser, ich schaue mal nach ihnen«, sagte Katja.

»Ich komme auch gleich nach«, meinte ich und spielte weiter mit dem Handy herum.

Nawin hatte nicht geschrieben, wann genau er käme. Er hatte auch nicht gefragt, ob ich ihn vom Flughafen abholen würde. Wahnsinn. Wann kommst du? Ich liebe dich, schrieb ich ihm.

Eine Stunde später meldete sich Nawin erneut: Flugzeug landet gegen neunzehn Uhr, fahre dann direkt zu dir.

Jetzt fiel es mir wieder ein. Er hatte ja seinen Wagen am Flughafen stehen. Deshalb brauchte er auch niemanden, der ihn abholte.

Gut, dachte ich, dann machen wir es uns bei mir gemütlich. Zum ersten Mal kam mir der Gedanke, dass er sich sicher freuen würde, wenn ich etwas für ihn kochte. Ich staunte über meine Idee. Machte die Liebe jetzt einen anderen Menschen aus mir?

Nach Dienstschluss hielt ich beim Supermarkt an, der sich zwei Straßen weiter von meiner Wohnung befand. Ich schlenderte durch den Laden und blieb schließlich an der Fleischtheke stehen. Hier hatte ich manchmal Putenwürstchen für Cooper gekauft, damit ich ihm etwas anbieten konnte, wenn er bei mir zu Besuch war. Dabei hatte ich Kilian kennengelernt. Der freundliche Fleischereifachverkäufer hatte mir hin und wieder eine Frikadelle über die Theke gereicht, die meistens noch warm war und würzig schmeckte.

Auch heute stand er hinter der Theke und bediente die Kunden. Ich wartete, bis er frei war, und fragte ihn dann, ob er mir etwas empfehlen könne, was sich auch von Kochunerfahrenen leicht zubereiten ließ.

Er überlegte einen Moment und zeigte dann auf ein paar mittelgroße Fleischstücke. »Das sind Rinderfilets«, sagte er. »Die brätst du kurz an und legst sie anschließend für zwanzig Minuten in den Backofen. Auf keinen Fall länger. Sie bleiben dann innen schön rosa. Dazu gibt's dann frischen Salat und Baguette.«

»Klingt unkompliziert«, sagte ich. »Das probiere ich aus.«

Kilian freute sich. Er wog mir vier Rinderfilets ab, packte sie ein und reichte sie mir über die Theke.

»Gutes Gelingen. Kann eigentlich nicht so viel schiefgehen«, meinte er.

»Ich habe dich länger nicht gesehen. Warst du in einer anderen Filiale?«, fragte ich.

»Nein, ich war im Urlaub.«

»O schön, wo denn?«

»In Thailand«, antwortete Kilian.

Ich war überrascht. »Wieso Thailand?«

»Weil der Vater meiner Freundin daher kommt.«

Ich glaubte meinen Ohren nicht zu trauen. »Sie ist Halbthailänderin?«

»Ja«, meinte Kilian. »Ihre Mutter ist Deutsche.«

»Ach, das gibt's auch?«

»Ja, warum nicht?«

»Was für ein Zufall«, meinte ich, »bei meinem Freund ist es andersherum. Bei ihm ist die Mutter aus Thailand.«

»Davon hört man öfter.«

»Und wie ist es da?«, fragte ich.

Kilian geriet sofort ins Schwärmen. »Ein tolles Land und die Menschen sind so ganz anders.«

»Und die Familie deiner Freundin?«

»Sie hat mich sehr freundlich aufgenommen.«

Plötzlich fiel mir ein, dass ich langsam nach Hause musste, wenn ich für Nawin etwas kochen wollte.

»Lass uns demnächst noch mal darüber reden«, schlug ich vor. »Das ist ja hochinteressant.«

»Ja, gern«, meinte Kilian und wandte sich einem Kunden zu, der bereits ungeduldig darauf wartete, bedient zu werden.

In der Gemüseabteilung schnappte ich mir schnell noch einen fertigen Salat und packte im Vorbeigehen ein Baguette ein. So, das musste reichen.

Zu Hause fiel mir ein, dass ich das Fleisch erst in den Ofen schieben könnte, wenn Nawin bereits da wäre. Es sollte ja frisch auf den Tisch kommen.

Kurz nach neunzehn Uhr sah ich, wie Nawin mit seinem Wagen vorfuhr. Ich rannte ihm entgegen und wir umarmten uns.

Er flüsterte mir etwas ins Ohr, das wie Schweizerdeutsch klang, und ich musste lachen.

»Lernst du jetzt die neue Landessprache?«, fragte ich ihn.

»War nur ein Versuch«, erwiderte er. »Im Hotel muss ich ja hauptsächlich Englisch sprechen.«

»Also nehmen sie dich?«

»Natürlich«, sagte Nawin, »was dachtest du denn?«

Wir gingen in die Wohnung und ich führte ihn gleich in die Küche.

»Ich habe eine Überraschung«, sagte ich, »ich werde etwas für dich kochen.«

»Das ist wirklich etwas Neues«, zog Nawin mich auf.

Wie es mir Kilian empfohlen hatte, briet ich erst das Fleisch rundherum an. Danach kam es in den Backofen. Leider hatte ich Kilian nicht nach der Temperatur gefragt. Zur Sicherheit drehte ich die Regler auf Maximum. Sollte ja nur kurz drin bleiben und roh wollte ich es Nawin auch nicht servieren.

»So«, sagte ich und holte die Schüssel mit dem Salat. »Das wird unser Abendessen.«

Nawin stand hinter mir und streichelte meine Schultern. »Und was gibt es zum Dessert?«

»Das wird sich zeigen«, antwortete ich und lehnte mich an ihn.

Im Flur waren Geräusche zu hören. Die Küchentür stand offen. Es war Hendrik, der mit einer dunkelhaarigen Frau vorbeischlich. Aber es war nicht Tiziana.

»Hallo!«, rief ich und Hendrik blieb kurz stehen. Er musterte Nawin und raunte mir dann zu: »Das erste Kapitel hat begonnen.«

»Dann viel Erfolg für die weiteren«, erwiderte ich.

»Was war denn das?«, fragte Nawin.

»Ach«, erklärte ich, »Hendrik möchte ein Buch schreiben.«

»Mit der Frau, die er bei sich hatte?«, witzelte Nawin.

»Du bist näher an der Wahrheit, als du glaubst«, erwiderte ich.

Dann wurde ich ernst. »Wann wirst du in diesem sensationellen Hotel anfangen?«

»In vierzehn Tagen«, sagte Nawin. »Dann ist es so weit.«

»So schnell?«

»Ja, wie schon angekündigt, nächsten Monat.«

»Ich kann es gar nicht glauben«, sagte ich. »Eine Fernbeziehung. Wird das gut gehen?«

»Aber ja.«

Ich ging ins Wohnzimmer, um nach einem Taschentuch zu suchen, und Nawin folgte mir.

»Du wirst doch jetzt nicht weinen?«, fragte er.

»Nee, ich bin nur etwas erkältet«, schwindelte ich. Und plötzlich kam mir ein merkwürdiger Gedanke. »Könnte es sein, dass ich deinem neuen Leben in der Schweiz nur im Weg stehe?«, flüsterte ich. »Vielleicht sollten wir uns besser trennen.«

Nawin umfasste meine Taille. »Du bist verrückt, Iris. Eher verzichte ich auf die Schweiz und auf alles, was damit zusammenhängt.«

Um Gottes willen, das durfte nicht passieren. Bloß kein Verzicht. So was könnte auf ewig zwischen uns stehen.

»Es war nur so ein Gedanke. Du musst dich ja erst mal zurechtfinden und da könnten Besuche hier bei mir schnell zu einer Last werden«, wiegelte ich ab. »Aber natürlich sollst du den Job annehmen. Das ist eine tolle Chance.«

Nawin wirkte erleichtert. »Ich dachte schon … ich dachte, du meinst das ernst.«

Ich schmiegte mich eng an ihn, spürte seinen Herzschlag und vergaß die Zeit.

Auf einmal nahm ich einen scharfen Geruch wahr.

»O nein«, rief ich, »die zwanzig Minuten sind schon lange um.«

Wir rannten beide in die Küche, und während ich das Fleisch aus dem Backofen holte, öffnete Nawin das Fenster.

»Ist es noch zu retten?«, fragte er.

»Verkohlt ist es noch nicht«, stellte ich fest. »Aber innen bestimmt nicht mehr rosa.«

Nawin schnitt ein Stück an, probierte es und verzog das Gesicht. »Nun ja«, raunte er, und mir war klar, dass es total trocken schmecken musste.

»Mist«, fluchte ich, »dann gibt es eben nur Brot und Salat.«

»Oder wir bestellen uns eine Pizza«, meinte Nawin.

Auch Hendrik war von dem Geruch meiner verbrutzelten Filets angelockt worden und hatte Nawins Vorschlag mitbekommen. Er warf einen kurzen Blick auf den Backofen. »O weh, du hast ihn viel zu hoch eingestellt.« Er zwinkerte mir zu. »Seid so nett und bestellt gleich vier Pizzen. Wir haben auch Hunger«, sagte er und verschwand aus der Küche.

»Sein Kapitel scheint sich gut zu entwickeln«, sagte ich und griff zum Telefon, um die Bestellung aufzugeben.

-33-

Seit vier Wochen war Nawin nun schon in dem Hotel in der Schweiz. Mit einer Ausnahme hatten wir jeden Tag miteinander telefoniert und uns Nachrichten geschickt. Es war ihm nicht leichtgefallen, sich einzuarbeiten. Doch inzwischen, so meinte er, könne er seinen Aufgabenbereich besser überblicken. Ich verstand nicht viel von der Organisation in einem Hotel. Aber eins war mir klar: Bestimmt war es nicht einfach, in so einem großen Haus dafür zu sorgen, dass alles nach Plan ablief.

Wann kommst du mich besuchen?, schrieb Nawin in seiner letzten Nachricht. Und ich wusste nicht, was ich ihm darauf antworten sollte. Ich hatte doch erst vor einigen Wochen für die Reise ins Riesengebirge frei bekommen. Nun wollte ich nicht schon wieder bei Herrn Holle auf der Matte stehen und ihn um Urlaub anflehen. Ich war sicher, dass er meine Bitte diesmal ablehnen würde.

Die Tage in der Kita plätscherten so dahin, und ich fragte mich, ob es für Nawin und mich wirklich eine gemeinsame Zukunft gäbe. Ich sprach mit Katja darüber, telefonierte mit Leonie und redete sogar einmal mit Hendrik über das Thema. Der hörte zwar zu, zuckte aber anschließend mit den Schultern und sagte: »Wer weiß schon, was die Zukunft bringt.«

Dana riet mir, die Hoffnung nicht zu verlieren. Sie meinte, es würde sich alles in Wohlgefallen auflösen. Meine Mutter hingegen war gänzlich anderer Meinung.

»Der bleibt jetzt dort, wo er ist. Den siehst du nie wieder«, prophezeite sie. »Je eher du dich von ihm löst, desto besser für dich.«

Vielleicht hätte ich ihr Nawin doch einmal vorstellen sollen, überlegte ich. Dann würde sie die Situation nicht so kritisch beurteilen.

Als ich am Freitagabend nach einer anstrengenden Arbeitswoche nach Hause kam und mich nur noch aufs Sofa werfen wollte, klingelte das Telefon.

»Wohnt Dana Seifert bei Ihnen?«, fragte eine fremde Männerstimme.

»Ja«, sagte ich, »wer ist denn da?«

»Pfister«, stellte sich die Männerstimme vor, »ich bin der Vater von Dana Seifert.«

»Wie bitte?«, fragte ich. »Sie sind ihr Vater?«

»Ja, bin ich.«

Ich wunderte mich, weil niemand aus Danas Familie jemals bei uns angerufen hatte.

»Sie ist im Moment nicht da«, teilte ich Danas Vater mit.

»Hm, das ist schlecht«, sagte er.

»Haben Sie denn nicht ihre Handynummer?«, fragte ich.

»Da meldet sich niemand. Ich habe es schon den ganzen Nachmittag versucht.«

»Kann ich ihr etwas ausrichten?«, fragte ich.

Danas Vater zögerte. »Doch, schon, ja, das können Sie. Es ist so … ihre Mutter ist in der Klinik. Unser Sohn hat sie bewusstlos in ihrer Wohnung gefunden und sofort den Krankenwagen gerufen. Dana müsste sich unbedingt mal melden.«

Ich erschrak. »Oh, das tut mir leid. Ich sag ihr sofort Bescheid, wenn sie kommt. Vielleicht versuche ich es auch noch mal auf dem Handy.«

»Vielen Dank«, sagte Danas Vater. »Hoffentlich ist sie bald erreichbar.«

Ich wählte Danas Nummer. Doch es meldete sich nur die Mailbox. Dann rief ich bei ihr in der Redaktion an. Dort sagte man mir, dass sie vor etwa anderthalb Stunden gegangen sei. Wo konnte sie nur sein? Hatte sie sich mit jemandem verabredet? Oder spielte sie etwa wieder irgendwo Billard? Die *Spätschicht* war die einzige Bar, von der ich wusste, dass Dana sich dort manchmal aufhielt.

Ich musste sie unbedingt finden. Ohne lange darüber nachzudenken, machte ich mich auf den Weg nach St. Pauli. Unterwegs dachte ich an das Gespräch, das ich mit Danas Vater geführt hatte. Unser Sohn hat sie in ihrer Wohnung gefunden, hatte er gesagt. Wieso in *ihrer* Wohnung? Lebten ihre Eltern getrennt? Davon hatte Dana nie etwas erzählt.

Josch zapfte gerade ein Bier, als ich leicht außer Atem in die Bar hineinstolperte.

»Na, auch eins?«, grummelte er.

»Nein danke, ich suche Dana, dringend. Ist sie hier?«

Josch hatte die Ruhe weg. »Nun mal ganz langsam, min Deern. Sie läuft dir ja nicht weg.«

»Sie ist also da?«, fragte ich überflüssigerweise und rannte auf den schmalen Gang zu, der zu den Billardtischen führte.

»Gern wieder«, sagte Dana zu einem Mann im cremefarbenen Kaschmirpullover und ließ ein paar Scheine in die Tasche ihres taillierten Blazers gleiten. Dann entdeckte sie mich. »Was machst du denn hier?«

»Dein … dein Vater sucht dich«, stammelte ich.

»Wie, mein Vater?«

»Deine Mutter, es geht ihr nicht gut.«

»Was ist mir ihr?«

»Dein Bruder hat sie gefunden. Sie war bewusstlos.«

Dana erstarrte. »Mein Gott, hoffentlich kein Schlaganfall?«

»Das weiß ich nicht, aber du sollst dich unbedingt melden.«

Dana griff nach ihrer Handtasche und holte ihr Handy heraus.

»Entschuldigung«, sagte Dana zu dem Mann neben ihr. »Eine dringende Familienangelegenheit.«

Gemeinsam gingen wir in den Nebenraum, der heute leer war.

»Florian, stimmt das mit Mutter?«, fragte Dana am Telefon. »Wie geht es ihr jetzt? In welchem Krankenhaus? Ich komme gleich morgen.«

Mit zitternden Fingern steckte Dana ihr Handy wieder in die Tasche. »Das war mein Bruder«, sagte sie.

»Und willst du deinen Vater nicht anrufen?«

»Ganz sicher rufe ich den nicht an. Wusste gar nicht, dass der meine Nummer hat.« Dana suchte erneut etwas in ihrer Tasche. »Wahrscheinlich von Florian«, murmelte sie dann.

»Was suchst du?«, fragte ich.

»Meine Autoschlüssel, verdammt, wo sind meine Schlüssel?«, fluchte Dana.

»Willst du nicht lieber mit mir fahren?«, bot ich ihr an.

»So weit kommt es noch, dass ich mein Auto hier stehen lasse«, lehnte Dana empört ab.

»Es ist ja nur, du bist durcheinander.«

Dana hielt die Wagenschlüssel in den Händen. »Da sind sie ja.«

»Bis gleich«, sagte ich, als wir draußen waren und in verschiedene Richtungen zu unseren Autos gingen.

Als ich unsere Wohnung betrat, saß Dana bereits in der Küche.

»Hol mal deinen Eierlikör«, forderte sie mich auf.

»Viel ist nicht mehr drin«, sagte ich und stellte die Flasche auf den Küchentisch.

Dana goss den Rest der gelblich-klebrigen Flüssigkeit in ein Wasserglas. »Und du, möchtest du nichts?«, fragte sie.

Ich legte eine Hand auf den Bauch. »Mir ist im Moment nicht danach. Außerdem hast du die Flasche gerade geleert.

»Na, dann trinke ich eben allein«, meinte Dana.

»Und morgen geht es nach Würzburg?«

»Ja.«

»Es ist ja Sonnabend.«

»Das ist gut. Sonntag muss ich ins Studio.«

»Ein Glück, dass dein Bruder sie gefunden hat«, bemerkte ich.

»Ich habe übrigens vorhin in der Klinik angerufen«, erklärte Dana. »Sie meinten nur, es gehe meiner Mutter den Umständen entsprechend.«

»Das sagen sie ja immer.«

Ich sah zu, wie Dana den Eierlikör schlürfte.

»Deine Eltern leben getrennt?«, fragte ich.

Dana nickte. »Ja, schon länger.«

»Das hast du nie erzählt. Ich dachte immer, es war alles so super bei dir.«

Dana rutschte auf ihrem Stuhl hin und her und wurde auf einmal ganz bleich. »Na ja, es war nicht nur super.«

»Wie jetzt?«

Dana leckte sich die Finger ab, weil einige Tropfen des Likörs daran hängen geblieben waren. »Genau genommen war es schrecklich«, gestand sie. »Meine Mutter, sie musste jeden Penny umdrehen.«

»Aber euch ging es doch gut. Deine Eltern haben als Zahnärzte erstklassig verdient. Und ihr hattet sogar eine Haushälterin.«

Dana verdeckte ihr Gesicht mit beiden Händen. »Alles Blödsinn«, stieß sie hervor. »Meinem Vater ging es gut, dem ja. Aber meiner Mutter nicht. Sie ist gar keine Ärztin, sie war nur Sprechstundenhilfe bei meinem Vater. Sie hatte noch nicht mal ihre Lehre abgeschlossen, als sie ihn geheiratet hat.«

»Ach so«, sagte ich, obwohl dieses Geständnis immer noch nicht alle Fragen beantwortete.

»Mein Vater hat sich nach ein paar Jahren scheiden lassen und eine andere Frau geheiratet. Mit der hat er ebenfalls zwei Kinder bekommen und für seine alte Familie ist nicht mehr viel übrig geblieben. Natürlich hätte er für meinen Bruder und mich zahlen müssen. Aber meine Mutter hatte schon bald nicht mehr die Kraft, zum Sozialamt zu rennen, damit die das Geld von unserem Erzeuger einforderten. Und sie selbst stand natürlich völlig im Regen. Letztlich hat sie uns mit Gelegenheitsjobs durchgebracht.«

»Das ist ja entsetzlich«, sagte ich.

Dana sackte immer mehr in sich zusammen. »Du kannst dir nicht vorstellen, wie ich es gehasst habe, auf all das zu verzichten, was für andere Kinder selbstverständlich war. Bei uns gab es keine Geburtstagsfeiern, weil kein Geld da war. Wir fuhren niemals in die Ferien, trugen nur Secondhand-Klamotten und mussten Beihilfe für die Klassenfahrt beantragen. *Seid ihr denn arm?*, hat mich mal eine Mitschülerin gefragt und mich dabei herablassend angesehen. Ich habe mich manchmal so geschämt.«

»Und deinem Vater hat es nichts ausgemacht, dass es euch so schlecht ging?«

»Ach, der brauchte doch das Geld für seine neue Familie. Wir waren ihm gleichgültig.«

»Aber du hast doch studiert. Wer hat das bezahlt?«

Dana schlug mit der flachen Hand auf den Tisch. »Na, wer wohl? Ich habe die ganze Zeit nebenher gejobbt und auch in den Semesterferien gab es für mich keinen freien Tag. Ich wollte unbedingt eine gute Ausbildung haben, damit es mir am Ende nicht so ging wie meiner Mutter.«

»Du hast es ja auch geschafft«, sagte ich.

»Aber die Angst ist geblieben«, bekannte Dana. »Die Angst davor, eines Tages mittellos dazustehen.«

»Dafür gibt es doch keinen Grund«, bemerkte ich.

»Während des Studiums hatte ich Clemens kennengelernt«, erzählte Dana weiter. »Nach seinem zweiten Staatsexamen stieg er gleich als Partner in einer Kanzlei ein und verdiente gut.«

Ich spürte, wie mein Mund trocken wurde, und holte eine Flasche Mineralwasser aus dem Kühlschrank.

»Für mich bitte auch«, sagte Dana und hielt ihr Glas hin. »Ich glaube, ich habe Clemens nie geliebt«, fuhr sie fort. »Es war einfach die Sicherheit, die er mir geben konnte. Nur deshalb habe ich ihn geheiratet.«

»Hat er dich wirklich geschlagen?«, fragte ich.

Dana lachte laut auf. »Quatsch, jedenfalls nicht körperlich. Mit Worten hat er mich allerdings schon geschlagen. Oder besser gesagt, er hat mich gedemütigt. In dieser Ehe wollte ich nicht mehr bleiben.«

»Was ist jetzt eigentlich mit ihm?«, fragte ich.

»Die Trennung ist bald besiegelt«, meinte Dana. »Ich habe mit Clemens gesprochen. Wir haben uns auf eine einvernehmliche Scheidung geeinigt.«

»Na ja, es ist gut, klare Verhältnisse zu schaffen.«

»Ich bin froh, wenn alles vorbei ist. Dann kann ich neu anfangen«, bekannte Dana.

»Sag mal«, begann ich zaghaft, »Robert Holle, war er wirklich nur eine Affäre für dich?«

Dana zuckte zusammen. »Ehrlich gestanden, ich mochte ihn, ich mochte ihn sogar sehr. Aber er hat sich für seine Frau entschieden, wie du weißt.«

Ich nickte. Dann sah ich auf die Uhr. »Wenn du morgen früh fahren willst, solltest du dich jetzt hinlegen, damit du noch ein paar Stunden Schlaf bekommst.«

Wir horchten auf, denn jemand fummelte mit einem Schlüssel an der Wohnungstür herum. Es war Hendrik, der kurz darauf bei uns in der Küche stand.

»Hm«, meinte er, als er uns erblickte, »ihr seht aus, als ob ihr etwas geklärt hättet.«

»Ja, mein Lieber«, erwiderte ich, »dein Gefühl trügt dich nicht, wir haben so einiges geklärt.«

-34-

»Es war nur ein Schwächeanfall«, teilte mir Dana am Telefon mit. »Sie hatte zu wenig getrunken, der Kreislauf hat schlappgemacht.«

»Und wie geht es weiter?«, fragte ich. »Bleibst du noch in Würzburg bei deiner Mutter?«

»Sie wird Montag schon wieder entlassen. Ich bleibe bis Dienstag bei ihr. Danach kümmert sich Florian um sie.«

»Musst du nicht morgen im Studio sein?«

»In der Redaktion wissen sie Bescheid. Sie haben sich darauf eingestellt, dass ich nicht komme.«

»Na dann, weiterhin gute Besserung für deine Mutter«, sagte ich. »Und melde dich wieder.«

»Geht in Ordnung«, meinte Dana und beendete das Gespräch.

Nawin hatte heute noch nichts von sich hören lassen, und mir war auch nicht danach, ihm zu schreiben. Sicher hatte er viel zu tun. Und möglicherweise nervte es ihn sogar, wenn seine Hamburger Freundin ihm ständig Nachrichten schickte.

Meine Mutter hatte mich zum Essen eingeladen, und ich fand, dass dies ein passender Tag wäre, mal wieder meine Eltern zu besuchen. Pünktlich um halb eins fand ich mich bei ihnen ein. Mein Vater saß im Sessel und las Zeitung und meine

Mutter wuselte in der Küche herum. Es wirkte wie ein klassisches Familienbild einer längst vergangenen Epoche.

»Gibst du uns mal wieder die Ehre?«, sagte mein Vater, als er mich erblickte.

»Wie du siehst«, antwortete ich und umarmte ihn. »Was machen deine Baupläne?«

»Alles korrekt«, erwiderte er. »Was auch sonst.«

Meine Mutter hatte Tafelspitz mit Meerrettichsoße gekocht. Ein Gericht, für das ich geschwärmt hatte, als ich in den Wiener verliebt gewesen war. Heute ließ die Erinnerung daran meinen Appetit allerdings eher schwinden.

Ich schnitt ein Stück vom Tafelspitz ab, kaute lustlos darauf herum und hatte das Gefühl, dass es völlig anders schmeckte als damals.

»Das mochtest du früher so gern«, sagte meine Mutter, als ich zögerte, mir ein zweites Stück abzuschneiden.

»Das ist schon Jahre her«, bemerkte ich, »und außerdem ist mir komisch.«

»Wie komisch?«, fragte meine Mutter.

Ich schaffte es tatsächlich nicht, mehr als die Hälfte der aufgefüllten Portion zu essen. Danach stieß ich den Teller zur Seite.

»Ach, Kind, du bist kein gutes Essen mehr gewohnt, seitdem du allein lebst.«

»Ich lebe nicht allein«, widersprach ich.

»Eure Wohngemeinschaft kann ja kein Ersatz für eine Familie sein«, erklärte meine Mutter.

»Nun lass sie doch in Ruhe«, versuchte mein Vater mich in Schutz zu nehmen. »Sie ist erwachsen und kann machen, was sie will.«

»Danke, Vati«, sagte ich. »Mama kann sich nur nicht daran gewöhnen.«

Nach zwei Stunden verabschiedete ich mich von meinen Eltern mit dem Hinweis, dass ich noch Entwicklungsberichte schreiben müsse.

»Es wird ganz schön viel von euch verlangt«, regte sich meine Mutter auf. »Ihr solltet wirklich mehr Gehalt bekommen oder wenigstens mehr Urlaub.«

»Oder beides, das wäre ideal«, sagte ich.

Und auf dem Weg zu meiner Wohnung war mir schon wieder irgendwie ganz komisch.

* * *

»Warum hat mein Vater hier angerufen?«, empörte sich Dana, als sie zurückkam und wir im Flur aufeinandertrafen. »Er hat sich doch sonst nicht für unsere Familie interessiert.«

»Pflichtgefühl vielleicht«, antwortete ich.

»Das wäre das erste Mal.« Dana überlegte. »Zu meinem Bruder hatte er in den letzten Jahren wieder Kontakt. Der hat ihn auch informiert. Möglicherweise wollte er ihn unterstützen.«

»Wie geht es deiner Mutter jetzt?«, fragte ich.

»Alles in Ordnung, sie muss nur darauf achten, dass sie ihre Tabletten nimmt und genügend trinkt.«

Ich dachte an meine Oma. »Ja, bei älteren Menschen lässt das Durstempfinden nach.«

»Und das ist sehr gefährlich«, sagte Dana.

Hendrik kam mit seiner dunkelhaarigen Freundin aus dem Zimmer. Beide grüßten kurz.

»Ich glaube, das zweite Kapitel hat begonnen«, sagte ich zu Dana, nachdem die beiden die Wohnung verlassen hatten.

»Bist du sicher, dass es nicht schon das dritte ist?«, antwortete sie und kicherte.

»Wer weiß das schon.«

»Sie sieht dieser Tiziana aber verdammt ähnlich«, stellte Dana fest.

»Ja, wir suchen alle nach dem, was uns vertraut ist.«

»Oder es ist einfach sein Beuteschema«, meinte Dana lakonisch.

* * *

Als ich am nächsten Tag aufwachte, war mir speiübel. Ich wankte ins Bad, übergab mich und kroch danach auf allen vieren ins Wohnzimmer zu meinem Sofa. Dana hatte anscheinend alles mitbekommen. Plötzlich stand sie vor mir und fragte, ob mich ein Magen-Darm-Virus erwischt hätte.

»Kann schon sein. In der Kita fliegen die Viren nur so durch die Gegend«, stöhnte ich.

»Ich mache dir einen Kamillentee«, teilte sie mir mit und verschwand in der Küche.

Allmählich ließ die Übelkeit nach. Der Tee, den Dana mir brachte, tat mir gut.

»Ich muss unbedingt zur Arbeit«, sagte ich. »Katja hat heute einen freien Tag.«

»Gar nichts musst du«, meinte Dana. »Wenn du krank bist, bist du krank.«

Ich richtete mich auf. »Es geht mir schon besser. Ich muss nur anrufen, dass ich etwas später komme, denn bis acht Uhr schaffe ich es nicht mehr.«

»Wohl kaum«, meinte Dana und sah auf ihre Uhr. »Es ist schon zehn vor.«

Ich rief Herrn Holle an und erzählte ihm von meiner Übelkeitsattacke, die sich jetzt bereits wieder gelegt habe.

Er gab sich verständnisvoll, ließ aber durchblicken, dass er sich über mein Erscheinen dennoch freuen würde.

»Es hilft nichts«, sagte ich, »ich muss mich fertig machen.«

»Wie du meinst«, meinte Dana. »Wenn dir die Arbeit wichtiger ist als deine Gesundheit, kann ich dich nicht halten.«

Ich ging wieder ins Bad, stellte mich unter die Dusche und atmete auf. Ich fühlte mich bereits wohler. Den Arbeitstag würde ich schon irgendwie durchstehen.

»Ein Virus kann das nicht sein«, meinte Herr Holle, als ich in der Kita eintraf. »Sonst hätten Sie es nicht geschafft hierherzukommen. Wenn mich einer erwischt hat, denke ich immer, ich müsste sterben.«

»Ja, das ist ziemlich schrecklich«, sagte ich.

»Haben Sie was Falsches gegessen?«, fragte Herr Holle.

»Nicht, dass ich wüsste«, erwiderte ich.

»Na, hoffentlich sind Sie nicht schwanger«, meinte Herr Holle und lachte.

»War ja nur ein kurzer Aussetzer«, erwiderte ich und ging in den zweiten Stock, weil dort meine Gruppe vorübergehend von einer anderen Kollegin betreut wurde.

»So, wir können jetzt in unseren Raum gehen«, verkündete ich, als ich dort eintraf.

Die Kollegin war heilfroh, mich zu sehen. »Gut, dass du kommst«, sagte sie, »meine Nerven liegen völlig blank.«

»Ich erlöse dich ja nun«, erklärte ich und scharte die Kinder um mich, die zu meiner Gruppe gehörten.

»Was machen wir heute?«, rief Louisa und zog an meinem Pullover.

»Ich will mein Auto weiterbauen«, verkündete Emily und nahm meine Hand.

Wir gingen in unseren Gruppenraum, und ich beschloss, erst einmal eine Frühstückspause einzulegen. Es war ja bereits zehn Uhr und die Kleinen hatten Hunger. Für diejenigen, die kein Frühstück dabei hatten – was immer mal wieder vorkam –, hielt ich in meinem Schreibtisch Zwiebäcke bereit, die heute mehrfach angefordert wurden. Dann gab es noch eine Kiste mit Äpfeln, die regelmäßig von Bauern aus den Randgebieten Hamburgs gespendet wurden. Von diesen Äpfeln konnte sich jedes Kind täglich mehrere nehmen. Allerdings waren sie weitaus weniger begehrt als die knusprigen Zwiebackscheiben.

Der Tag verlief ohne Zwischenfälle. Die morgendliche Übelkeit hätte ich fast vergessen, wenn da nicht ... ja, wenn da nicht der Satz von Herrn Holle gewesen wäre. Was hatte er so leicht scherzend dahingesagt? *Hoffentlich sind Sie nicht schwanger.*

Dieser Satz geisterte in meinem Kopf herum. Ich wurde den Gedanken daran nicht mehr los. Was wäre, wenn ich wirklich schwanger war? Aber das konnte gar nicht sein. Wir hatten doch immer ... also das eine Mal, als wir kein Kondom mehr gehabt hatten ... Nein, das konnte nicht sein. Wenn ich mich nur erinnern könnte, wo im Zyklus ich mich da befunden hatte.

Es brachte nichts, mir darüber den Kopf zu zerbrechen. Ich musste Gewissheit haben. Nach Feierabend würde ich einen Schwangerschaftstest kaufen, beschloss ich. Und was dann? Die Vorstellung, wie ich allein im Bad stand und auf den Test starrte, ließ mich erschaudern. Nein, ich musste damit warten, bis Dana zu Hause war. Ich brauchte jemanden, der bei mir war, während ich auf das Ergebnis wartete.

Ich seufzte. Und die Kinder merkten, dass mit mir etwas nicht stimmte.

»Was hast du?«, fragte Selin.

Und Alina nahm meinen Arm und sah mich besorgt an.

»Es ist alles in Ordnung«, sagte ich. »Ich denke nur über etwas nach.«

»Über uns?«, fragte Alina.

»Natürlich denke ich auch manchmal über euch nach.«

Die zwei entfernten sich und waren gleich darauf wieder in ihr Hüpfspiel vertieft.

Am späten Nachmittag hielt ich vor einer Apotheke, die auf meinem Weg lag. Sollte ich da wirklich hineingehen und nach einem Schwangerschaftstest fragen? Vielleicht war alles nur Einbildung. Durch die Frage meines Chefs hatte ich mich in etwas hineingesteigert. Übel war mir auch nicht mehr. Das heute Morgen war nur Zufall, versuchte ich mich zu beruhigen. Schwanger! Was für einen Unsinn hatte ich mir da eingeredet. Ich startete meinen Wagen und fuhr weiter.

-35-

Am nächsten Morgen ging es mir gut. Auch tagsüber fühlte ich mich wohl. Nur einmal, als ich die Treppe zu meinem Gruppenraum hochrannte, wurde mir kurz schwindlig. Aber das konnte ja mal vorkommen, beruhigte ich mich.

Nach Feierabend fuhr ich zu dem Supermarkt, in dem Kilian arbeitete. Ich kaufte ein paar Putenwürstchen für Cooper und erzählte Kilian, dass es mit den Filetscheiben bestimmt geklappt hätte, wenn ich während der Zubereitung in der Küche geblieben wäre und die Temperatur richtig eingestellt hätte.

»Ja, man macht so seine Erfahrungen«, sagte er und fing sofort wieder an, von Thailand zu schwärmen. Dann erfuhr ich, dass er demnächst heiraten werde, denn seine Freundin erwarte Zwillinge. Er machte einen sehr glücklichen Eindruck und einen Moment lang beneidete ich ihn. Seine Freundin lebte in der Nähe und war nicht wegen ihres Jobs in ein anderes Land gegangen.

Plötzlich war der Gedanke vom Vortag wieder da. Bis eben hatte ich die Möglichkeit, schwanger zu sein, erfolgreich verdrängt. Doch jetzt spürte ich, dass ich unruhig wurde. Schnell kaufte ich noch ein paar Kleinigkeiten ein und fuhr anschließend nach Hause.

Auf der Straße vor meinem Haus begegnete ich Micki, die mit Cooper unterwegs war.

»Und?«, fragte ich. »Alles klar bei euch?«

Micki lächelte und wusste sofort, was ich meinte.

»Hm, wir haben jetzt eine Abmachung. Einmal in der Woche unternehmen wir etwas. Wo es hingehen soll, entscheiden wir abwechselnd.«

»Klingt gut«, erwiderte ich.

Micki druckste herum. »Ja, ist es schon – einerseits.«

»Gibt es auch ein andererseits?«

»Das Dumme ist nur, dass sich Brian immer Sportveranstaltungen aussucht – und dann meistens auch noch Fußball.«

»Und darauf stehst du nicht so?«

»Genau.«

»Na ja«, sagte ich, »auf alle Fälle besser, als immer vor dem Fernseher zu sitzen.«

»Jetzt sitze ich aber manchmal allein davor.«

»Ach, so läuft das.« Ich zuckte mit den Schultern. »Nichts im Leben ist perfekt, nicht einmal der vereinbarte Kompromiss.«

Micki zog mit Cooper weiter und ich ging hinauf zu meiner Wohnung. Wie zu erwarten, war Dana noch nicht da.

Ich räumte die Küche auf und machte mich anschließend daran, die fertiggestellten Entwicklungsberichte über die Kinder aus meiner Gruppe noch einmal durchzulesen. Doch ich konnte mich nicht konzentrieren.

Nach etwa einer Stunde kam Dana. Ich schoss sofort auf sie zu.

»Was ist?«, fragte sie.

»Du kennst mich inzwischen ziemlich gut«, erwiderte ich.

»Na, ließ sich nicht vermeiden«, scherzte Dana.

»Wir gehen am besten in mein Zimmer«, schlug ich vor. »Hendrik muss nicht unbedingt etwas mitkriegen, falls er kommen sollte.«

»Hört sich geheimnisvoll an«, meinte Dana.

»Mir ging es doch gestern Morgen so schlecht«, begann ich, nachdem ich die Tür hinter uns geschlossen hatte.

»Das kann man sagen«, meinte Dana. »Geht es jetzt besser?«

»Ja, tut es«, antwortete ich. »Aber Robert Holle hat gestern eine Bemerkung gemacht.«

»Ach, der gute Robert, was hat er angestellt?«

»Also, er hat es wohl nicht ernst gemeint. Aber … es hat mich irritiert. Glaubst du … meinst du, ich könnte schwanger sein?«

»Woher soll ich das wissen. Habt ihr euch denn nicht geschützt?«

»Doch, schon«, antwortete ich kleinlaut.

»Sehr sicher klingst du nicht«, meinte Dana.

»Na ja«, bekannte ich, »nur einmal nicht.«

»War dir denn schon öfter übel?«, fragte Dana.

»Eigentlich nicht«, antwortete ich. »Nur ein bisschen schwindlig.«

»Und deine Periode, was ist mit der?«

»Nun, ich bin ein bisschen drüber. Aber das war schon öfter so.«

»Da gibt es nur eins«, sagte Dana, »du musst einen Test machen.«

»Ich stand bereits vor der Apotheke.«

»Und du bist nicht reingegangen?«

»Ich fürchtete mich vor der Wahrheit.«

»Komm«, sagte Dana, »das schieben wir jetzt nicht länger auf. Wir fahren sofort zu einer Apotheke, die Nachtdienst hat, und besorgen uns einen Test.«

Ich stöhnte. »Muss das sein?«

»Willst du dich weiterhin mit Ungewissheit herumplagen?«

»Weiß nicht, nee.«

Dana packte meinen Arm und zog mich vom Sofa hoch. »Dann los jetzt.«

Ich riss meine Jacke vom Haken und schlüpfte hinein. »Ich hatte mich auf einen gemütlichen Abend gefreut«, protestierte ich.

»Jaja«, meinte Dana. »Den hättest du ohnehin nicht gehabt. Du musst jetzt wissen, was Sache ist.« Sie öffnete die Wohnungstür. »Komm, wir fahren mit meinem Wagen«, verkündete sie und schubste mich ins Treppenhaus.

»Kannst du nicht etwas einfühlsamer sein«, beschwerte ich mich.

»Bin ich doch«, sagte sie.

Dana hatte sich per Handy informiert und eine Apotheke in Eimsbüttel ausfindig gemacht, die bis zwölf Uhr nachts geöffnet hatte. Direkt gegenüber fanden wir einen Parkplatz.

»Du bleibst hier«, sagte Dana. »Ich hole den Test.«

»Ja gut«, stimmte ich zu. »Das ist mir auch lieber.«

Keine drei Minuten später kam Dana zurück.

»So, meine Liebe, nun geht es nach Hause und dann schauen wir mal.«

In meinem Magen grummelte es. O mein Gott, was stand mir bevor?

»Was wäre so schlimm daran, wenn du schwanger wärst?«, fragte mich Dana auf dem Rückweg. »Nawin und du, ihr liebt euch doch.«

»Ich bitte dich, der Zeitpunkt ist nicht gerade günstig.«

»Das ist er nie«, meinte Dana.

»Du redest, als hättest du bereits drei Kinder«, hielt ich ihr vor.

»Wo ist das Problem?«

»He, Nawin ist in der Schweiz und wird dort vorerst auch bleiben. Soll ich ihn zwecks Familienplanung zurückholen? Irgendwann würde er mir vorwerfen, dass er deshalb nicht Karriere machen konnte.«

»Wenn er das macht, dann ist er ein … na du weißt schon«, erklärte Dana.

Zu Hause verschwand ich im Badezimmer und packte mit zitternden Händen den Test aus. Danach blieb ich einige Minuten bewegungslos auf dem Rand der Badewanne sitzen.

»Nun mach schon«, trieb mich Dana an, die vor der Tür wartete.

Dann raffte ich mich auf und las die Anweisungen durch, die auf der Verpackung standen. Leicht benebelt versuchte ich, mich nach ihnen zu richten. Danach vermied ich es, das Objekt in meiner Hand näher zu betrachten.

»Es geht los!«, rief ich Dana zu, die umgehend hereinkam. Minutenlang starrten wir gemeinsam auf den Test.

»Es dauert ein bisschen«, meinte Dana.

»Du bist richtig schlau«, sagte ich. »Das weiß ich auch.«

»Vielleicht war es doch nur ein Virus«, verkündete Dana plötzlich.

»Ach, damit kommst du jetzt«, fuhr ich sie an.

Wir starrten weiterhin auf das Ergebnisfeld des Tests.

»Nichts zu sehen«, erklärte ich. »Vielleicht habe ich noch mal Glück gehabt.«

»Nun halt mal die Klappe!«

»Du machst mich völlig fertig«, jammerte ich.

Unsere Blicke richteten sich immer noch auf das eine Feld, das Gewissheit bringen sollte.

»Warte!«, meinte Dana plötzlich.

»O mein Gott, ein Balken!«, rief ich.

»Das macht nichts«, sagte Dana.

Kaum hatte sie diesen Satz ausgesprochen, als ein zweiter Balken auf dem Testfeld erschien.

»Du bist schwanger«, verkündete Dana. »Tut mir leid.«

»Wie? Ist das sicher? Der zweite Balken sieht blass aus. Kann sich so ein Ding auch irren?«

»Sicherer ist es am Morgen.«

Ich setzte mich wieder auf den Badewannenrand. »Mein Gott, was mache ich jetzt?«

»Du musst das Ganze wiederholen oder es mit einem digitalen Test probieren«, belehrte mich Dana.

»Hier Test, da Test, super Infos«, stöhnte ich. »Aber das Beste ist, ich gehe gleich zum Arzt.«

»Das ist natürlich das Allersicherste«, sagte Dana.

Und ich merkte, wie mir wieder übel wurde.

-36-

»Du musst es Nawin sagen«, forderte mich Katja auf.

»Lass mich in Ruhe, das geht nicht«, erwiderte ich gereizt. »Dann fühlt er sich am Ende verpflichtet zurückzukommen. Und das will ich nicht.«

Inzwischen war ich bei einer Frauenärztin gewesen, die meine Schwangerschaft bestätigt hatte. Und ich hatte es nicht geschafft, diese Nachricht für mich zu behalten und meiner Kollegin davon erzählt.

»Aber er ist doch der Vater, er hat ein Recht darauf, es zu erfahren«, argumentierte Katja weiter.

»Das wird er früh genug«, sagte ich.

»Ja, wann denn? Wenn das Kind geboren ist?«

»Jedenfalls jetzt noch nicht. Nawin ist in der Probezeit, da hat er genügend Stress.«

»Ach, und du meinst, dann interessiert es ihn nicht, dass seine Freundin ein Kind erwartet.«

»Doch, es würde ihn sogar sehr interessieren.«

»Mach doch, was du willst«, sagte Katja, die anscheinend beschlossen hatte, ihre Überzeugungsarbeit für heute aufzugeben.

Das Thema verfolgte mich weiterhin. Am Abend übernahm Dana Katjas Rolle. Auch sie war der Meinung, dass ich

Nawin informieren müsse. Warum redeten alle auf mich ein? Es war doch einzig und allein meine Angelegenheit.

»Ich könnte doch ein paar Wochen warten«, sagte ich. »In den ersten drei Monaten einer Schwangerschaft kann so viel passieren.«

»Das stimmt«, gab Dana schließlich zu.

Ganz anders reagierte Leonie, als ich ihr von meiner Schwangerschaft am Telefon erzählte. »Willst du das Kind denn bekommen?«, fragte sie.

»Natürlich«, sagte ich sofort, weil ich nicht einen Augenblick an einen Schwangerschaftsabbruch gedacht hatte.

»Es ist doch Nawins und mein Kind.«

»Na, ich dachte nur …«, meinte Leonie daraufhin, »weil die Situation so schwierig ist.«

War sie das wirklich?, überlegte ich nach dem Telefonat. Nawin hatte mich doch gefragt, ob ich zu ihm in die Schweiz kommen möchte. Und ich hatte es weit von mir gewiesen. Vielleicht sollte ich seinen Vorschlag noch einmal überdenken.

* * *

Hendrik hatte sich bereit erklärt, mal wieder für uns zu kochen. »Es gibt diesmal Maultaschen mit Tomatensoße. Das ist zwar nicht originalgetreu, schmeckt aber hervorragend«, verkündete er.

»Deine Spaghetti neulich waren aber auch nicht schlecht«, erwiderte ich.

Aber Dana meinte, dass sie sich jetzt schon an den beinahe regelmäßigen Verzehr der Maultaschen gewöhnt habe und auf keinen Fall darauf verzichten wolle.

Und so saßen wir an einem Donnerstagabend wieder einmal gemütlich beisammen.

»Keinen Wein für mich«, bat ich Hendrik, als er eine Flasche Riesling öffnete.

»Sie ist nämlich schwanger«, polterte Dana mit der Neuigkeit heraus.

Hendrik zog den Korken aus der Flasche, sah mich verwundert an und fragte: »Ehrlich jetzt?«

»Ja«, gab ich zu. »So ist es.«

»Umso mehr Wein gibt es für mich«, scherzte Hendrik und füllte sein Glas bis zum Rand.

»Aber Moment«, meinte er dann. »Gibt es dann in unserer WG demnächst ein Baby?«

»Gut kombiniert«, erwiderte Dana.

»Wie soll das hier gehen? Mit einem Kind.«

»Das weiß ich auch noch nicht«, sagte ich.

Hendrik schüttelte den dunklen Lockenkopf. »Heißt das, dass ich eventuell ausziehen muss?«

»Davon ist nicht die Rede«, schaltete sich Dana ein. »Sicher ist nur, dass sich einiges verändern wird.

Hendrik nahm einen Schluck Riesling. Auf seiner Stirn erschienen markante Grübelfalten. »Also, wenn ich es mir recht überlege«, sagte er dann, »habe ich schon öfter mit dem Gedanken gespielt, nach Bad Bramstedt zu ziehen. Dann hätte ich es nicht so weit zur Arbeit.«

»Nur wegen der Arbeit?«, fragte ich.

»Nun, Miriam wohnt auch dort.«

»Ach, Miriam heißt sie. So richtig vorgestellt hast du sie uns ja noch nicht.«

»Asche auf mein Haupt«, sagte Hendrik. »Beim nächsten Essen wird sie dabei sein. Versprochen!«

»Und Stephan vielleicht auch«, überraschte uns Dana.

»Wow«, meinte Hendrik, »dann hätten wir ja zwei neue Leute am Tisch.«

»Ich habe ihn erst vor drei Wochen kennengelernt«, gestand Dana.

»Wo? Beim Billardspielen?«, fragte ich.

»Nein, nein«, sagte Dana und grinste. »Das errätst du nie.«

»Jemand mit einem dicken Bankkonto?«, hakte ich nach.

Dana sah mich verächtlich an. »Das ist mir nicht mehr so wichtig«, sagte sie. »In letzter Zeit ist mir vieles klar geworden.«

Hendrik schaufelte eine Maultasche nach der anderen in sich hinein. »Billard? Dickes Bankkonto? Ich verstehe jetzt gar nichts mehr«, bekannte er.

»Das kannst du auch nicht«, erklärte ich.

»Und du musst nicht alles ausplaudern«, warf mir Dana vor.

»Musst gerade du sagen«, erwiderte ich.

»He, hört auf, ihr beiden«, rief uns Hendrik zur Ordnung. »Streitet euch bitte ein anderes Mal.«

Dana goss sich jetzt auch etwas von dem Riesling ein, der noch immer auf dem Tisch stand.

»Und was ist nun mit Stephan?«, fragte ich.

Dana legte die Gabel neben ihrem Teller ab. »Ich war neulich beim Augenarzt«, begann sie.

»Ah, ein Arzt«, juchzte ich.

»Nun wart mal ab«, forderte mich Dana auf. »Also, der hat festgestellt, dass es mit meinen Augen bergab geht. Ich brauche eine Sehhilfe. Erst wollte ich mir Kontaktlinsen machen lassen, habe mich aber dann doch für eine Brille entschieden, eine modische natürlich«

»Und wo ist die?«, fragte ich dazwischen.

»Die ist noch nicht fertig. Musst du mich ständig unterbrechen?«

»Sorry.«

»Ich habe mich beraten lassen und die passende Brille gefunden. Ich war richtig begeistert. Und dann war da noch dieser überaus freundliche und nicht unattraktive Optiker.«

»Ich werde verrückt«, entfuhr es mir, »ein Optiker!«

»Gemach, gemach«, meinte Dana.

Das hielt mich aber nicht davon ab, weiterhin euphorisch zu sein. »O Mann, ein Optiker. Das ist doch mal eine Meldung.«

»So, findest du?«

»Und ich dachte, du spielst wieder Billard.«

»Hat nachgelassen«, erklärte Dana.

Hendrik bekam einen Anruf und verschwand in seinem Zimmer.

»Übrigens, ich habe genügend auf dem Konto«, sagte Dana.

»Hä? Wovon redest du?«

»Hast du es nicht gemerkt?«, meinte Dana. »Ich arbeite an meiner Armutsphobie.«

»Was für ein Wort«, erwiderte ich. »Aber was soll das mit dem Konto?«

»Ich habe alles geprüft«, meinte Dana. »Wenn ich die Zahlen auf meinem Konto sehe, brauche ich keine Angst davor zu haben, dass ich mir nichts mehr leisten kann. Und doch ist sie nach wie vor vorhanden – die Angst. Aber immerhin – sie ist kleiner geworden.«

»Dann ist jetzt auch Schluss mit dem Billardspielen.«

»Nur noch als Freizeitspaß«, verkündete Dana.

»Und dieser Stephan? Hat der Geld?«

»Der ist Optiker, nicht mehr und nicht weniger.«

»Und du magst ihn?«

»Ja, ich gebe zu, ich bin gern mit ihm zusammen«, räumte Dana ein.

Hendrik kam in die Küche zurück. »Entschuldigung«, sagte er, »das war Miriam. Wir mussten etwas Berufliches besprechen.«

»Was auch sonst«, meinte Dana und grinste dabei.

Mir lag noch etwas auf der Seele. »Ich möchte euch bitten«, begann ich, »meiner Mutter noch nichts davon zu sagen, dass ich schwanger bin.«

»Wie käme ich dazu«, erwiderte Dana.

»Ich kenne sie nicht mal richtig. Wir haben uns immer nur im Vorbeigehen gesehen«, meinte Hendrik. »Da werde ich doch so was nicht ansprechen.«

»Ich sage es ja nur sicherheitshalber«, betonte ich. »Ich habe nämlich keine Ahnung, wie ich es ihr beibringen soll.«

»Bist du immer noch das kleine Mädchen, dass Mami und Papi zeigen will, wie brav es ist?«, forderte mich Dana heraus.

»Hör auf, das ist gemein«, wehrte ich mich.

»Steh doch einfach dazu, dass du ein Kind bekommst. Sei stolz darauf! Du musst dich nicht vor deiner Mutter rechtfertigen.«

»Das werde ich«, sagte ich. »Trotzdem möchte ich nicht, dass Nawin oder meine Eltern jetzt schon etwas davon erfahren. Den Zeitpunkt will ich selbst bestimmen.« Ich sah Dana fest an. »Du siehst, ich bin nicht immer brav, nur um meinen Eltern zu gefallen.«

»Das ist wirklich ein sehr gemütlicher Abend«, bemerkte Hendrik und goss sich die restliche Tomatensoße über die drei Maultaschen, die noch auf seinem Teller lagen.

* * *

Zwei Tage später nahm ich allen Mut zusammen und ging zu meinen Eltern. Vorher hatte ich angekündigt, dass ich etwas mit ihnen besprechen wolle. Meine Mutter versuchte, mir bereits am Telefon ein paar Andeutungen über das Thema zu entlocken, doch ich blieb standhaft.

»Was ist denn los?«, empfing mich mein Vater, als er mir die Tür öffnete. »Es kommt ja nicht mehr so oft vor, dass du vorbeikommst, um mit uns etwas zu besprechen.«

»Wir sind schon sehr gespannt!«, rief meine Mutter aus dem Wohnzimmer.

»Willst du vielleicht heiraten?«, fragte mein Vater scherzend.

»Na ja, das trifft es nicht ganz«, sagte ich betont gelassen und zog meine Jacke aus.

»Etwa verloben? Macht man das heute noch?«

Ich schüttelte den Kopf.

Mein Vater sah mich an. »O mein Gott!«, rief er auf einmal. »Ist es das, was ich denke?«

»Genau«, sagte ich, ging ins Wohnzimmer und setzte mich in einen Sessel. »Ich bin schwanger.«

Einen Augenblick lang herrschte Stille.

Meine Mutter, die mir gegenübersaß, starrte mich entsetzt an. »Etwa von diesem Nawin?«, fragte sie aufgebracht.

»Natürlich von Nawin. Was dachtest du denn?«

Jetzt setzte sich auch mein Vater. »Dann werde ich ja Opa«, stellte er fest und lächelte.

So locker reagierte meine Mutter nicht. Sie war völlig fassungslos und tat so, als ob ich fünfzehn Jahre alt wäre und ein Kind von einer Zufallsbekanntschaft erwarten würde.

»Wie soll das nur werden? Du bist ja dann alleinerziehend. Da hätte ich mir für dich etwas anderes gewünscht«, regte sie sich auf.

»Aber das Kind hat doch einen Vater«, erwiderte ich.

»Der ist weit weg. Der plant seine Zukunft jetzt ohne dich. Was sagt er überhaupt dazu?«

Auf diese Frage ging ich nicht ein.

»Du könntest dich doch auch freuen. Schließlich bekommst du ein Enkelkind«, sagte ich stattdessen. »Vati hat ganz anders reagiert. Er hat sich gleich als Opa gesehen und bei dem Gedanken daran sogar gelächelt.«

Mein Vater nickte. »Ich wollte ohnehin nicht mehr so lange auf einen Enkel warten«, bestätigte er.

Daraufhin ruderte meine Mutter zurück. »Natürlich, Kind, ich freue mich doch auch. Versteh das nicht falsch. Man macht sich ja immer Sorgen um seine Kinder.«

»Sie wird das schaffen«, sagte mein Vater. »Außerdem sind wir ja auch noch da.«

»Und was ist mit deiner Arbeit? Hast du es deinem Chef schon gesagt? Er muss doch Bescheid wissen«, fuhr meine Mutter fort.

»Das hat Zeit.«

»Siehst du, deshalb mache ich mir auch Sorgen, weil du ständig alles schleifen lässt.«

»Von ständig kann keine Rede sein«, verteidigte ich mich.

»Was sagt denn nun Nawin dazu?«

»Das muss ich erst noch mit ihm besprechen.«

»Ach so, der weiß von nichts. Das wird ja immer besser.«

»Nun lass die beiden doch«, mischte sich mein Vater ein. »Sie sind alt genug und werden schon wissen, was sie tun.«

»Am besten wäre es ja in diesem Fall, wenn ihr tatsächlich heiraten würdet.«

»Ach, Mama«, winkte ich ab. »Nicht immer dieses Thema.«

Zum Schluss des Gesprächs hatte sich meine Mutter etwas beruhigt.

»Du weißt, dass wir für dich da sind«, sagte sie und nahm mich in den Arm.

»Ja, das weiß ich«, erwiderte ich, »und darüber bin ich auch froh.«

Dann stand ich auf. »Ihr müsst die Nachricht bestimmt erst verdauen. Ich gehe dann mal wieder.«

Erstaunlicherweise hielt meine Mutter mich nicht zurück. »Ja«, sagte sie, »aber pass gut auf dich auf.«

Mein Vater nahm mich zum Abschied ebenfalls in den Arm. »Mein kleines Mädchen«, sagte er. »Du bist so schnell groß geworden. Viel zu schnell für mich. Und nun machst du mich auch noch zum Großvater.«

»Es ist schön, dass du dich darüber freust«, entgegnete ich.

Meine Mutter brachte mich zur Tür. »Ruf bitte an und erzähl uns, was dein Nawin dazu sagt!«, rief sie mir nach, während ich bereits die Treppe hinunterrannte.

* * *

Der Satz klang mir immer noch in den Ohren, als ich meine Wohnungstür aufschloss. Gut, dass meine Mutter nichts von meinem Vorsatz ahnte, Nawin noch nichts zu sagen.

Ich setzte mich aufs Sofa und dachte über das Gespräch mit meinen Eltern nach. Doch viel Zeit blieb mir dafür nicht, denn nach einigen Minuten rief Nawin an.

»Wann besuchst du mich?«, fragte er zum wiederholten Male. »Dein letzter Urlaub ist ja nun schon etwas her.«

»Vielleicht klappt es ja demnächst«, vertröstete ich ihn, weil ich mich so normal wie möglich verhalten wollte.

»Ich denke jeden Tag an dich«, beteuerte Nawin, »und ich vermisse dich so sehr.«

»Das geht mir auch so«, erwiderte ich. »Du fehlst mir unglaublich.«

Dann erzählte Nawin von einer Kollegin, mit der die Zusammenarbeit am Anfang sehr schwierig gewesen war. Aber nach einer Aussprache kämen sie nun gut miteinander aus.

»Ich hoffe, ihr versteht euch jetzt nicht *zu* gut«, bemerkte ich.

»Was du nun gleich wieder denkst«, meinte Nawin. »Ich liebe nur dich.«

»Und ich liebe dich«, erklärte ich.

Nach jedem Telefongespräch mit Nawin meldete sich mein Gewissen. Ich verheimlichte ihm etwas, das ich ihm eigentlich längst hätte mitteilen müssen. Doch dafür gab es gute Gründe, versuchte ich mein Verhalten vor mir selbst zu rechtfertigen. Allerdings fiel es mir allmählich immer schwerer, bei unseren Gesprächen genau das nicht zu erwähnen, was mich zurzeit am meisten beschäftigte.

Ich wurde aus meinen Gedanken gerissen, weil es an der Tür klingelte. Das waren bestimmt Micki und Brian. Sie hatten mich gefragt, ob ich Cooper übernehme, weil sie essen gehen wollten. In dieser Woche durfte Micki entscheiden, wohin es gehen sollte. Und sie hatte Brian ein griechisches Restaurant vorgeschlagen, in dem auch Sirtaki getanzt wurde.

»Ich wusste nicht, dass du auf griechische Folklore stehst«, hatte ich zu ihr gesagt.

Und sie hatte mir verraten, dass sie diesen Tanz liebte, seitdem sie ihn auf einer Hochzeit getanzt hatte.

Micki und Brian gaben also Cooper bei mir ab, und ich beschloss, mit ihm einen kleinen Spaziergang zu machen. Nach etwa zehn Minuten kam ich an meinem Supermarkt vorbei. Plötzlich sprach mich jemand von hinten an. Ich drehte mich um und entdeckte Kilian auf einem Fahrrad.

»Wohin des Wegs?«, fragte ich.

»Nach Hause natürlich«, antwortete Kilian. Er stieg ab, schob sein Fahrrad vor sich her und begleitete mich ein Stück zu Fuß.

»Wann kommen deine Zwillinge?«

»Das weiß man nicht so genau«, sagte er. »Es heißt, Zwillinge kommen meistens früher zur Welt als geplant.«

»Ist das so?«

»Ich gehe dann übrigens in Vaterschaftsurlaub«, verriet Kilian.

»Dann kannst du mir ja keine Kochtipps mehr geben«, sagte ich.

»Leider nicht.«

Cooper zerrte an der Leine. Er schien sich zu langweilen. »Ich, äh«, stotterte ich, »bei mir ist es ähnlich wie bei dir.«

»Was ist ähnlich? Gehst du auch in Vaterschaftsurlaub?«

»Nein, aber ich werde Mutter.«

Kilian lehnte sich gegen sein Fahrrad und sah mich erstaunt an. »Na, da schau her. Wer hätte das gedacht. Du bist schwanger.«

»Aber nicht mit Zwillingen.«

»Das kann ja auch nicht jeder.«

»Gib nicht so an«, sagte ich.

»Junge oder Mädchen?«, fragte Kilian

»Das weiß ich noch nicht.«

»Bei mir werden es zwei Mädchen.«

»Schön.«

»Es kommt mir so vor, als ob du nicht gerade glücklich darüber bist«, meinte Kilian.

»Es ist etwas kompliziert.«

Kilian schnalzte mit der Zunge. »Lass mich raten. Dein Freund ist nicht davon begeistert, dass er Vater wird.«

»Nein, so ist das nicht.«

Kilian fuhr mit der Hand leicht über meinen Oberarm. »Also, ich gratuliere dir schon mal.«

»Danke«, sagte ich kleinlaut.

»Welches Problem du auch mit deinem Freund hast, versuch es zu klären«, riet er mir, »du wirst sehen, alles wird gut.« Dann trat er in die Pedale und fuhr davon.

Der hat gut reden, dachte ich und setzte meinen Spaziergang mit Cooper fort.

-37-

Gefüllte Ofenkartoffel mit Mozzarella, Feta-Zucchini-Auflauf, marokkanischer Gemüsetopf mit Lamm – ich blätterte in einem Kochbuch, das Micki mir geliehen hatte.

»Brian hat es mir geschenkt, aber ich habe bisher noch kein Rezept ausprobiert«, hatte sie gestanden, als sie es vorbeibrachte.

Ob mir eins davon gelänge? Am kommenden Wochenende wollten Dana, Hendrik und ich uns zusammensetzen und über die Zukunft unserer WG sprechen.

»Diesmal koche ich etwas für uns«, hatte ich vollmundig versprochen und war nun dabei, etwas Geeignetes zu finden.

Ich blätterte und blätterte und konnte mich für kein Rezept entscheiden. Das klang alles viel zu kompliziert, stellte ich fest. Doch dann fiel mein Blick auf die Überschrift *Gerichte mit Pilzen*.

Da war es, das ideale Rezept für meine mehr als bescheidenen Kochkünste: Paprika-Pilz-Risotto. Das musste doch zu schaffen sein.

* * *

Am Sonnabend ging ich rechtzeitig zum Supermarkt, um die nötigen Zutaten einzukaufen. Von Weitem sah ich Kilian hinter der Fleischtheke stehen. Wir winkten uns zu. Ich beließ es dabei und ging nicht zu ihm, auch wenn ich dadurch auf eine warme, würzige Frikadelle verzichtete, die er mir sicher über die Theke gereicht hätte. Die Zeit drängte.

Gegen neunzehn Uhr begann ich mit meinen Kochversuchen.

Den Reis schwitzte ich in einem Topf mit etwas Öl an. Danach bedeckte ich ihn mit heißer Brühe.

Anschließend schnitt ich eine Paprika in Würfel und die Pilze in Scheiben. Zwischendurch rührte ich immer wieder den Reis um und goss ständig etwas Brühe nach. Jetzt nur noch eine Zwiebel klein hacken, dann war ich fast schon fertig, redete ich mir ein.

Alles zusammen briet ich nun in der Pfanne an. Nach dreißig Minuten war der Reis gar und ich rührte die Paprika-Pilz-Zwiebel-Mischung darunter, würzte alles mit Basilikum, Pfeffer und Salz und gab zum Schluss noch fünfzig Gramm geriebenen Parmesankäse sowie ein Stück Butter hinzu.

Hurra! Ich hatte es geschafft. Risotto mit Paprika und Pilzen, das erste Gericht, das mir gelungen war. Es sah einfach fantastisch aus.

Hendrik und Dana waren auch schon auf der Bildfläche erschienen.

»Das riecht gut«, stellte Hendrik fest.

»Ich habe schon gedacht, du machst auch Maultaschen«, sagte Dana.

»Es geht gleich los«, kündigte ich an und holte drei Teller aus dem Küchenschrank.

»Besteck müsst ihr euch selbst nehmen.«

»Sehr liebevoll«, erklärte Dana. »Das Tischdecken musst du noch üben.«

»Dafür habe ich euch ein fabelhaftes Gericht gezaubert. So was bekommt ihr so schnell nicht wieder.« Ich stellte die Schüssel mit dem Risotto auf den Tisch.

»Na ja«, meinte Dana, »sieht ansprechend aus.«

Hendrik nahm sich als Erster etwas von meinem wunderbaren Reisgericht.

»Hmm, ganz passabel«, meinte er, nachdem er den ersten Bissen probiert hatte.

Dana füllte daraufhin ihren Teller so voll, als ob sie tagelang nichts gegessen hätte.

»Ziemlich gut«, lobte sie mich.

»So was zu sagen, ist dir sicher schwergefallen«, erwiderte ich.

»Das stimmt«, gab sie zu.

Hendrik und ich tranken Mineralwasser und Dana holte ihren geliebten Tomatensaft aus dem Kühlschrank.

»Jetzt hätte ich gern einen Eierlikör«, sagte ich nach dem Essen. »Aber für die nächsten Monate ist der ja gestrichen.«

»Auch danach solltest du damit aufhören«, erklärte Dana.

»Du gönnst mir auch gar nichts«, beschwerte ich mich.

Dana schüttelte den Kopf. »Um dich an deine Großmutter zu erinnern, brauchst du den nicht. Das kannst du auch ohne Eierlikör tun.«

»Mal sehen«, sagte ich. »Warum trinkst du eigentlich so selten Wein, Bier und Co.?«

»Na, warum wohl? Weil meine Mutter zeitweise reichlich Alkohol getrunken hat. Ich habe sie dafür verachtet.«

Hendrik zuckte zusammen. »Ich höre heute wieder Dinge, die wohl nicht für mich bestimmt sind.«

»Das kannst du ruhig wissen«, meinte Dana gelassen.

»Aber du hast bei unserem ersten Essen von deiner glücklichen Kindheit erzählt.«

Dana griff nach ihrem Glas mit dem Tomatensaft. »Das war gelogen, mein Lieber.«

»Ach, so ist das«, sagte Hendrik, während er die Teller aufeinanderstapelte, um sie in die Spüle zu stellen. Er schien sich nicht weiter über Danas Geständnis zu wundern.

»Jetzt kommen wir mal zum ernsten Teil des Abends«, schlug ich vor.

»Ja genau«, erklärte Hendrik. »Iris, du brauchst ja mehr Platz, wenn das Kind da ist«, begann er. Ich habe mich endgültig entschlossen, nach Bad Bramstedt zu ziehen. Nicht sofort, aber wohl demnächst.«

»Schade eigentlich«, sagte ich. »Wollt ihr mich jetzt alle allein lassen?«

»Ich bleibe erst mal hier«, meinte Dana. »Aber trotzdem sehe ich mich nach etwas anderem um. Man weiß ja nie.«

»Wie meinst du das?«, fragte ich leicht verwundert.

»Nur so«, antwortete Dana. »Oftmals ändern sich die Dinge schneller, als man denkt.«

»Hm, du sprichst in Rätseln.«

»Ich wollte dir noch sagen, dass ich immer für dich da bin, wenn du mich brauchst. Ganz gleich, ob ich hier wohne oder nicht«, versicherte mir Dana.

»Es klingt, als würdest du das so meinen«, sagte ich.

»Na klar meine ich das so. Zweifelst du daran, weil ich manchmal etwas unwirsch rüberkomme?«

»Etwas ist gut«, antwortete ich.

»Dieses Geplänkel zwischen euch hört wohl niemals auf«, schaltete sich Hendrik ein.

Plötzlich klingelte es an der Tür.

»Wer kommt denn jetzt noch?«, fragte ich.

Hendrik und Dana rührten sich nicht.

»Vielleicht solltest du nachsehen«, sagte Dana.

Ich ging in den Flur und sah durch den Spion. Doch niemand war zu sehen. Vorsichtig öffnete ich die Tür und glaubte meinen Augen nicht zu trauen. Vor mir stand Nawin.

»Nawin, was machst du hier?«, fragte ich.

»Das ist aber ein herzlicher Empfang«, beschwerte er sich.

Doch ehe er weitersprechen konnte, lag ich schon in seinen Armen. »Wieso? Du hast mir gar nicht gesagt, dass du kommst«, hauchte ich ihm ins Ohr.

Dann schwiegen wir beide und standen einfach eng umschlungen im Flur.

»Es sollte eine Überraschung sein«, erklärte Nawin, als wir uns wieder voneinander lösten.

»Wie lange kannst du bleiben?«, fragte ich.

»Etwas länger«, antwortete Nawin. »Deshalb liegen in meinem Wagen auch zwei Koffer.«

»Wie, zwei Koffer?«

Hendrik und Dana erschienen jetzt ebenfalls im Flur.

»Danke nochmals«, sagte Nawin zu Dana gewandt.

Ich drehte mich zu ihr um. »Jetzt verstehe ich gar nichts mehr.«

Dana schmunzelte vor sich hin. »Na, er bleibt für länger.«

»Was hast *du* denn damit zu tun?«, fragte ich verwundert.

Nawin legte den Arm um mich. »Sie hat es mir gesagt und das war auch richtig so.«

»Sie hat dir gesagt …«

»Dass ich demnächst Vater werde«, beendete Nawin meinen Satz.

»Du weißt es?«

»Und ich weiß auch, warum du es mir verschwiegen hast.«

»Aber, aber«, stotterte ich. »Dana hatte doch gar nicht deine Nummer.«

»Du hast einmal erwähnt, wie das Hotel heißt, in dem er arbeitet. Alles andere war ein Kinderspiel. Einen Nawin aus Hamburg gab es dort nur einmal«, erklärte Dana.

»Aber ich hatte dich doch extra gebeten …«

»Mach ihr keine Vorwürfe«, unterbrach mich Nawin. »Ich sagte doch, es war gut so.«

»Was heißt jetzt für länger?«, fragte ich, als Nawin und ich in mein Zimmer gegangen waren.

»Für immer heißt das«, sagte Nawin.

Für immer … für immer … das klang einfach traumhaft. Fast zu schön, um wahr zu sein.

»Bist du ganz sicher«, fragte ich noch einmal nach.

»Absolut sicher. Nachdem Dana mich informiert hatte, habe ich mit meinem Chef gesprochen. Der war sehr verständnisvoll. Er meinte zwar, dass er mich nur ungern gehen lasse, trotzdem wolle er mir helfen.«

»Wie? Helfen?«

»Er kennt den Leiter eines Hotels in Langenhorn.«

»Langenhorn, hier bei uns in Hamburg?«

»Ja, genau, in der Nähe vom Flughafen. Dort hat er ein gutes Wort für mich eingelegt und ich habe sofort meine Bewerbung hingeschickt. Vorhin habe ich mich vorgestellt.«

»Und?«

»Das Hotel ist nicht so luxuriös wie das in der Schweiz. Aber das Gute ist, es befindet sich in der Nähe und ich kann nächste Woche anfangen.«

»Ehrlich, du hast eine Anstellung in Hamburg bekommen. Das ist ja, das ist … ich weiß nicht, was ich sagen soll«, stotterte ich. »Das kommt so überraschend. Mir wird fast schwindlig vor Glück.«

Nawin küsste zärtlich meinen Hals, bevor wir uns lange umarmten.

Dann wollte er alles genau wissen. In welcher Woche ich schwanger war, wann die nächste Untersuchung stattfand und ob ich mir einen Jungen oder ein Mädchen wünschen würde.

»Beides ist willkommen«, erwiderte ich auf die letzte Frage.

»So geht es mir auch«, beteuerte Nawin.

»Ich habe noch etwas vergessen«, meinte er kurz darauf und lief hinaus in den Hausflur.

»Was ist los?«, rief ich ihm hinterher.

»Das wirst du sofort sehen«, antwortete er.

Als Nawin zurückkam, hielt er eine Orchidee in der Hand. »Die hatte ich kurz abgelegt, damit ich dich besser umarmen kann«, erklärte er.

»Oh, das ist ja wie bei deinen Eltern«, staunte ich. »Sie ist wunderschön. Wird ... also ich meine ... ähm ... das jetzt eine Art Heiratsantrag?«

Nawin lachte. »So einfach wärst du zufrieden?«

Ich zuckte mit den Schultern. »Ich habe noch nie einen bekommen. Da fehlt mir die Erfahrung«, gestand ich.

Er sah mich mit seinen braunen Augen an, die ich so sehr liebte, und legte die Orchidee zur Seite. »Die habe ich auch nicht, aber ich denke, Ringe gehören schon dazu. Da ich aber nur einfach so schnell wie möglich die künftige Mutter meines Kindes in die Arme schließen wollte, war keine Zeit für den Stopp bei einem Juwelier.«

»Ach, Schmuck wird doch überschätzt und ...«

Nawin legte einen Finger auf meine Lippen. »Sch.« Er löste den Finger, ging auf die Knie und fasste meine rechte Hand.

Mein Herz klopfte so laut, dass ich seine leise Frage fast nicht hörte. Ich zog ihn zu mir hoch. »Ja«, jauchzte ich auf. »Ja! Ich will.« Er umschlang mich mit seinen Armen, als wollte er mich nie wieder loslassen.

»Komm, lass uns zu unserem See fahren«, flüsterte er mir ins Ohr.

»Du bist verrückt«, sagte ich. »Es wird bald dunkel.«

»Na und, dann ist es dort besonders schön.«

»Ja, schön unheimlich.«

»Das lass ich nicht gelten«, meinte Nawin. »Ich bin doch bei dir.«

»Ah, du bist mein großer Beschützer«, neckte ich ihn. »Was sollte ich nur ohne dich machen?«

»Los geht's«, feuerte er mich an.

»Du spinnst wirklich«, sagte ich und griff nach meiner Jacke. »Aber irgendwie gefällt mir das.«

* * *

Eine halbe Stunde später saßen wir auf der Bank vor dem Moorsee. Ein Käuzchen krächzte und an der Wasseroberfläche platschte es kurz. Die Frösche waren an diesem Abend besonders aktiv. Ihr lautes Quaken war bis weithin zu hören.

Nawin und ich kuschelten uns aneinander.

»Ziehst du zu mir?«, fragte ich.

»Am liebsten sofort.«

»Hendrik verlässt nämlich die WG und Dana will sich auch nach etwas anderem umsehen.«

»Ja, das hat sie mir erzählt.«

»Wie bitte, auch das weißt du schon.«

»Hoffentlich findet Dana eine Wohnung in Lokstedt oder Eimsbüttel. Sie hat mir nämlich gesagt, dass sie gern als Babysitter einspringen würde, wenn das Kind erst mal da ist«, fuhr Nawin fort.

Ich war erstaunt. »Darüber habt ihr gesprochen?«

»Ja, warum nicht?«

Babysitten statt Billardspielen, dachte ich. Dana hatte sich wirklich verändert.

»Hast du Dienstagabend schon was vor?«, fragte Nawin.

»Bisher noch nicht. Warum fragst du?«

»Meine Eltern wollen dich endlich kennenlernen. Wir sollen zum Essen kommen.«

»In euer Restaurant?«

»Wir sind zu ihnen nach Hause eingeladen. Unser Restaurant hat an diesem Tag geschlossen.«

»Oh«, sagte ich, »dann ist das sozusagen ein offizieller Antrittsbesuch.«

»Wie immer du es nennen willst«, meinte Nawin. »Hauptsache, du kommst.«

»Aber natürlich. Ich möchte deine Eltern ja auch gern kennenlernen. Und danach kommst du mit zu meiner Familie. Meine Mutter ist schon sehr neugierig auf dich.«

»Das kann ich gut verstehen. Bisher war ich für sie ja nur der geheimnisvolle Mann an deiner Seite.«

Ich musste lachen. »Absolut geheimnisvoll.«

Um uns herum knackten die Äste.

»Irgendwie ist es hier doch ein bisschen schaurig«, stellte ich fest.

»Aber die Nacht ist wunderbar klar«, meinte Nawin und sah in den Sternenhimmel.

Ich lehnte mich zurück und legte meinen Kopf in seinen Schoß. »Wirklich sehr klar.«

»Nawin streichelte sanft meinen Bauch. »Hast du dir schon einen Namen überlegt?«, fragte er.

»Ich dachte an Siegfried oder Kunigunde«.

»Absolut klassisch. Aber wie wäre es mit Chakrabandhu oder mit Yuphawadee für ein Mädchen? In Thailand sind das gebräuchliche Namen.«

»Die klingen wirklich sehr unkompliziert«, sagte ich und schmunzelte. »Aber träum weiter, so heißt unser Kind ganz sicher nicht.«

»Oh, oh«, meinte Nawin, »das gibt noch harte Kämpfe.«

Ich blickte hinüber zum See, der jetzt völlig in der Dunkelheit lag. »Aber nur, wenn wir jemals wieder aus dem Moor herausfinden.«

»Das werden wir. Gemeinsam werden wir für alles eine Lösung finden.«

»Versprichst du das?«, fragte ich.

»Ich verspreche es«, antwortete Nawin, beugte sich zu mir herunter und küsste mich.

MIX

Papier | Fördert
gute Waldnutzung

FSC® C083411

Zeitfracht Medien GmbH
Ferdinand-Jühlke-Straße 7
99095 Erfurt, Deutschland
produktsicherheit@kolibri360.de

Druck:
CPI Druckdienstleistungen GmbH
im Auftrag der
Zeitfracht Medien GmbH
Ein Unternehmen der Zeitfracht - Gruppe
Ferdinand-Jühlke-Str. 7
99095 Erfurt